魅丽文化

心瘾
XIN YIN
弱水千流——著
非卖品
魅丽文化

学长请留步 2

不二哥——著

BU ER GE

孟奇奇不知道哪里那么大的胆子，
谈墨森不知道什么时候就没了脑子。

孟奇奇总是外刚内柔的样子，
谈墨森经常要为此心疼一阵子。

孟奇奇总被他说成傻子，
谈墨森却在心里嗤笑自己是个疯子。

罢了罢了，
你肆无忌惮柔软甜腻的样子，
正如我想象中的妻子。

喂，学妹，你有九块钱吗？

不二哥
继《学长请留步》之后
又一力作
继续讲述孟奇奇和谈墨森的甜蜜日常
婚后生活更是以漫画形式穿插其中

壮士，你就勇敢地干了这碗狗粮吧！

烧一般。

“小姑娘，”穆城在她白嫩的耳垂旁开口，侧眼看见上面有个红色耳钉，仔细看才发现是一串精致的樱桃。他声音沉沉，有种烟嗓子发酵出的性感，“看路。”

尚萌萌立刻把手抽回来，“谢谢。”声音不大，根本不在乎对方能不能听见。说完，便见她扶着荣伊快步走了出去。

离开包间没几步，荣伊就转头看她，目光扫过她手上和裤子上的血迹，忧心忡忡地开口：“萌萌……你没受伤吧？”

尚萌萌耸肩，满不在意地笑，“好着呢。”

其实一点都不好。

之前的酒瓶子砸破了那个制片的头，玻璃碎片也划伤了她的手，之前不觉得，走出大门之后冷风一吹，这才惊觉虎口的位置隐隐作痛。低头瞥一眼，发现血已经干涸凝结，变成了暗红血渍。

尚萌萌仰天长叹一口气，招了辆出租车，将荣伊扶进去。

荣伊已经没眼泪了，她抹了把脸，顺手把浓密的假睫毛扯下来，声音发哑又有些颤，“又给你添麻烦了。只是今天这么一闹，估计……”

尚萌萌叹着气捏眉心，“得了吧姐，回去洗个澡好好睡一觉，明天的事，放到明天再说。”

不夜宫的轮廓在后头逐渐模糊，街灯交织得像一团雾，繁华的街景在她眼中显出几分莫名的荒凉。

闭上眼打算小憩，黑暗中却浮现那双黑色眼睛，盯着她，目光狂妄而充满野性，精锐如狼。

尚萌萌心头发紧，猛地睁开眼扶了扶额头——这么不愉快的一段记忆，还是赶紧忘记为好。

回到华南路的公寓时，已将近凌晨三点。

精装套四，出门就是地铁站，交通便利，周围的配套也算齐全。在B市，这样一间屋子的售价对尚萌萌这种三流模特儿来说是一个天文数字，所以，这套房是她租的，合租，除了荣伊之外，还有另外两个室友。

一晚上发生了太多事，尚萌萌早已疲惫，进了电梯摁下“24”，她背靠着镜壁，鼻子里沉沉地吁出一口气。看一眼荣伊，衣衫不整妆容不洁，正低头看着手机，清丽的眉宇拧着一个结。

“怎么了？”

荣伊抬头，有些为难地开口，“季如烟又带人回来了。”

闻言，尚萌萌翻个白眼，在电梯门开的刹那，咬着后槽牙蹦出句脏话。

打开门，屋子里漆黑一片没有开灯。她在玄关处驻足，看见地上除了一双红色高跟鞋外还摆了一双男士皮鞋。她沉默了会儿，将行李和包随手往沙发上一扔，朝四个卧室的其中一间走去。

房门被关得死紧，可掩不住里头的热火朝天。砰砰作响的声音，渲染出无边的暧昧春光。

尚萌萌满脸嫌弃，不待她开口，另一扇房门大开，一个穿着睡衣的年轻女人气势汹汹地走出来，狠狠一脚踹在门上，气急败坏：“我说大姐，动静能不能小点儿？”

说话的姑娘只大尚萌萌一岁，眉清目秀，姓秦名静涵，是2403的房客之一。话音落地，卧室里头的响动便逐渐趋于平息，再一会儿，差不多完全消停。尚萌萌脸上一阵燥热，转身打开客厅的大灯，在沙发上坐了下来。

不多时，门开了，一个赤裸着上身的高大男人走了出来，小麦肤色，胸肌与腹肌结实分明，沾着汗水，腿格外修长。荣伊已经回了房间，客厅里只有尚萌萌和秦静涵两个年轻女孩儿，尴尬直欲抢地，转过头，没有搭理他的意思。

男人将Polo衫往身上套，目光有意无意地扫过客厅里的几个女人，却在看见尚萌萌的时候目露讶色，“尚萌萌？”

这个声音不大，却很清晰。尚萌萌下意识地抬头，看见一副轮廓分明的容貌。几秒钟的辨认后，她皱了皱眉，认出这个男人是个男模，和她一个公司，是上娱最有名气的几个平面模特儿之一，叫余哲。

给我下药了，没力气……”

两个没受伤的制片回过神儿，连忙颤着双手打 120，戴眼镜的那个头上血流如注，倒在地上，只剩下半条命。

几个服务生倒是镇定自若的样子，像是见惯了这种场面似的。领班是个瘦高男人，三十上下，打量了下 C07 里头的情况后微皱眉，压着嗓子说：“通知 120 把人弄走，今天几个老板都在，兜住，别惊动了。”

然而话刚说完，一道醇厚的嗓音就传来了，打趣儿似的，用着揶揄口吻，道：“哟，难得遇上敢在咱们这儿闹事儿的。大哥贵人啊，难得来，一来就有戏看。”

服务生们吓了一跳，转头朝走廊尽头打量了一番，挨个儿招呼完，恭恭敬敬退边上去了。

那人说话的声音很亮，屋子里的尚萌萌也听见了。紧接着，她又听见一阵脚步声，朝着她们这个包间的门口来了。

很快，脚步声停下了，几个背着光的身影慢悠悠地出现在房门口，脸一时看不清晰，但是身形清一色的健壮颀长。

不知道这些人的身份和来意，尚萌萌丝毫不敢大意。她很警惕，下意识地挡在衣衫不整的荣伊面前。

走在最前头的男人穿一身橘红色西装，二十五上下，容貌俊美精致，长了双桃花眼。他大致扫了眼包间，表情惊讶得夸张，略略弯腰审度她，“行啊小丫头，下手够狠的。”

尚萌萌没说话。

她的注意力不在他身上。几个身影中，一个男人站得偏后，看不清脸，只是剪影高大，身形挺拔，明明没有说一个字，却有一股难以言述的气场，强大得令人无法忽视。

又一个声音响起，低柔细润如流水，“老三，来者是客，别冒犯。先问问是什么情况。”

易江南勾起唇角，拿起桌上的安全套盒子把玩，表情吊儿郎当，“二哥，什么情况，一目了然嘛。”

随后，两个人都不再说话，那道黑色身影上前了两步。他体格极为高大，隔着一层笔挺的黑色西装，几乎都能令人感受到布料下遒劲有力的肌理线条。双臂处，臂肌曲线流畅，漂亮又有力。

尚萌萌视线抬高。

那是一张绝对能令人记忆深刻的脸。

五官立体，清楚而分明，轮廓线条干净利落，多一分嫌多，少一分嫌少。古铜肤色，透出一股子原始的野性。而这张脸上，最引人注目的还是那双眼睛，深邃漆黑，目光锐利得像鹰，一眼看不见底。

她在看他，他同样在看她。

不过短短的两三秒钟，尚萌萌便移开了视线。这个男人的目光压迫感和侵略感都十足，沉沉的，令人不自在。

这时，之前那个醉醺醺的制片人终于醒过了神来，视线扫一圈儿，懵了，结结巴巴道：“那什么，误会，都是误会，我们……”

易江南一脚给他踹过去，冷笑，“在穆家的地盘上玩儿这出，胆儿挺肥的啊孙子。”说完看向穆城，“大哥，怎么整？”

穆城看了眼地上的血和几乎丢命的男人，又看向那个看似弱不禁风的女人，忽然觉得有点儿意思。

“先送他们去医院。”他声音低而沉，略微沙哑。

听见这句话，尚萌萌知道她们能脱身了。扶了把荣伊，此时药效差不多过去了，她已经能勉强走动。

从沙发到门口，几步远，两个女人却走得战战兢兢。尚萌萌将头埋低，自始至终都没说话。走到门口时，因为没注意地上的血，脚下一滑，手臂却忽然被一只手握住了。

她指尖一颤，下意识低头。

那只手同样是古铜色，色泽均匀，指甲修剪得整整齐齐，分明修长，触感却粗粝得不像话。掌心很厚，和指腹一样，都结着茧。触及她纤白光滑的手臂，灼司一个方向，相距不算远，二十分钟之后，出租车在不夜宫前停稳，“小姐，已经到了。”

尚萌萌睁开眼，目光飞快地扫了眼计价表，掏出钱包递过去一张百元大钞，然后就下了车。拉开后备箱，提起箱子朝不夜宫狂奔过去。

夜幕之中，建筑物类似明朝时期的府宅，却有五层楼高。兽头大门、朱漆、九重钉，两盏五连珠宫灯悬挂在门匾两方。一座石碑赫然矗立，龙飞凤舞几个大字，灯光镶嵌：人间极乐不夜宫。

出租车司机探头张望，看见那纤细的背影跑得匆忙，两条纤白的长腿笔直，玉雕一般，“美女，还没找你钱！”

在B市，有钱人很多，喜欢找乐子的有钱人也很多。多数高级夜总会都是会员制，出入要出示VIP卡，在这一点上，不夜宫显得与众不同，它是B市唯一一个完全开放的高级夜总会，不设门槛，没有社会地位和身份的限制，只要出得起钱，谁管你是皇帝还是乞丐。

门前有两个穿西装的壮汉，看见尚萌萌后也不阻拦，直接拉开了大门。

一楼是消费最低的区域，和寻常夜店一样，中间是舞池，打扮时髦的男DJ打盘，丰乳纤腰的女DJ领舞，音乐鼓点很重，光线昏暗，吧台、卡座上座无虚席。

尚萌萌一眼都没多看，直接向服务台走去，寄放完行李箱后，她直接扯住一个戴着兔耳朵的服务生，“我找人。带我去C07。”

服务生不过十八九岁，涂着浓妆依然掩不住好相貌。上下打量了尚萌萌一番后，那小姑娘点头，带着她进了电梯

红色数字从1跳成了3，服务生走出电梯门，回头正要说话，尚萌萌却已经直愣愣地走出去了。

她的脸色很白，双手在身侧收握成拳，无视身后服务生的叫喊，大步向前，一间一间地寻找。终于，C07这个数字出现在一间包间门上方，她深吸一口气，用力地拍房门，“砰砰砰”。

没人理。

她继续，几乎是砸的，“砰砰砰、砰砰砰……”

几名服务生围了上来，有男有女。其中一个个子高高的男青年含笑道：“小姐，十分抱歉，这个包间的客人吩咐过，不让打扰的。”

“是吗？”尚萌萌咬牙冷笑，直接踹了那扇门一脚，“干什么见不得人的事儿呢？”

这时，门锁轻响，有人从里头打开了门，一个满身酒气双颊通红的中年男人打开门，看尚萌萌一眼，“你丫谁啊？”

门打开了，她双眼微红，视线看向那人的身后。在瞥见沙发上那个熟悉的身影时，她压抑的怒火终于被彻底点燃，全身的血液冲上了脑门儿。

“你大爷！”

尚萌萌骂了句脏话，抄起服务生托盘里的酒瓶子就往那男人头顶砸了下去。中年男人还不算太醉，吓得赶紧后退一步，酒瓶子抡了空，房门也彻底打开。

她眼睛越来越红，握着瓶颈进屋，光线昏暗，空酒瓶子散了一桌，空气里全是酒精的味道。除了开门的那个之外，包间里还有另外两个制片，其中一个戴眼镜的西裤扒到一半，手里还拿了个已经拆了包装的安全套。

白嫩的女体横陈在沙发上，衬衣的扣子被扯烂了，雪白皮肤大片暴露。

“畜牲。”尚萌萌怒极反笑，酒瓶子朝着眼镜男的头顶就砸了下去。

这一次，那人毫无防备，顿时鬼叫了一声，捂着脑袋头破血流滚到了地上。她不管不顾，破酒瓶随手一扔，去拍荣伊的脸。此时荣伊双颊滚烫全是泪，意识清醒，可是全身虚软。

尚萌萌嘴唇都快咬烂了，稳住双手帮荣伊把衬衣和底裤穿好，将她的手臂往肩上一架，自己铆足劲儿，“能走吗？”

荣伊说话都吃力，看见她后哭得更凶，“怕是

松木巷七号

鹤见鹤 著

四月震撼上市。

定价：**36.00**元

一场比 PVP 更赤鸡的
PVE 爱情友谊战。

深巷里的财迷
和技能爆表的鸟蛋的
不为人认知的故事。

那些神没有满足的愿望，
这里都能兑现。
你准备好付出代价了吗？

上市时间
2018年5月

余生终是你

— Spend this life with you —

夏栀 —— 著

两年前的邂逅，不告而别。
两年后的重逢，互为死敌。

你有你必须要完成的任务，
我有我必须不能忘的悲痛。

是爱还是恨？
大概只有你能给我答案。

定价：
34.80元

● ○ ●

第一章
夜色迷城

晚上十一点左右，城市的霓虹闪烁不休，车水马龙，无比繁华。

火车站前人多得跟下饺子似的，候车大厅内外，里三层外三层，放眼望去全是攒动的人头。

鱼龙混杂的地方，扒手是少不了的。几个赤膊汉子蹲在路边抽烟，夜灯下，条条手臂黝黑结实，几双眼睛贼溜溜地瞄着往来旅客，寻找着下手目标。

很快，几双眼睛不约而同地看向出站口，注意到了一个女人，一个年轻女人。

大晚上的，那女人还戴着一副墨镜，挡了大半张脸，灯光下只有一个尖翘的下巴和没涂口红的嘴唇，薄薄的，形状性感漂亮。她是独身一人，手上拖着箱子，埋头不停地打电话，穿一身简单的灰色套装，胸脯高耸，腰很细，裤子及膝，小腿很长，纤细柔美，白花花一片。

几个男人咽了口唾沫，互相递了一个眼神，心照不宣。

几秒钟后，烟抽完了，几个人扔下烟头站起身，四处张望，尾随着那年轻女人走出火车站。然而世事无常，计划快不过变化，领头的扒手皱起眉，瞧见那女人在红绿灯旁拦下了一辆出租车，把箱子甩进后备箱后，拉开车门坐了进去。

“可惜了，那身材跟模特儿似的，就是没瞧清脸。”光头往地上啐了口痰，摸摸锃亮的脑门儿道。

很快，红灯跳了一瞬，像夜色里的鬼眼，转绿后，出租车引擎发动，载着让几个壮汉浮想联翩的女人绝尘而去。

车窗外，整个都市的万家灯火交错闪过，车里冷气开得很低，隔绝了燥热的暑气。

列车上有空调还不觉得，下了车才发觉，夏季的 B 市的确和蒸笼没两样。尚萌萌摘下墨镜，用手腕上的黑色发圈把一头漂亮的黑长直发绑成马尾，嫩白修长的脖子完全暴露在空气中，清爽一片。

出租车司机是个三十左右的青年，他瞄了眼后视镜，发现镜子里的女人五官极好，没有化妆，清丽素净，眼角眉梢都是南方女人的细腻，看上去最多二十二三。领口开得不高不低，皮肤雪白，两道锁骨形状勾人，往下的风景实在引人遐想。

“去不夜宫。”她的声音里透着疲乏。

不夜宫，B 市消费最高的夜总会，出入者大多非富即贵。

司机这才回过神儿，收回视线，掩饰什么般咳嗽了两声，显然有些尴尬。边打方向盘边不住点头，“好好，知道了。”

尚萌萌懒得搭理，脖子微仰，倒在后座闭目养神。

手机里躺着一条短信，是十分钟前收到的。也正是这条消息，直接扰乱了她打算回家倒头就睡的计划。她咬了咬嘴唇，闭着眼，眉心却拧成一个川字。

发信人是荣伊，她的发小儿加闺蜜，电影学院本科生，毕业一年，一直都在等待上戏的机会。短信内容如下：萌萌，我和几个制片在不夜宫，情况有点儿不对劲。他们不让我走，还一直给我灌酒来着，我现在有点儿头晕，不然你来接我吧。包间号是 C07。

收到短信之后，尚萌萌做的第一件事就是给荣伊回电话。一连打了四次，全是无人接听。她察觉到恐怕是出事了。

尚萌萌咬紧牙关，左手握拳狠狠砸了下座椅。那司机狐疑，回头看了她一眼，迟疑再三，递过来一根烟，用试探的语气道：“小姐，抽烟不？”

难得见到这么漂亮又有气质的女人，搭讪几句似乎也是人之常情。

然而对方看都不看他，“不抽。”

司机悻悻，吃了瘪当然不好意思再说话，只能收回烟默默开车。好在不夜宫和火车站都在 B 市的

学长请留步 3

不二哥

·著·

江苏凤凰文艺出版社
JIANGSU PHOENIX LITERATURE AND ART PUBLISHING, LTD

图书在版编目（CIP）数据

学长请留步．3 / 不二哥著．-- 南京：江苏凤凰文艺出版社，2019.3
ISBN 978-7-5594-3347-3

Ⅰ．①学… Ⅱ．①不… Ⅲ．①长篇小说－中国－当代
Ⅳ．① I247.5

中国版本图书馆 CIP 数据核字 (2019) 第 029145 号

学长请留步．3

不二哥 著

责任编辑　张　倩　王　青

特约编辑　肖　童

装帧设计　郭　颂

出版发行　江苏凤凰文艺出版社

南京市中央路 165 号，邮编：210009

网　　址　http://www.jswenyi.com

印　　刷　湖南关山美印有限公司

开　　本　880mm × 1230mm　1/32

印　　张　9

字　　数　180 千字

版　　次　2019 年 3 月第 1 版，2019 年 3 月第 1 次印刷

书　　号　ISBN 978-7-5594-3347-3

定　　价　34.80 元

目录

CONTENTS

目 录

CONTENTS

第一章

你好，好久不见

“……女孩子们窃窃私语的声音渐渐低了下去，伴随着舞台上鼓手的右手高高举起，不知是谁先开了个头，巨大的欢呼声瞬间淹没了整个会场，大家疯狂地喊着同一个名字……”

随着最后一个字跃于屏幕上，贯穿了整场旅程的“嗒嗒”声也终于戛然而止。穆沐最后检查了一遍自己是否将文档保存好，然后按下了关机键。广播中，乘务员那温柔又公式化的声音，在这时响起：“女士们、先生们，飞机正在下降，请您回到原位坐好，系好安全带……”

比起前几日从墨尔本飞回国内那漫长的十几个小时，从飞机开始下降到走出机场的时间，实在是快得让人有些回不过神来。当穆沐拉着行李箱坐上大巴时，售票员那带着亲切感的口音，总算把她拉回到“自己已经回到故土”的这个事实中来。

人有时候真是奇怪的动物，生活在家乡时总会嫌弃那拥挤的交通和灰蒙蒙的天空。当被迫远走，却有一万分地不舍，哪怕只是离开了短短的几年，再回来时，也有一种恍若隔世的伤感。

上了年纪的售票员，操着一口蹩脚的普通话向每一个乘客售着票，穆沐听到前排的座位上有人在问：可不可以微信支付。这让她又愣了愣，明明已经回到国内几天了，却还是不习惯现代化支付已经如此发达的现实。

“叮——”在她买好票的时候，微信提示音适时地响起。

秦沅：“风里雨里，公演等你。”

在她盯着手机屏幕发呆，思考着该如何回复的时候，对方生怕她会无视他似的，紧接着又发过来一条信息。

“你可千万要来啊！不然到时候只有我的座位上是空着的，那得多丢人。一定要来！不用回我了，管理人员来收手机了。”

这条信息接收完，手机便没了动静。

想了想对方也确实不需要自己回复，穆沐便关了与他的对话框，拿着手机的手不由自主覆在了自己的背包上。在背包里面，妥善地放着一张门票，那是一张即将成为国内一档最火选秀节目的入场券，VIP 家属席。而今晚坐在那个位置上的人，便是不顾旅途辛苦、熬夜去看表演的自己。

已经很少看国内新闻的她，在刚回国的时候，便在网上搜索过这档节目。据说目前还在录制阶段，一切还处于保密状态，所以能搜索到的信息也是寥寥无几，大多都是没什么根据地猜测。秦沅所期待的“大爆”，总要等到节目播出之后。今晚的这场公演，是第一次面向观众，每个选手一张家属席的入场券，大部分的选手都将入场券给了自己的爸妈，唯独秦沅的爸妈远在南方无法赶来，她便成了他唯一的人选。

秦沅对她的到来已经期待许久，甚至不顾不许用手机的规定，偷偷叮嘱了她好几次。但好在穆沐也没打算辜负他的期待，到达酒店后，她叫了份外卖，匆匆吃完便打车赶往演播现场。

第一次公演，节目组很是重视，将地点选在了 S 市电视台最大的演播厅。穆沐作为选手家属，有别于一般观众，从 Vip 通道直接入场。座位上早已贴好了各个选手的名字，她在工作人员的引导下找到了秦沅的家属席，当看到那把椅子所在的位置时，她表面上虽是淡然地道了声“谢”，心里却雀跃着连连感慨。

秦沅混得还不错嘛，家属席竟然在第一排。而且相隔不远便是导师席，堪称最佳视野。

曾几何时她也是个追星族，熬夜抢票这种事做得不算少，可总是费尽了九牛二虎之力，也无法抢到视野好的位置，还得靠那些票贩子。没想到现在看这种级别的选秀节目，自己竟然以“家属”身份坐到了这个极佳的位置上。

等到选手家属全部入场，普通观众才依次排队走了进来。虽然这个节目还没有对外正式公开，但还是挡不住一些粉头们早早就得知了内部消息。一些名气大的选手，已有粉丝带着手幅过来，那些抑制不住激动的少男、少女们都兴奋地与同伴闲聊着什么。

有些选手的家属看不得这种场面，微微皱起了眉头，穆沐托着腮望向那些年轻的面孔，忍不住感慨道：年轻真好。

大概等待了三十分钟，节目录制终于开始了。除了作为这次公演的主持人导师外，剩下的导师都在录制前，提前坐到了导师席上。穆沐本还在搜索着与这档节目有关的信息，便听到周围在片刻的鸦雀无声后爆发出了阵阵欢呼。那些女孩子们，不，或许还有小伙子们，声嘶力竭地喊着自己偶像的名字，声音重重叠叠交织在一起，让人分不清他们喊得到底是谁的名字，幸好台上的主持人适时地抬了抬手，拿着麦克风说道：“请大家先安静一下。”

喧闹声在瞬间平息下来，穆沐也关了搜索页面，打算认真地欣赏这场与秦沅前程息息相关地演出。可就在她伸着脖子打算坐直身体时，座位的正前方，却传来另一个声音。

“你是谁的家属？”

嗓音褪去了年少的清冽，平添了几分岁月积淀下来的沉稳，那温柔不是春风拂面的和煦，而是雨后天晴的明净。

时隔五年再听到这道声音，哪怕对方说话时仍一如既往的噙着笑，但终究还是因为岁月染上了一丝陌生。

穆沐觉得四肢百骸都僵了一瞬，不知自己怎样做出了抬头的动作，然后看到了三步之远的导师席上，其中一个人罔顾了其他导师不解的目光，还维持着那转身的动作静静地看着她。

为了配合其他导师的装扮，他也穿了一身休闲的西装，或许是因为那露出了额头的发型，抑或是因为那淡淡的妆容，让那副原本有些过分俊秀的面孔显得格外棱角分明。

穆沐以写书为生，无端地就想起了颇有些矫情的那五个字——岁月的打磨。

只不过五年的时光，岁月打磨了他们的容颜，也在两个人之间，狠狠地凿下了一道分界线。

“林嘉……”这个名字终是被她脱口而出，音量小的如同呢喃一般。

台上的主持人似乎是留意到了这边的不同寻常，以一句“录制很快就要开始”将大部分人的注意力再次吸引回去，包括坐在导师席上的那个人也慢慢收回了目光，转过身面向了舞台。徒留一些好奇心甚重的人还在向这边张望。

旁边座位上的选手家属，好奇地问道："你和林老师认识吗？"

导演组已经开始了录制前的倒计时，听着那倒数的声音，穆沐怔怔地望着前方，导师席那宽大又浮夸的座椅渐渐地在视线中变得模糊起来，与记忆中那矮小又坚硬的教室座椅重合在一起。

她答道："他是我学长。"

不同于一般的综合性大学，B 大人文学科部在全国排名也是前几名。

2011 年 9 月，穆沐正式成为B 大人文学科部中文系的一名新生，和许多人平凡的青春校园生活一样，从入学到习惯大学生活，都没有发生过什么非日常的事情。那些青春里的爱恨纠缠，似乎只属于她笔下的人物，而与她本人无关。

我可以不结婚，但我爱的 CP 一定要在一起——这句至理名言一直贴在她们宿舍的墙上。"408"的几个女孩儿在追星、组 CP 的事情上保持着高度一致，当她们关上门，这个愉悦的精神世界便只属于她们自己。

而穆沐，正是这个世界的"神"。

"穆沐大大，为什么敏赫不向贤宇解释误会，明明是贤宇错怪了他和别人的关系，你可是'亲妈'，怎么能为了虐而虐？"左上方床铺的帘子突然被拉开，捧着手机的舍友从里面探出头来，义正词严地谴责着。

而被谴责的当事人还坐在电脑前“噼里啪啦”地敲着键盘，对舍友发出的愤慨置之不理。

没一会儿，宿舍的门被急匆匆地撞开，夏一月跌跌撞撞地闯进来，把门一甩，张口便叫道：“穆沐，你还写文呢？”

以为又是一个来控诉同人文太虐的，穆沐头也没抬：“小虐怡情，不虐虐敏赫，他怎么懂得珍惜我们贤宇。”

“什么贤宇……哎呀，不是说同人文呢！”夏一月被她说的一愣，待反应过来，才胡乱地摆了摆手，“说正经事呢。”

这话一说出口，宿舍里其余几个人都将质疑的目光投了过来，指了指墙上挂着的标语，以证明组CP才是正经事，别的都可以靠后。

穆沐停下敲键盘的动作，慢慢抬起头，神情凝重地说道：“是不是我没去上得那节课又留作业了？”

看她如临大敌的模样，夏一月忍不住“扑哧”一笑，然后摆摆手，将宣传单甩到她桌上说道：“说了今年学校不办艺术节，结果还是办了，你猜音乐系那个社团拿谁当噱头？”说着，不等别人回答，便一拍手掌，“林嘉！”

一提到这个名字，哪怕没扭头去看，穆沐也察觉到了宿舍里气氛的微妙变化。舍友越过墙上贴着的欧巴们的海报，从梯子上“哧溜”一下滑了下来，一把夺过那张宣传单：“让我看看。”

趁着她们看得起劲，夏一月慢慢溜到没能抢到宣传单的穆沐身边，挨着她的耳朵悄悄地说道：“我们穆沐大大也要过生日了，你给敏赫和贤宇一个好结局，艺术节时，我介绍你和林嘉认识怎么样？就当是我送给咱们穆沐大大的生日礼物。”

夏一月嘿嘿地笑了两声，笑得穆沐心里发毛。她摸了摸耳朵，将夏一月的脸推远了一些，但在对方得意扬扬的目光注视下，却没有拒绝她这个提议。

十八九岁的年纪，谁还没个少女心？

B大这一届的新生，在刚刚入学的时候，谁没听过林嘉的大名？那个高他们两届的学长是隔壁音乐系有名的大才子，虽说穆沐在沉迷写文的这些日子里，对这个据说颜值与才华成正比的学长只有非常模糊的印象，但是，在这个都以认识林嘉为荣的大环境下，谁能拒绝这个提议呢？

“艺术节是哪天？”她关了电脑，试图趴着舍友们的肩膀看看宣传单上的内容。

“10月19号。”

不知是谁随口答了一声，宿舍里片刻的沉默之后，变成了满室哀号。

“怎么偏偏是演唱会那天！”

“我还要去看我家敏赫呢！”

女孩子们一声高过一声地痛斥着学校这项安排的不合理，穆沐拿过宣传单看了看，确认自己没看错，确实是10月19号那天举行艺术节，也是STONE来国内举办演唱会的日子。

其他人没抢到票，本打算去场馆外站着听一听动静，一阵哀号过后，女孩子们便认真地安排起了当天的日程，几点在学校看林嘉演出，几点赶去体育馆。穆沐拿着宣传单看向与自己一样好不容易抢到高价票的夏一月，语调微扬着：“嗯？”

夏一月很是坦然地说道：“我的票送人了。”

“那可是你辛辛苦苦打工赚来的！”穆沐怀疑自己是不是听错了，“你还记得票是咱们花了多大的气力才买来的吗？”

“我也没办法，上次我没修够学分，是系主任放我一马才侥幸通过的，她女儿刚巧喜欢STONE……”越说，夏一月声音越小，在穆沐怒其不争的目光下慢慢低下了头。

对偶像再热爱，终究比不过现实的压迫。激动过后，穆沐也不是不能理解好友的做法，只是对她这种拉着自己蹚浑水的行为，表示了强烈不满。

“贤宇在国内的演唱会只有一次，林嘉天天都在学校，不用再劝了，演唱会我肯定是要去的。”坚定地一抬手，穆沐又坐回到自己的位置上打开了文档。

在同人文的世界里，敏赫和贤宇的故事分分合合百转千回，只要操纵着剧情走向的她轻轻敲击几下键盘，那些在现实世界里并无多少交集的少男、少女们也能拥有最温馨美好的结局。

喜欢的，称赞她在造梦。不喜欢的，只会嘲笑她在白日做梦。

穆沐的学习成绩很不错。或者说，能够考入这所大学的，都是全国各地公认的高才生。穆沐在一群学霸同学中算是比较“突出”的，因为她赢在了文章写得好，但也输在了文学素养都用于“白日做梦”上。

B 大的校园很大，从宿舍走到教室要穿过一条长长的林荫道。几个女孩儿叽叽喳喳地从艺术节说到演唱会，每个女孩儿脸上都神采飞扬地收拾好，准备去上今天的最后一堂课。

穆沐最喜欢那条林荫道，尤其偏爱傍晚时四下无人的幽深静谧，是激发灵感的好去处。就算是平日去上课，其他几个室友见她走着走着失了神，就知道她在想剧情，便也不会出言打扰她。

但世上既然有这种体贴人意的，也会有那种偏偏不识大体的。

“穆沐！”

少年那宽厚的手掌“啪”的一声，狠狠地拍打在她的肩膀上，嘻嘻哈哈地说道：“还在做梦呢。”

扭头一看，赵冉正冲她咧嘴笑着，露出两排大白牙：“下课一起吃饭去呀。”

两个人从高中到大学，也算是缘分中的缘分，可偏偏这位同学不识大体，缺心眼儿的毛病直到现在都没改掉。穆沐白了他一眼，没说话，挽过夏一月的胳膊继续往前走。

“你不是要看那个……那个什么电影来着，首映场，票我都买好了！”见她当真不理人，赵冉又不死心地追了上去。

穆沐也不知道他这不征求当事人意见，就擅自做主的坏习惯什么时候能改，眼皮都没抬一下，便回道：“我也买了票。”

“就是，我们还要一起去看呢。”夏一月在旁边帮着腔，说着，偷偷拧了一下挽着的女孩儿，咬着牙说道，“他怎么还不死心啊。”

穆沐的思路被打乱，正努力回想着自己刚刚想到的情节，听完这话，跟着“啊”了一声，有些心不在焉地说道：“等我和贤宇结婚那天吧。”

赵冉喜欢她，从高中到大学，两个人所有的同学、朋友都知道。但她早已礼貌又不失坚定地拒绝过他，大家也是一清二楚。可惜赵冉心思纯粹，尽管她明确表态不会跟他在一起，但赵冉还是一如既往地对她好。无奈之下，穆沐只有狠下心肠，冷言推掉赵冉的所有邀约。

到底他什么时候才肯放弃？

夏一月表示：穆沐和偶像结婚这件事有点儿缥缈，不如找个看得见摸得着的男朋友比较靠谱。

好友有个成日腻歪在一起的男朋友，就想着让所有的单身闺密都找到归宿，这种精神值得嘉奖，却不值得推广。

穆沐忽然想到了革命烈士林觉民所写得那封《与妻书》：“吾自遇汝以来，常愿天下有情人都成眷属。”

林先生的节气感人肺腑，但通篇读下那封《与妻书》后，穆沐却只有这一句记得最牢。少女时代期待过的另一半从霸道总裁到青春少年，各种类型爱了个遍，但最终羞于说出口的期待还是：他能让我变成更好的人。

面对好友或真或假的探问，她宛如发表英雄誓言一般，拍拍胸口说道：“我们家贤宇让我进步，让我努力奋斗，我爱贤宇一辈子。”

追星少女为了偶像奉献青春热血的情节固然可歌可泣，但玩笑过后，心里还是默默闪过一句：到底是没遇到对的那个人。

至于对的那个人到底是谁，她也勾勒不出一个具体的形象来，或许只有等到那个人出现的那一刻才能明白。

啊，原来就是他。

首映场的电影，穆沐是与夏一月一起去看的。电影的情节并没有想象中的波澜曲折，全靠特效撑起整个场景，但也看得人大呼过瘾。只是影院的灯一亮，穆沐就看到了距离自己三排远的地方，赵冉正拉着他的室友冲这边挥手。

也不知是机缘巧合还是其他，两个人到底还是在同一个电影院看完了同一场电影。四个人双双逃了寝，看完首映场已是午夜，自然没有再溜回宿舍的机会。当赵冉提出美好的凌晨时光正适合撸串时，夏一月心一软，替穆沐答应了。

学校旁边有一家开到凌晨的烤串店，赵冉和老板相识，几个人点了一桌子的烤串，无言的等待中，或许是为了活跃气氛，赵冉的室友说道："我刚刚看到林嘉了。"

夏一月差点儿把嘴里的汽水都喷了出来，说道："谁？你看到谁了？"

"林嘉啊。"赵冉递给她几张纸巾，也觉得好奇，"我还以为他这么有名的人物不敢逃寝呢，结果也和咱们一样。"

"在哪儿看到的？他在做什么？"夏一月对这个话题有着惊人的好奇心，不知道的还以为她在追星呢。

“电影院啊。”两个男孩儿倒是对学校里的这个风云人物没什么感觉，就是觉得奇怪，“大半夜的，也来看首映场，而且是一个人，就坐在我们前面。”

这倒是件稀奇事了，穆沐在一边听着，连新闻稿的题目都替新闻社团想好了，就叫《惊！B大校草独自一人夜不归宿竟是为了……》

究竟是为了啥，几个人显然也弄不清想不明，震惊过后仍然撸着自己的串。穆沐咬了一口板筋，有点儿想不通地问道：“他怎么不报音乐学院啊？”

夏一月一愣，半天才想明白她是在说林嘉。

诚然，B市那么多排名靠前的音乐学院，如果真是醉心艺术，也该挑个艺术氛围更浓厚的学校，何必来这种综合大学的音乐系？

赵冉倒是不以为然地说道：“音乐学院……说出去哪有B大名声好。”

这种看法固然是许多人的偏见，但也是大势所趋，很多家长和学生都觉得好专业不如一个好学校，B大名声响当当，说出去脸上也有光。

夏一月却对此嗤之以鼻：“林嘉还在乎这个？他高考考了多少分你们知道吗？”

穆沐不知道，但赵冉显然是知道的。他听到这个问题，也没接话茬儿，生硬地换了个话题：“STONE的演唱会还有票吗，我和你们一起去。”

赵冉想要与心上人找到共同爱好的真心天地可鉴，但显然没有深入了解过追星需要的自我修养。直到这顿串撸完，夏一月还在批判他的无知，恨不得揪着他的衣领将抢票的艰辛和不易通通说上一遍。

旭日东升，新的一天又开始了。穆沐看着校园里那些布置会场和排练节目的身影，终于意识到校园艺术节就要来了。

学校的话剧社打定了主意要在这次活动上好好展示自己，甚至拉来了外院那个有名的混血帅哥当主角，排练时围观的人比剧团的人还多。据“408”的几个女孩儿分析，这是话剧社狠心与隔壁乐团打对台了。实力不相上下，那就拼颜值啰。

B 大的学霸多，学霸中颜值高出平均线的却很少，几乎都集中在人文学科部了。而在一年级新生的眼里，能与那些有着天生优势的混血帅哥相媲美的，只有她们的学长林嘉。

“知道为什么同样长得帅，林嘉却这么受追捧吗？”舍友一本正经地用手指敲着桌子分析道，“因为他是单身。”

这似乎与追星没什么区别，都是寄希望于一个闪闪发亮的存在，只要他还是单身，就能满足少女的一切幻想。可一旦憧憬的那个人有了归属，就好像打上了“别人家”的标签，让人怎么看都觉得不舒坦。偶像那么遥不可及，或许大家还能清醒地意识到差距，但如果那个人是自己朝夕可见的学长，任谁都会觉得，自己其实还是可以试一试的。

对此，穆沐并不以为然：“我和贤宇也是可以试一试的。”

但是说归说，她能给自己的贤宇欧巴所付出的唯有那闪闪发亮却为数不多的钞票。为了不浪费自己的心意和金钱，穆沐想逃掉艺术节的心义无反顾。

10 月 19 号那天是星期六，“408”的几个女孩儿一大早就哭喊着要去体育馆见偶像，但很快就被自己社团和系里的一堆琐事给打败了。夏一月帮着穆沐在班导那里打了马虎眼儿，趁着没人注意的时候，穆沐飞一般地走出宿舍向着体育馆奔去。

身上穿的裙子是整个衣柜里最贵、最好看的一件，脸上的妆容也是比往常细心数倍的精致，包包里带齐了必备物品。哪怕明知舞台那么亮，STONE 的任何成员都无法看到舞台下的自己，穆沐仍是要以最美的姿态去见自己心中的偶像。

一路上，来回穿梭的都是那些为了艺术节而忙碌的身影。穆沐走着走着就看到了一群聚在一起讨论事情的学长、学姐，她恨不得以手遮脸，生怕自己班的代导学姐认出自己，可就在擦肩而过的时候，那些人口中说到了一个熟悉的名字——林嘉。

或许因为今天本该是自己与那个 B 大男神相识的日子，穆沐的脚步一顿，走慢了半拍，很快就被眼尖的学姐逮了个正着。

“穆沐！”

“欸，学姐。”穆沐苦笑着扭过头，心里骂了一万句美色误人。

同是文学系的袁学姐是一年级（九班）的代导，一年级新生怕她多过怕那个并不怎么接触的系主任。

看见那个身影穿过人群走过来，穆沐只觉得压力大增。当学姐意料之中地问起她要去做什么时，她结巴了一下才抛出自己已经想好的说辞：“我，我男朋友来了，去见他。”

袁学姐几不可见地蹙了下眉，表情有些微妙，但也不像是不相信这个说辞，嘟囔着说道：“怎么都是去见对象……”说着，又看了穆沐一眼，“以前没听你提起过啊。”

“异地恋。”穆沐斩钉截铁地说道，然后以赶时间为借口飞快地逃出了学校。

演唱会开始前，在体育馆不远处的咖啡厅里，STONE 后援会的几个中坚力量有一场小小的聚会。穆沐是“敏宇”CP 界有名的同人文作者，也得到了这次聚会邀请。几个人是因为共同爱好而聚集在一起的，谈笑间，不知不觉就到了该向体育馆出发的时间。

领应援物品然后排队入场，一切都和以往演唱会没什么不同。当听到不远处传来一阵喧闹的议论声时，穆沐还在和姐妹们交流着自己从票贩子手中买到内场票的经验。听到声响后，她茫然地看了看声音传来的方向，还以为是大家看到了 STONE 的成员，可是左看右看，这场馆里与刚进来时没什么不同。

直到入场，能亲眼看见偶像地兴奋感才渐渐真实起来。穆沐忍不住捂住胸口，想让自己那颗疯狂跳动的心平静下来。她从票贩子手中高价买来的内场票是第一排的中间位置，正对着舞台。虽然没有在香港演唱会时近到可以看清偶像表情的地步，但也绝对算一个绝佳位置了。

刚入座时，两旁的座位都是空着的，没一会儿，来了一个高中生模样的小女孩拿着应援手幅兴奋地在她左手边坐下。穆沐看了看她，知道这就是系主任的女儿。虽然知道这个小女孩不会回家向自己的老爸打小报告，但想了想自己逃离学校艺术节来看演唱会的事情，穆沐还是放弃了跟她打招呼地想法。

大约又过了五分钟，内场的座位渐渐被填满，结伴前来的粉丝们都在兴奋地讨论着 STONE 最近的新专辑和综艺节目。穆沐竖着耳朵听了一会儿，差点儿翻过座椅去和她们聊天，可是还未等她转过身，眼角的余光便瞥见了那个坐在她右手边的身影。

是个男孩儿……这是她的第一反应。喜欢这个组合的粉丝里，有男粉丝并不奇怪，甚至可以说男粉丝占了很大的比例，但费心费力从票贩子手里买第一排内场票的还是少数。

她不由得扭回了身子，想要看看这个难得的男粉丝到底长什么样，可是转身的动作幅度太大，放在腿上的应援灯牌掉在了地上，还未等她俯身去捡，旁边的人已经伸出了一只手。

他的身上有着淡淡的香味，不像是香水，也不像是肥皂清香，连带着被他捡起的灯牌好像都被沾上了这个味道。看着那只指节分明的手伸到自己面前，穆沐怔了怔，伸手接过应援灯牌时，谢谢两个字还未说出口，目光已与对方撞了个正着。

这是一个很阳光的大男孩，看上去与自己年纪相仿，眉宇间却没有大学新生的稚气和张扬。整个人清瘦了些许，连带着下颌也有些微尖，五官立体，外形吸睛，一张脸好像只有巴掌那样大。

真适合上镜啊……这是穆沐的第一个念头。而且越看越觉得这副相貌有些眼熟，不知是哪个明星。

美色当前，穆沐呆滞了许久，等她从恍然中回过神来，意识到自己的失礼，连忙说了声“谢谢”，语气里充满着尴尬。

可他似乎没有留意到她发愣的模样，只礼貌地浅浅一笑。

穆沐平生还未做过盯着旁人看这样丢人的事情，她把应援灯牌放在座位旁后，便用手掌扶着额头想要挡一挡自己的表情。这时，整个体育馆里除了他们这里静得出奇，四周都是喧闹声。

她不说话，身边的人似乎也没有与其他人交流的意思，手里拿着手机也没有拍照或是聊天，只是静静地坐在那里打量着前方的舞台。

穆沐迟疑了一会儿，想着自己如果问他是不是哪个演员会不会太失礼，身边的人却已经主动开了口。

当舞台的大荧幕上放出 STONE 的大合影时，他在尖叫声中微微偏过了身子，指了指屏幕上的那张合影说道：“你喜欢谁？”

穆沐一愣，脑袋还没反应过来，嘴却抢先一步说道：“我喜欢贤宇和敏赫在一起……啊，不是，我，我喜欢贤宇。”

对方体贴地忽略了她说漏嘴的那句话，笑了笑说道：“我也喜欢贤宇。”

穆沐的眼中瞬间冒出了偶遇同道中人的幸福之光，前一瞬的迟疑彻底被抛在了脑后，他是谁不重要，她只知道这位是自己的知己。

“你喜欢贤宇什么？我是从《初恋》那首歌开始喜欢他的。”

“他的编曲。他的编曲即使和著名的曲作家相比，也豪不逊色。”

“对对对！你知道吗，他那首《夏日》……”

演唱会开场前，不过是短短几分钟的时间，穆沐已觉得自己遇见了人生知己。就算是在后援会的粉丝中，似乎也没有哪个人将贤宇的曲风研究得如此透彻。摸着自己那颗跳动得更快的小心脏，她颤颤巍巍地掏出手机，准备与自己的灵魂伙伴交换联系方式。

“下次在S市的演唱会你也会去吗？”接过对方的手机输入自己的手机号码和名字，她顺口说道，“我在B大读书，期末后放寒假刚好赶得上。你呢？”

说完之后，又一拍自己的脑门儿，像是恍然想起自己忘了问得那件事：“你是演员吗？”

对方一愣，笑了笑，摇着头说道：“不是。”

他在她的手机上飞快地输入自己的电话号码，然后保存，在编辑好名字之后，抬起头说道：“我也是B大的学生。”

“这么巧。”穆沐惊讶地回答道，还想着学校有这样的人物自己怎么不知道。下一秒，女孩儿独有的第六感沿着背脊就涌向了全身。

接过手机，她莫名地打了个激灵，目光还未落到手机屏幕上，就听见他说道：“我是音乐学系的，我叫林嘉。”

我叫林嘉。

不轻不重的几个字说出口，却好像压过了场馆里所有的欢呼声，在这嘈杂的环境中清晰而准确地传入了她的耳中。

她怔怔地望着他，已经想好的说辞也忘了怎样去表达，到最后脱口而出的竟是："我知道你……"

B大全体师生，又有谁是不知道林嘉的？

但这话在这样的场景里说出来，莫名的有些傻气。穆沐略有些尴尬地看着新保存好的联系人，正想着要说些什么才会显得自然一些时，林嘉却先开口说道："我知道你。"

穆沐毫无防备地"啊"了一声，不解地反问道："你知道我？"

她怎么不记得自己何时与他打过交道？在此之前她对他的印象都是模糊的，难不成是夏一月在他面前提起过自己？

但接下来林嘉说的话让她一颗悬着的心重重地沉了下去。

他说道："我知道你，是因为我们班的很多同学，都在看你写得文章。"

是了，她也就只有这一点能够"声名远播"的，而且有多少人喜欢她写得文章，就有多少人在嘲笑她的不切实际、花痴幻想。

她敛下眼眸，期待着体育馆里的喧闹声再大一些，盖过身边这个人的下一句话。毕竟，有些话听得多了也是会伤心的。

可事情总是事与愿违，无论体育馆内有多嘈杂，那个声音仍清晰地传入了她的耳中。

"以前一直没有机会认识你，也没有机会亲口对你说，其实……"一直注视着舞台上的林嘉忽然转过身，无论身侧的女孩儿有没有抬起头，他都认真地看向她说道，"我很喜欢你写得文章，也喜欢你笔下的人物，好像他们真的活在另一个平行时空里一样，那不仅仅是你自己的梦，也是很多人的，生活中有许多人期待着那些不同于现实的故事。所以，请你一定不要放弃。”

话音落下时，演唱会也到了最让人激动的时刻。在巨大的欢呼声中，STONE组合的成员从升降台缓缓走到舞台上，就连礼貌地问好声也几乎淹没在那铺天盖地的尖叫声中。

穆沐看见体育馆内的人群都站了起来，尽情地享受着这个美好瞬间，唯独她仍坐在自己的座位上怔怔地看着身侧的他，脑子里反复回荡的还是他说过的那几句话。

两侧的聚光灯都打在舞台上，仿佛给偶像又镀上了一层光芒。他们站在耀眼的舞台上，接受着从四面八方传来的欢呼和赞美，吸引着所有人的目光。

在那光芒的反衬下，座位席好像被投上了一层阴影，幽暗的光亮映在林嘉的脸上，他似乎是察觉到了她的目光，又再次扭过头，对着身旁的女孩儿浅浅一笑。

穆沐听到了自己犹如雷动的心跳声，观赏偶像演唱会的第一次怦然心动竟不是为了台上耀眼的偶像。她小心翼翼地捂住胸口，假装自己是为了舞台上看不清眉目的贤宇而心动。

很快，舞台上精彩的表演便真切地吸引了女孩儿的目光。欢呼和议论的声音好像都成了背景，她只清晰地听到了林嘉说的那句“生日快乐”。

这一晚的惊喜着实不少，她一愣，以为自己听错了，却见林嘉抬手看了看手表上的时间，然后笑着重复了一句："已经过了午夜十二点了，穆沐，生日快乐。"

10月20号是穆沐的生日，而这场演唱会开到了深夜，刚好压过了午夜十二点。见她一直不说话，林嘉也收敛了一下神情，又抬手看了看时间，确认现在已经是10月20号了，才问道："难道是我记错日子了？"

"没有。"她摇摇头，困惑地说道，"你怎么知道我今天生日？"

她没有拿出身份证，手机也因为关机没有弹出任何祝福的短信。他因为她的文章而知道她，已经很神奇了，怎么连她的生日也知道？

在听到这句话后，林嘉脸上的表情有一瞬间的凝滞，紧接着，竟有些难为情地摸了摸鼻子，说道："一月告诉我的。"

夏一月和林嘉在高中时是同一个学校的校友，班级又刚巧在同一个楼层，以夏一月的性格作风，早已和他从脸熟混到了认识的关系。

而夏一月这个好室友既然答应了要介绍这个B大男神给她认识，顺口跟他说出穆沐的生日也不奇怪，穆沐这会儿还真不知道该不该感谢夏一月的良苦用心。

穆沐极不自然地向林嘉道了一声"谢"，然后又不知该和他说些什么了。明明在未知姓名之前就已经将对方奉为人生知己，但在知道他的身份后，反倒有些拘谨不自在了。她有些茫然地想着，如果这是个不认识的明星，是不是反倒要好一些？

而林嘉似乎也看出了她的转变，排队出场时也体贴得没再说什么。两个人一前一后向场外走去，人群有些拥挤，穆沐这一身行头又不是很方便，站在她身后的林嘉几次眼疾手快地扶住她，最后干脆礼貌地伸出一只胳膊来让她拽着。

穆沐平时也是个不拘小节大大咧咧的“爷们”，可到了这时，却破天荒地有些扭捏了起来，不禁暗骂自己：没出息。连拽着他衬衫的手都有些发烫。

出了体育馆，穆沐按下手机开机键，祝福的短信便一条接着一条地发送过来，QQ 上还有同学发在群里的艺术节照片，戏剧社请来的混血帅哥果然名不虚传，可惜音乐社团没有了林嘉坐镇，让很多人大失所望。

林嘉就站在自己身侧，穆沐忍不住看了他一眼，却见他也在查看着手机，手指在屏幕上飞快地编辑着什么。

过了一会儿，林嘉抬起头，语气轻松地说道：“学校宿舍进不去了。”

已是零点时分，宿舍自然是进不去了。穆沐早有准备，但还是在心底哀叹了一声，只是不懂他为何这样坦然。但转瞬，她又明白了过来。

林嘉是土生土长的 B 市人，就算学校宿舍进不去，他还可以回家去住。

那……是不是就该礼貌地道别了？

她试探着看了林嘉一眼，却见对方也正在看着她。四目相对，林嘉先打破了这个略微有些尴尬的局面：“已经这么晚了，你要去哪里，我送你。”

这个时间，独身的女孩儿在外行走极不安全，何况体育馆并不是建在繁华的市区。穆沐也不是扭捏的人，道了声“谢”后，也没有推辞。

后援会的其他姐妹大多是从全国各地赶过来的，都住在体育馆附近的宾馆里。不知是谁发现了体育馆外的穆沐，兴奋地朝她挥了挥手，又看到了站在穆沐身边的林嘉，那边几个人愣了愣，小声嘀咕了几句，随后便挥挥手，潇洒地抛下穆沐先行离开了。走时还不忘向穆沐挤了挤眼睛，露出一个“我懂”的表情。

穆沐有些无所适从，决定以后找机会向她们解释一下。

凌晨，所有的公共交通工具都停止了运营，林嘉拦了一辆出租车，礼貌地先让穆沐上了车。

穆沐说了一个离B大不远的地名，料想到今晚回不去宿舍的她，早就在学校附近的酒店预定了一间房。

凌晨，B市的街道上没有多少车辆，只是这段路程有些远。穆沐坐在出租车的后座上，手机里的信息一条接一条地发送过来，大多是后援会的微信群在兴奋地讨论着这次演唱会。若是往常，她也会像这些成员一样激动得不能入睡，只是在遇到林嘉这个“意外”之后，所有的一切似乎就有了改变。

出租车师傅打开车载广播，顿时，轻快的音乐在车里飘荡，让这狭小的空间不再是陷入尴尬的寂静。穆沐出神地望着窗外的夜色，脑子里一片空白，既不是为了舞台上闪闪发光的偶像，也不是因为这一天的疲惫。

就是莫名地有些慌乱。

“现在是北京时间 10 月 20 号……”广播里的声音还在不紧不慢地缓缓流淌，出租车师傅问了句介不介意开窗后摇下了车窗，呼啸的夜风便也成了背景音乐之一。

穆沐被突来的凉风吹得打了一个激灵，紧接着就听到坐在身边的林嘉开口说道：“是不是我说了什么不该说的话？”

穆沐一愣，有些不解地望过去，见他的笑容里有些许地无奈，他又接着说道：“总觉得你没有刚开始时那样自在。”

穆沐也知道自己表现得明显了一些，但没想到他会如此坦白地说出来，本想向他解释，但话还没说出口，又觉得这样做有些多余。

他看得很清楚，她的反常确实是因为他。

想了想，她觉得还是坦诚一些比较好，于是讪讪地说道：“我只是有点儿高兴。”

是的，她这只是打心底的喜悦，又因为这份喜悦而无所适从。

在偶像的演唱会上遇到志同道合的人，结果发现这个最聊得来的人，是之前就想着要去结识的 B 大男神，对方不仅知道她的名字竟然还知道她的生日。说不受宠若惊那绝对是骗人的，但更让她高兴的还是他对她的认可，那些话是她听过的最真诚的支持，没有一丝调侃。得到“圈外人”的认可本就不易，何况对方还是一个大男孩……

“第一次听到男孩儿说喜欢我写得文章，高兴得都有点儿难为情了。”她毫不避讳地实话实说，满脸羞涩地吐了吐舌头。

林嘉笑着接过话茬儿：“难为情的不该是我吗，第一次当粉丝，就对偶像当面表白了。不知道这么主动能不能换一个后援会成员的位置？”

穆沐忍不住“扑哧”一笑，说道：“这么优秀的粉丝，应该当团长才是。”

“偶像亲自发话，我这也算是被官方认可的身份了吧？”他顺着穆沐的话接着说了下去，然后一脸真诚地晃了晃手机，“求个合影？”

演得倒是很入戏。

可是谁又能拒绝这个请求呢。

心中好似有无数只小鹿在乱撞，穆沐对着手机屏幕整理了一下发型和耳环，跟林嘉凑到一起对着镜头摆姿势的时候，只觉得自己“怦怦”的心跳声越过了手机的“咔嚓”声。

即使是在夜色下，照片拍出来的效果也不错，用句通俗的话来说，就是林嘉的脸太养眼了，前置摄像头和闪光灯都无法降低他的颜值。反倒是旁边的女孩儿略带了一丝紧张，连带着笑容都有些不自然。

照片是通过刚刚加上的微信发送过来的，年初刚刚推出的微信 APP 正是现在大学生热衷的软件之一，穆沐用得比较晚，除了几个舍友和后援会的姐妹之外，林嘉是穆沐的第十个好友，终于将联系人变成了两位数。在她将照片保存到手机相册的时候，出租车师傅也放慢了车速，将车缓慢地停到了距离B大不远的那家酒店门口。

哪怕穆沐极力阻止，林嘉还是付完了车费送她进了酒店。服务生尽责地办完入住手续后就缩回去看起了电视剧。两个人找到房间，在穆沐开门的时候，林嘉很有礼貌地站在了稍远一点儿的位置，嘱咐要她注意安全后，才跟她道别。

穆沐也叮嘱他注意安全，目送他消失在走廊尽头后，她才推开门进了房间。没去理会这房间的环境好坏，便一头栽倒在床上，明明身子已经回来了，可精神还沉浸在这一天不可思议的经历里。

她拿起手机，打开微信界面想跟夏一月聊一聊自己今晚发生的事情，编辑了几个字后又通通删掉了，晃了晃脑袋，将那些翻涌的情绪统统都压了下去，想想觉得这时自己应该冷静。

强撑着身体起来卸了妆，这一夜，穆沐带着疲惫与兴奋进入了梦乡。

一阵清脆的铃声响起，把穆沐从睡梦中惊醒。

来电话的人是同宿舍的舍友，询问她什么时候回去庆祝生日后，便挂了电话。可这个电话把穆沐的睡意彻底打散了，她翻了个身，努力回想着昨晚演唱会的疯狂，然后“腾”地一下坐起来，抓起手机翻看着相册。看到那张合影还在后，悬着的心才渐渐地放了下去。

原来不是梦啊。

那有些不真实的喜悦又慢慢从心底拱了出来，一点点爬向了全身。穆沐彻底清醒了，再翻看了一遍未读信息，其中有一条非常晃眼。

“今晚学校体育馆的晚会，寿星会去吗？”

B 大的艺术节虽然不会像其他的学校那样持续那么久，但是总不至于一天就结束，今天艺术节的活动仍在继续，而且人文学科部还有一场用来压轴的晚会，由人文学科部下设的所有学院共同举办，听说还会邀请当下著名的歌星来演出。今天再出逃，那实在是说不过去了。

穆沐想了想，肯定地回复：“去。”

信息才发送出去，对方就秒回了一张图片，正是今晚晚会的座位图，文学院和音乐学院挨得很近。而图片下面，又附带了一条信息。

“要不要顺便一起吃个饭？”

穆沐的心又拔高了一些，几乎跳到了嗓子眼儿里，可是惊喜过后，她也没忘记今天约好与舍友一起去庆祝，只能充满歉意地回复了一条：“抱歉，今天吃饭有约了。”

“没关系，还有机会。”

收到林嘉的回复，穆沐有些莫名的失落。

等她收拾妥当，准备去退房的时候，已经将近中午十一点三十分了，一上午粒米未进，肚子饿得咕咕直叫。穆沐拖着沉重的步子走到前台，一抬头就看见坐在前台旁边沙发上的那个身影。

“睡得好吗？”林嘉还穿着昨天的那身衣服，悠闲地坐在那里对她晃了晃手。

诧异之下，穆沐忽略了前台小妹略带深意的眼神，匆匆忙忙地走到他面前，问道：“你怎么在这儿？”

“不是说有机会一起吃饭？现在就是机会啊。”他指了指手机上两人的对话，虽然看起来一副若无其事的模样，但显然早就意料到了她晚上会和舍友一起庆祝，才将这顿饭改在了中午。

穆沐是想假装潇洒一点儿，坦然一些的，可是听了这些话，还是没控制住上扬的嘴角。

就在等待她办理退房手续的时候，林嘉已经选好了一个离B大不远不近的餐厅。那家餐厅刚刚开业不久，生意却非常好，穆沐之前也想过要来尝一尝鲜，可一直没有机会，听他这么一说，爽快地就点头答应了。

两个人到餐厅时，正是中午客人最多的时候。附近大学的学生还有外来的游客挤满了整个餐厅，虽然来之前林嘉有预订位置，却还是要等上十来分钟。十月的天气似乎还没有从酷暑中挣脱出来，穆沐刚等了一分钟，眼神就跟着路人手中的冰激凌飘了过去，然后只见她一溜烟地就跑到了隔壁卖冰激凌的店里。

“要两个不同口味的冰激凌。”

在等待制作的时候，几个眼熟的学姐就站在身后的队伍里。穆沐翻看着手机回复信息，身后的对话就传入了她的耳朵。

前面说的话她还不以为意，在听到林嘉名字的时候，穆沐手上的动作一顿，不由得竖起了耳朵去听，一个学姐说：“林嘉不会今天还不来吧。”

另一个学姐很快接过话茬儿：“昨天他已经逃了一次了，今天再逃的话，老张逮到他就会打断他的腿。”

“昨天也不怪他啊，他早就请假说19号有重要的事要做，让社里别加他的名字，是他们偏不相信。”

“他那个借口谁能相信啊。”几个学姐都不约而同地笑起来，不知道是想到了什么有趣的事情。

而唯一知道真相的穆沐在接过冰激凌时，都忘了说“谢谢”，就有些心虚地溜回了餐厅。

两个人在等位时慢悠悠地吃掉了冰激凌，终于排到了餐位。两个人刚坐在餐桌旁，就有两桌B大的学生将好奇的目光投了过来。

在B大，说不知道林嘉是不现实的。穆沐能感觉到那些目光都汇集在了自己的身上，而一旁的林嘉像是早就习惯了这些被注视的日常，只专注于桌上的菜单和眼前的她。

饭吃到一半，一向直言直语的穆沐终于忍不住说道：“做你的女朋友一定很不容易吧。”

林嘉去拿杯子的手顿了顿，又放下：“怎么这么说？”

穆沐也放下筷子，打量了一眼四周，直言道：“太多人关注你，压力太大，这不公平。”

“可是……就因为这个理由不做我的女朋友，对我也很不公平。”他想了想，认真地回答道，“我只是个普通人，就算有再多的人关注我，我喜欢的也只是她一个。”

做他的女朋友要承受许多注视和压力确实不易，但因此不接受他，对他来说也是不公平的。就看那个被他偏爱的女孩儿如何抉择了。

话题聊到这里，见对方一副认真的模样，穆沐反倒觉得自己有点儿多管闲事了。归根结底，结交女朋友这件事，也是对方的私事啊，又怎会轮到才认识一天的她多嘴多舌。她尴尬地笑了笑，结束了这个话题。

但这件事却被林嘉记在了心上。

两个人吃完饭，一个要回学校准备晚上的演出，一个要去和舍友庆祝生日。

道别时，林嘉意味深长地说道：“其实你说得也对，既然做我的女朋友有很大的压力，那我一定要给她更多的惊喜才行。”

第二章

追星的始祖

直到下午六点晚会开始入场，疯玩了一个下午的穆沐也没想明白他那句话到底有没有什么深意。而这一整个下午，“408”的几个女孩儿帮穆沐庆祝了生日，顺便打听了昨晚演唱会的情况。穆沐没敢直说自己与林嘉相识的细节，就提了一句自己在演唱会遇到了林嘉，结果引来舍友们的一阵欢呼。

“我就说那个侧影一定是他！”

“对对对，以我们的眼力难道还能认错？”

穆沐没听明白她们在谈论什么，这时，夏一月淡定地递过来一部手机，屏幕上显示着微信群里刷屏式的聊天记录。

那是STONE的粉丝群之一，其中有去了演唱会现场的粉丝在群里发了几张模糊的照片，依稀能看出那是一个男孩儿的侧影。仅仅是一张模糊的侧脸照，也能看出这男孩儿五官极好，精致的可与她们心心念念的偶像相比。

看那身形打扮，可不正是林嘉嘛！

扫了一眼微信群里的聊天记录，大多都是在感叹STONE的男粉里竟有如此高颜值的存在。还有人说，当时在体育馆外面，灯光昏暗的地方有些人甚至把他当成了STONE的成员尖叫了几声。

穆沐想起昨天排队入场时听到的喧闹声，终于明白了当时发生了什么。但也有人在群里说，自己亲眼看到林嘉和一个女孩儿一起走了，似乎还坐了同一辆车。对于这一点，舍友们也对当时在演唱会现场的穆沐进行了穷追猛打式的逼问，无奈穆沐只是笑笑说没什么，大家也只得作罢。

学校体育馆里六点三十分的时候就坐满了人，人文学科部下设的院系都集中在一起，大一新生的座位旁有班级的代导学姐负责管理秩序，穆沐和几个舍友坐在第三排的位置，刚好能不费力地看到舞台。

组织好秩序之后，袁学姐就和隔壁班的代导学姐在第二排的位置上坐下聊了起来，讨论的话题无非是这几个学院会演出的节目。夏一月心里好奇，趴在前排椅子的靠背上问她们：“学姐，周笛真的会来吗？”

在年轻人的群体里，周笛算是如今内地歌坛最当红的歌手了，“408”的几个女孩儿闲着无事的时候就会疯狂公放她的歌。这次听说她要来参加校园的晚会，很多人还抱着怀疑的态度。

但袁学姐的态度却很坚定：“音乐系的张主任曾经是周笛的老师，只要他开口，就一定会来。”

袁学姐说话一向可信，夏一月把心放回了胸腔里，扭头一看穆沐还在摆弄手机，不由得拍了她一下，说道：“要开场了。”

还在看座位图的穆沐一个激灵，连忙锁了屏幕，但眼神还是向着音乐系那边瞥了瞥。

大家总是“音乐系”，“音乐系”的这样叫，有时图方便还会叫一句“隔壁的”，可B大其实是没有所谓的音乐表演系的，人文学科部下设的艺术学院那边，只有音乐学系，教授的课程也都是艺术史、理论之类的东西。

学院所有的学生都是通过统一招考进来的，没有艺考，甚至大部分学生都没有艺术基础。虽然学术气息和其他院系都差不多浓厚，但终究还是会让一些拥有艺术梦想的学生无法大放异彩。

穆沐自己是语言文学系的，俗称“中文系”，旧称“文学系”。不说自己喜欢中国文学这一点，单说就业率，B大中文系的就业率就高达98%，算是无数人眼中的香饽饽了。能够来这所大学学习与深造，属于梦想与现实兼得。相较起来，哪怕B大的名声再响，林嘉在这里也总会让人有种走偏了路的错觉，倒是委屈他了。

也难怪总有人说：“林嘉要是真喜欢音乐，怎么不去音乐学院？”

曾经有一个不知靠不靠谱的传闻。

据说当年林嘉陪朋友参加电影学院的面试，结果又上演了一出朋友落选而自己被看中的好戏，只是与那些相似的故事不同的是，在面对现场记者的提问时，林嘉毅然决然地说自己没有报考电影学院的念头。而当记者问他想要报考哪所大学时，一句“B大”震惊四座，从此最帅学霸的名声便流传至今。

以前听到这个传闻的时候，穆沐也只是听个乐呵，但如今有机会结识当事人，她还真想向他求证一下这事儿的真假。

“想什么呢，开场了。”见她沉浸在思绪中一会儿傻乐，一会儿凝重，以两个人之间熟悉的程度，夏一月看得出她没在想剧情，便毫不留情地拍了她一下，让她回神。

台上的主持人已经宣布晚会正式开始，随着开场歌舞的欢快旋律，体育馆里大部分同学的情绪都已经被调动了起来。穆沐拍拍自己的脸，也跟大家一起望向舞台。

B 大人文学科部有才华的人数不胜数，接连几个节目都精彩的让人移不开眼。最后，经过了一个稍显平淡的诗朗诵，主持人终于在一阵侃侃而谈后宣布周笛将要登场。

体育馆里的气氛在瞬间掀起了高潮，伴随着四起的欢呼声，新一代小天后缓缓从后台走了出来。周笛的歌之所以会受到追捧，在于她的编排从不刻意迎合潮流，每一首歌都独具匠心，放肆又任性，江湖气十足，甚至偶尔会被人说成“太凶”。

今天她的开场曲选择了自己的成名曲，那是一首开曲平缓，紧接着却几乎要将人燃烧殆尽的歌，其中有一段花腔演唱更是点睛之笔，杀气十足，不疯魔不成活。

在听到前奏的一瞬间，体育馆里的人几乎都从座位上站了起来。“408”的几个女孩儿本就是她的忠实粉丝，在这种近乎疯狂的氛围中，每个人都会嗨到爆。而周笛的现场实力比录音棚要好上许多，才开唱几句就将人拉进了那个情境中。

穆沐听到有许多人都在旋律的带动下跟唱了起来，到了最精彩的部分时，所有人的心也都跟着提到了嗓子眼儿里。

周笛的神情在将要转音的时候倏地变得专注起来，气势十足地喊出了第一个音符，而也就在这时，所有人都能清楚地听到，伴奏里多出了另一道声音。

和声！

那声音带着少年的清冽和男人的温润，明明听起来是很温柔的嗓音，唱起这首近乎疯魔的歌曲，却带着一种别样的风情与气势。而且他与周笛的配合堪称天衣无缝的默契，既不喧宾夺主，又不会彻底被主唱给压下去。

在那段极具技巧的花腔之后，穆沐听到学校的音乐社团发出了震耳的欢呼声，那一瞬间，她突然意识到那道声音微妙的熟悉感来自于何人。

紧接着，舞台上的灯光分成了两束，一束停留在已经随着节奏平缓而满面笑容的周笛身上，而另一束则追逐着站在舞台边缘的那个人。似乎是不想在别人的舞台上吸引太多目光，林嘉站在了光芒无法照到的地方，这时更是要退向帷幕后面，可是舞台中央的周笛却已经一步步向他走了过去。

最后一段，干脆放下话筒，只看着他一个人将这首歌唱完，然后在满场的尖叫声中，笑着对在场的观众说道："大家好，我是周笛，很高兴来到B大参加这场晚会，很荣幸能够见到在座的各位，也很荣幸与我的林嘉小师弟合唱这首歌……"

这句话还没说完，便被铺天盖地的欢呼声压过，喊声中不仅有周笛的名字，也有林嘉的。

眼见着大家还在刚刚炸裂般的舞台中无法挣脱出来，主持人适时地走上台，简单地介绍了一下周笛和艺术学院张主任的师生渊源，又"顺应民意"着重说明了一下这次合唱是很早就策划好的，只不过最终是周笛自己确定了和声人选，而且给了对方巨大的发挥空间。

至于林嘉，实在是没有什么还能向B大同学们介绍的了。于是简单地聊了几句之后，接下来的舞台便交给了周笛一个人。

在这种亢奋的气氛中，大家又听这个小天后唱了几首代表作，在最后一首歌曲演唱前，对方却忽然停顿下来，然后拿起话筒对着翘首以盼的观众们说道：“最后一首歌，是韩国STONE组合的《初恋》，这首歌还是由我和林嘉小师弟合作，不，我该说，这首歌是由我们林嘉先生专门挑选的，用来送给他的心上人。他希望对方有一天能够接受他的心意，成为他的女朋友。我不知道在座的女孩儿中哪一位才是那个幸运儿，但是同样身为女孩儿，我由衷地羡慕你，也祝愿我们林嘉先生早日追到心爱的女孩儿，有情人终成眷属！”

这番话能掀起多大风波，也只有在座的人文学科部的学生才知道。

《初恋》的曲子在场馆里缓缓流淌，明明是极吸引人的一次演出，大家的注意力却还停留在开场时的那段讲话上。演出进行时还好，结束后，议论声四起。

“他来真的还是假的？”袁学姐在前座自言自语地说道。

而旁边喜欢八卦的女孩子们已经将人选猜测了一遍，从艺术学院的院花，再到一年级新生里家境好的几个女孩儿，无一不是才貌双全。

八卦之心人皆有之，还有人碰了碰穆沐的胳膊，问她怎么想，昨晚见到林嘉时有没有察觉出什么蛛丝马迹。

穆沐摇摇头，尽量平淡地说自己只顾看贤宇了，以此来掩饰自己有如雷动的心跳声。说没有一颗充满幻想的少女心是假的，当周笛说《初恋》这首歌是由林嘉精心挑选的之后，穆沐的心几乎提到了嗓子眼儿里。而当台上的人说起那个“心上人”就在台下时，那一瞬，脑子“嗡”的一声，震得她连呼吸都快停滞了。

难道是在说自己？

每一个与林嘉有点儿渊源的女孩儿似乎都会这样想，她也不例外，而且因为《初恋》这首歌，幻想也更真实了一些。

只不过幻想终究是幻想，没过几分钟，手机便震动了一下，微信界面里林嘉发了个大大的得意表情。

“你看，做我女朋友还是有很多好处的吧。”

原来他还记得“压力太大”这件事。

穆沐不知道自己该哭还是该笑，也回了一个可爱的表情，然后真心地夸奖了一句对方的唱功，表示自己从此要做他的忠实粉丝出，绝不脱粉。

这倒不是夸大，一个并非科班出身的学生在与公认的唱功极好的歌手同台演出时，竟然未被对方压住，反而尽显自己的特色，足以可见其实力之强大。

在这个节目的对比下，接下来的演出都显得有些平淡。直到晚会结束，大家议论的主题还是林嘉与周笛的合作，还有那所谓的“心上人就在台下”到底是不是真的。

散场时，赵冉隔着几排座位喊了穆沐一声，然后走过来把一个大大的盒子塞进了她手里：“知道你们几个要一起庆祝，我就不跟着去凑热闹了，生日快乐！”

看这盒子的样式，不用猜也知道里面肯定是生日蛋糕，他每次送来什么，穆沐都会找各种理由选礼物再送还回去，这已经是不知道第多少次的“礼尚往来”了。

在众人面前驳一个男人的面子肯定是不该的，穆沐只得道一声“谢”后接过，然后在心里默默算起赵冉的生日，打算到时候再送他个更大的。

其他几个女孩儿则管不了这么多，欢天喜地地打算回宿舍分享这个蛋糕。

B 大晚上宿舍熄灯的时间是十一点，他们还有两个小时的时间可以消化这深夜甜点。在过了军训期后，代导学姐查寝也不是很勤，只要回了宿舍，再怎么闹腾着庆祝也由着她们了。

“Happy Birthday（生日快乐）！”女孩子们的欢呼声充斥着整个宿舍。

还未等穆沐拿起刀将那个蛋糕切开，“叩叩叩”的敲门声便响了起来。几个人面面相觑，夏一月走过去开门，门外站着的是艺术学院一个很眼熟的学姐，她和另外两个女孩儿站在门外，手里捧了个大大的盒子还有一大束玫瑰，一见开了门，便笑着问道：“请问穆沐在吗？”

穆沐有些茫然地应了一声走到门前，门外的几个学姐与她交流了一个眼神，然后把盒子和花束都递了过来：“生日快乐！”

没等她说话，又接着说道：“我们也是受人所托来送礼物的，至于那个人是谁，他说你应该猜得到。”

知道自己的生日，又有艺术学院的学姐帮着把礼物送过来……这再明显不过了。

穆沐接过那两样礼物，正想向这几个学姐道声谢，就见站在前面的那个学姐捂着嘴和同伴笑成一团，狡黠地眨眨眼，在将要转身离开的时候，忽然大声说道:“你要是不好意思，我们就替你说了，礼物是林嘉送的！”

说完，几个人便笑着摆摆手，回自己的宿舍了。

徒留穆沐抱着蛋糕和花束站在那儿发呆，她已经预感到了自己将要面对的狂风暴雨。

“咣”的一声，关上门，穆沐被几个舍友按在了床上。

“坦白从宽。”

“坦白从严！抗拒更严！”

“我说，我说，问什么我都说。”穆沐自知理亏，缩在小小的角落里摆出了投降的手势。

于是好好的一场生日会就变成了“审判会”。几个女孩儿拎来凳子排排坐，穆沐缩在床上，将自己在演唱会偶遇林嘉再到后来的事情都说了一遍。舍友原本还是一副义愤填膺的表情，听着听着，就都忍不住捂住了嘴，那副神情着实是有些眼熟。

仔细想想，大概是看到CP发糖时露出的欣慰笑容。

“你傻呀！”夏一月第一个站了出来说道，“都这样了，他一定是喜欢你呀！”

“对对对！”

“别说什么认识不久，我看见林嘉第一天就动心了。”

“一见钟情岂不是更好！”

“没听说这位林学长对哪个女生这么上心，你怎么还不抓住机会！”

几个舍友你一言我一语，七嘴八舌再加上自己的臆想，明明是旁听他人故事的路人，却已经为两个当事人编造出了一个甜美曲折的爱情故事。而最擅长编造这种情节的穆沐反倒异常地冷静。

她摆了摆手，露出一个忧国忧民的哀伤神情，感叹道：“如果是我自作多情了怎么办呢？”

“穆沐大大！”夏一月恨不得上去拍她一下，“你还记得自己组 CP 时怎么说的？机会都是自己创造出来的，没有机会也要创造机会！只要有契机就有希望！没有契机，你就亲手创造契机！何况现在已经有机会了。无论他是不是真心喜欢你，难道你就不能喜欢他了吗？”

她说的义正词严，一时间竟让人找不出反驳的理由。

穆沐仔细想了想，似乎也是这个道理。而舍友们则趁热打铁，一步步耐心地帮她分析现在的形势：“所以现在的重点不是他喜不喜欢你，而是你喜不喜欢他？”

“我……”穆沐迟疑了片刻，这两天的所有场景都在脑子里 h 回放了一遍，她有些茫然。

没有心动？怎么可能没有心动？自从昨晚在体育馆见到他，

她的心跳频率就一直呈上升趋势，从未减速平缓。似乎自己在梦中幻想了无数次的情人就该是这个模样的。但是就因为自己的怦然心动，便罔顾了对方的想法和她自己曾说过的压力，就这样投入到一段感情中，真的好吗？

一旁的夏一月似乎是看穿了她的心思，语气也放缓了一些："如果真的喜欢，尝试一次也不错。毕竟，如果不开始，谁也不知道结果如何啊。"

穆沐一愣，这是自己在同人文里写过的话语，她最爱的便是笔下人物面对不确定的感情时表现出来的勇气。哪怕那是不明后果的一腔孤勇，也是人生中最值得珍藏的记忆之一。

见她有些犹豫，大家也没有继续在这个话题上纠缠。几个舍友从七嘴八舌的叽叽喳喳，再到平静下心绪聊起自己的恋爱经历，"408"的欢笑声从熄灯一直持续到了凌晨。

第二天穆沐被舍友拽起来去上课的时候，脑袋还是浑浑噩噩的，眼睛半睁不睁，精神委靡。

好在这是一堂大课，将近百来人的阶梯教室里，除了点名应答时的那一声"到"，剩下的时间都没有什么存在感。几个人坐在了稍稍靠后的座位上，穆沐待老师点完名后就趴在桌子上睡了个天昏地暗，连中途课间休息的时候都没有醒。只在睡梦中听到周围的喧闹声忽然大了起来，紧接着又诡异地安静下去。

她挠挠耳朵，不知道发生了什么事，眼睛都没有睁开，又继续睡了过去。或许是因为这堂课本就枯燥冗长，在下堂课上，除了老师的讲课声，几乎没有别的噪音再打扰她的美梦。

到底睡了多久，她自己也不知道。她迷迷糊糊从桌子上爬起来，映入眼帘的是已经变得空荡荡的教室。而旁边的座位上，坐着的也不再是“408”的几个女孩儿，而是一个分外眼熟的身影。

“听说接下来没有课了，还能再睡一会儿。”见她醒来，林嘉放下正在摆弄的手机，托着腮歪头看她。

穆沐的呼吸一滞，几乎要跳起来：“你……你怎么在这儿？”

“上午没课，就想来看看你是不是生气了。”林嘉直白地说道。

穆沐却有些迷糊，问道：“我……我生什么气？”

“昨晚那么突然地托人送了东西，之后给你发信息，你也没回，我担心了一晚上，一直在想自己是不是太冒失了。”他语气真诚，眼底的疲惫也能证明昨夜的睡眠不尽人意。

穆沐却有些不在状态，连忙抓起手机查看信息，果然发现了林嘉昨晚发过来的微信，每相隔半小时的几条信息，赫然于手机屏幕上。大意是说：自己没办法去女生宿舍，只能代为转交，如果送东西的人说了什么奇怪的话，还请她不要在意。

只是那时穆沐还在宿舍里与舍友们谈天说地，既忘了对他的礼物表示感谢，也忘了查看一下手机。她在心里默默地哀号了一声，只得露出一个歉意的表情，脑子里又闪过了昨晚舍友们劝说自己的那些话。

“喜欢”这两个字真的是带着魔法的，一旦说出自己喜欢某个人，即便是心里的暗示，从此也会更加关注他，觉得他与众不同。

何况这个人生来就是让人怦然心动的。

不知道是不是错觉，她只觉得自己的脸有些发烫，面对他不解却专注看着她的目光，连忙抬起手拍拍脸颊，讪讪地说道："我很高兴呀。"

昨晚的晚会结束时间已经很晚了，蛋糕和玫瑰一定是他在下午就准备好了的。说没有受宠若惊，绝对是假话。穆沐看着空荡荡的教室，不难想象刚刚林嘉过来引起了多大的轰动，再结合昨晚晚会时周笛说的那番话……现在说不定校园里已经有了无数的传言。

流言蜚语穆沐是不怕的，可是她有些不明白眼前这个人的心思。从某种意义上说，虽然两个人早就知道了对方的姓名，但他们只认识了两天而已。他对她……到底有没有一丁点儿的好感？如果他那首《初恋》想送的是别人，那她的自作多情就是一种错误了。

所以道完"谢"之后，穆沐就悄悄地深吸了一口气，打算干脆利落地问清楚："你……"

"林嘉！"伴随着"咣"的一声响，有艺术学院的几个学长大咧咧地推门进来，"温歆说你来这儿了，我们还不……你在这儿干吗呢？"

他们显然没意识到这教室里还有其他人，当看到被挡得严严实实的穆沐略显尴尬地冒出个头来时，不由得愣了愣。

"打……打扰了。"为首的那个同学迅速反应过来，连忙推着身后的同学往教室外走，还不忘好心地把门关上。

但隔着一扇门，穆沐也能清晰地听到门外爆发出的那阵惊叹声。有几个大嗓门儿，恨不得要将自己看到的说给全世界听。

林嘉才听到一半就站起身向门外走去，制止了那些同学的胡说八道，回头想给穆沐道个歉时，却看见穆沐已经收拾好东西走到了教室门口。

“中午要和一月她们吃饭，我先走了。”她不自然地笑了笑，一溜烟地向着食堂方向走去。

这事儿并不是她瞎编的，“408”的几个女孩儿确实是约定了今天要一起吃中午饭，可也不是要急于这一时。穆沐走得这么快，实在是因为好不容易鼓起的勇气被打断后就只剩下了紧张和没由来的慌乱，甚至有种无言以对的窘迫。

喜欢还是不喜欢？这个问题听起来简单，问出来却不易。

若是话讲出来，发现不过是自己的自作多情，会不会从此连面对他的勇气都没有了？好歹也是个曾被自己奉为人生知己的同道中人，多少还是会有些遗憾的……嗯，一定是这样。

穆沐一边走一边猛敲着自己的脑袋，暗恨自己到了关键时刻就退缩，如此优柔寡断。

如她所意料的那样，林嘉不会在她明显表现出逃避的时候还执意追上来。一路走到食堂，食堂里早已人满为患，她抱着书包站在门口，整个人恍恍惚惚的，也不知道该不该给夏一月她们打电话。

“穆沐！”一道熟悉的声音在耳边响起。

循着声音望去，只见赵冉和他的舍友站在食堂门口，见她在这里发呆，便上前问道：“站在这儿出什么神？”

穆沐提起精神跟他打了声招呼，再看他的舍友都带着女伴，甚至还有一个是在她前晚入住那家酒店兼职收银员的女孩儿，便礼貌地笑了笑，说道：“我等舍友一起吃饭。”

“夏一月她们自己也能吃饭，你和我们一起吃吧。”赵冉没心没肺的，张口便邀请穆沐加入他们的队伍。

穆沐委婉地拒绝了，她走出几步拨打了夏一月的电话，然后找了张空桌子坐下。

在外人眼里，B 大是所学术气息很浓厚的大学，就算是在食堂吃饭也应该比寻常学校安静许多才是。但只有身在其中的人才明白，民以食为天，在吃饭的时候哪顾得上那么多“学霸包袱”。

穆沐坐着刷了一会儿 STONE 组合的新闻，就听到远处传来一阵听不真切的争吵声。她微微皱了皱眉，抱着事不关己的态度，戴上耳机继续刷着贴吧，可远处传来的争吵声越来越大，即使是戴着耳机也能听得一清二楚。她的目光仍在手机屏幕上，余光却能瞥见一些路过的学生将目光投向了自己。

因为上午的课不多，现在出现在食堂的大多是中文系的学生，听说过她的同学很多，但也不至于从她身边走过都要看她一眼。

收起手机，穆沐摘下耳机站起身，便见许多人都围在不远处。她心底忽然有些不安，快步走了过去，从拥挤的人群中挤进去，便看见赵冉和夏一月她们站在一起，对面是赵冉的几个舍友。也不知道是谁跟谁吵了起来，全场最激动的反而是“408”的几个女孩儿，气势汹汹的，看起来像是要将对面那个女孩儿撕成碎片。

与她们对峙的女孩儿，正是赵冉舍友的女友，周末在学校附近的酒店里兼职做收银员。

穆沐的脑子转得快，哪怕现在的形势看起来有些令人咂舌，但她从那个女孩儿脸上的不屑看出了些许端倪。

穆沐在酒店退房时遇到林嘉的那一天，正是这个女孩儿在值班。

“一月，”她走近拉住情绪激动的夏一月，“生气伤身。”说着，就要给她顺气。

站一旁的赵冉看见了她，脸色不由得变得有些复杂，张了张嘴又紧闭起来，一副欲言又止的模样。

最后是那个女孩儿的男朋友做了和事佬，拽着女孩儿和身边的一行人转身离开了。赵冉仍站在原地，眼见着不明情况的围观群众都散得差不多了，才一脸严肃地扭过头来。

“赵冉，我警告你别乱说话。”夏一月脾气火爆，不等他开口便先发制人。

进入大学将近两个月了，穆沐还没见过这样剑拔弩张的场面。虽然她已经猜出了其中的原因，但还是有种茫然和无力感，眼见着形势不对，她连忙站在两个人中间，让矛盾不至于过分激化，又拉着几个人进了食堂，远离路人投来的异样目光。

在离开的时候，舍友三言两语将事情的来龙去脉一一说了出来了。果然是那个在酒店做兼职的女孩儿，误会了穆沐和林嘉同时出现在酒店的事情，并以此来劝赵冉别再为这段无望的感情付出了。

似乎是她的言语极不尊重穆沐，大有不屑对方为人的意思。赵冉本就因为这事儿受到了冲击，听了这些话更是不忿，扭头便叫那个女孩儿学学怎样尊重人。而这场对峙偏偏就被夏一月等人看见了，于是就变成了那种场面。

夏一月能言善辩，知道周围有多少人在围观，在教训对方别议论别人是非的时候，简单几句话便将那晚的事情说的一清二楚，倒也没掀起多大的风浪。可那女孩儿所说的话却还是在赵冉的心中留下了难以言表的苦楚。

赵冉的脸色越来越难看，但他还是忍住了没有问她那些事情，穆沐也有些不安，停下脚步叫了他一声："赵冉。"

赵冉的脚步一滞，一言不发地望着她。

夏一月和几个舍友也察觉到这尴尬的气氛，正想着要不要避开，穆沐却在此时开口说道："你听到的事情虽然是个误会，但是，我也不怕别人知道……我，我喜欢林嘉。"

无论是赵冉还是那几个舍友，谁也没想到穆沐会突然说出这样的话，一时间都有些蒙。

赵冉更是不自觉地皱起了眉，脱口而出："为什么？"

认识这么多年的女孩儿，他可以接受她不喜欢自己，却不能理解她会突然喜欢一个刚刚认识的人。

"你为什么要喜欢他？"他茫然地又重复了一遍。

穆沐在把话说出口之前就想到了他会这么问，把早已想好的说辞正要说出来时，身后传来了一道熟悉的声音。

“因为我比你更喜欢她。”

站在几个人五步远的地方，林嘉未加思索地替穆沐回答了这个问题。

他的声音没有刻意拔高，却让身边的所有人都听得一清二楚。穆沐眼角的余光能感觉到身侧的几个女孩儿或惊讶，或不可置信地捂住了嘴，但她却无暇去顾及这些。此时，她整个身心都沉浸在了林嘉那短短的一句话中。

因为我比你更喜欢她。

简单的几个字轻飘飘地说出来，让她整个身子都跟着一颤，仿佛有万千礼炮在耳畔齐鸣，刹那的绚丽之后，脑海中只剩下一片空白。

“穆沐。”不知是谁轻轻唤了一声，她这才回过神来。

好几个人拦着赵冉让他不要冲动，站在一旁的林嘉，脸上没有一丝当众表白的慌乱，仿佛这是他演练过无数次的场景，足以让他镇定自若。

“要我再说一遍？”来围观的同学越聚越多，有同学拿起手机拍起了小视频，林嘉仍然没有半分退缩，“只要穆沐愿意听，任何场合，任何方式，说多少遍都可以。”

这突如其来的变故，一时间让赵冉有些发蒙，窘迫地站在那儿不知所措。

穆沐深吸了一口气，上前轻轻拉了一下林嘉，声音低低地说道："别这样，走吧……"

林嘉说的那些话是真是假是其次，短暂的震惊后，她实在是不想自己喜欢的人被流言蜚语所淹没。

可林嘉偏偏不怕这事儿被更多的人知道，正值午休期间，食堂门口却围得水泄不通，甚至有不明所以的老师挤过来，问道："你们都围在这儿做什么？"

此时，艺术学院的张主任也挤在人群中，瞥见这起闹剧的主角时，张嘴就喊了声："林嘉？"

林嘉走近老师，神情坦然地说道："我在向女朋友表白呢。"

霎时间，围观人群"哇"声四起。

张主任瞪着眼睛四处张望，想看看林嘉表白的女主角是谁。

穆沐虽低着头，但仍能感觉到所有人的目光都聚集在自己身上，那些目光有些灼人，连带着她拈着林嘉衣袖的指尖都发烫了起来。她反射性地甩开了手，不知所措地往后退。

"408"的几个女孩儿不知何时退到了人群中，留下三个当事人站在中间，而就在穆沐往后退的同时，林嘉迅速上前一步，拉住穆沐说："我今天一直在后悔，昨晚没在舞台上把话说清楚，幸好现在还不算晚。穆沐，我知道你不希望我在这种场合说出这些话，但我希望你能给我一个机会，让我把话说完。你想让所有人听到，我可以在任何一个场合说，如果你不愿意，那我只说给你一个人听。我等你准备好，可以吗？"

今天发生的事让人猝不及防，穆沐的心七上八下，明明对方说的每一句话都能听懂，可她心里却还是茫然不知所措。

或许，是她还没有准备好。回应赵冉的那句话虽是真心，但没承想接下来会发生这么多事。

她不清楚林嘉所谓的表白，到底是出于什么目的，莫非他也像她一样动了心。

张主任叹了一口气，摇摇头招呼着其他老师离开了。没一会儿，学生会的同学赶过来维持秩序，劝说围观的同学尽快散去。

B 大的学生会主席是中文系大四的学长杨洲，吃完饭看见食堂门口围着黑压压的一群人，赶紧过来看个究竟。看见林嘉，毫不犹豫地说 道：“你们的林主席在这儿，叫他维持一下秩序。”

学生会的同学默不作声，不知谁打趣道：“乱子就是林主席惹出来的。”

“啊？”杨洲一愣，又看了林嘉一眼，不明就里地问道，“他在干什么？”

“表白呀！”有学姐笑着说，目光一扫，便看到从人群中走出来的穆沐等人，连忙指了指，“就是这个可爱的小学妹。”

那声音不高不低的，刚好让穆沐听得清清楚楚。穆沐顿时涨红了脸，拉着夏一月快步离开，留下林嘉和赵冉等一众人站在原地面面相觑。

穆沐拉着夏一月回了宿舍，什么吃饭大业都抛到了九霄云外，现下最大的事情便是穆沐的恋爱大事。

夏一月按捺不住兴奋的心情，刚走进宿舍便拍着穆沐的肩膀说道："你看我说什么来着，他一定是喜欢你的。"

其他的几个舍友也七嘴八舌地跟着附和，都在感慨穆沐真是个幸运儿，刚进大学不久，就能得到学校男神的表白。

"难道就因为一起看了一场演唱会？"激动之余，让人难免会有些困惑。

夏一月很快又接着说道："没听见穆沐说？是林嘉早就关注她了。"

"真没想到啊，B 大男神一颗真心献给了咱们穆沐了。"

话音刚落，外面的敲门声响起，隔壁宿舍的几个女孩儿在门外边笑边叫着喊道："穆沐，快开门。"

得，又是来听八卦的。

不管在哪儿，人们聊不完的永远是八卦消息。

生平第一次做了八卦的女主角，穆沐来不及感叹漫画里的情节竟然也会发生在自己身上，就要被这些女孩儿的八卦之心，逼得恨不得挖个坑将自己埋进去。

手机的信息提示音响个不停，不用猜也知道那是要好的同学在向她打听这事儿的真假。

B 大男神向一年级的小学妹表白，这可是 B 大近年来最劲爆的消息了。

穆沐两眼无神地坐在椅子上，半天才抓起手机查看信息，然后在众多信息里，敏锐地捕捉到了林嘉发来的几条。

“对不起，是我一时冲动了。”

“原本不该在那样的场合说那样的话。”

“有很多事情没来得及解释，能给我一点儿时间吗？”

……

或许是因为没等到她的回复，没多久，林嘉又发过来一张图片，上面是两张STONE组合代言某化妆品牌宣传会的入场券，附加一条信息。

“看在STONE的份上……”

穆沐看着这些信息，不禁“噗”的一声笑了出来，也不知是因为林嘉的诚恳还是偶像的力量，让她一颗悬着的心放下了不少。

想了想，她还是在一群女孩儿的围攻下，编辑发送了一条信息给林嘉，然后倏地站起身，走出门去。

“穆沐，你干什么去。”还在耐心劝导大家别这么捕风捉影的夏一月，惊讶地睁大了眼睛。

穆沐回眸一笑，答道：“让八卦成真。”

B大是一所学术气氛浓厚的大学，八卦之心虽人皆有之，可也不会有人穷追不舍。

穆沐离开宿舍，向3号教学楼走去。

3号教学楼在B大的东南角，艺术学院就坐落在这里，一楼至三楼是音乐学系上课的教室，四层往上是摆放乐器的教室。

穆沐进B大也有两个多月了，但来艺术学院还是第一次，林嘉发给她的位置是五楼的“503”教室。打开教室门，并不宽敞的教室里，摆放着一架大大的三角钢琴。

林嘉从窗边就看见她走过来，待她推开教室门，他便站起身，笑了笑，说道：“我在想，若你生气不想见我，我该怎么赔罪才好。”

穆沐捏着衣角，小声嘟囔着说道：“我是看在STONE的份上，才来见你的。”

林嘉听了，点了点头，说道：“嗯，我以后一定要多买他们的专辑，好好感谢他们。”

穆沐极力想控制一下自己的表情，可还是没忍住嘴角扬了扬。

气氛顿时轻松下来，两个人在钢琴边坐下，想到之前听过的传言，穆沐好奇地问道：“你真的是音乐学系的钢琴老师吗？”

早在刚入学的时候，她就听同班的女同学说，音乐学系因为只教理论和音乐史，所以没有专业的乐器老师。直到林嘉入学之后，大家挖掘出他获得过多个钢琴比赛大奖，这才有几个学长撺掇他教大家弹钢琴。

刚巧B大的硬件设施齐全，本来只是几个学生凑在一起的业余活动，后来有越来越多的同学加入，于是有个教授干脆在自己的课堂上留了半节课，让林嘉给同学们讲解钢琴和作曲。这件事在本市设有音乐学系的高校都有传播，甚至还有外校的学生都来B大一睹林嘉的风采。

林嘉说道：“我虽然获得过许多奖项，但自认无法传授学业，最多只是教感兴趣的同学一些基本功而已，在课堂上也不过是以自己的业余爱好帮同学们更深刻地去体会音乐的另一个境界。”

穆沐听了有些向往：“有机会我一定要去旁听。”

穆沐一脸期待，亮晶晶的眼睛里满是光彩，林嘉看得愣了愣，不知不觉低下了头，掩去不自然的神色和心底的慌乱，然后别过脸，看向面前的钢琴：“你不需要去旁听。”

穆沐一怔，转瞬又明白了他的意思。

“只要你愿意，任何时间，任何曲子，我都可以为你弹奏。”他的指尖落在黑白分明的琴键上，在穆沐久久不能平静的目光注视下，弹起了 STONE 那首著名的爱情歌曲《初恋》。

没有动人心弦的歌词，只有那舒缓又带着几分欢快的旋律在这间教室里缓缓流淌。明明她已经听过无数次，却比任何一次都要心动，仿佛置身曲中所描绘的那个盛夏午后的场景一般。在和煦的阳光下，少年对着暗恋已久的女孩儿说出了深藏在心底许久的那句话——我喜欢你。

正如这首歌的作曲人贤宇所说：“与其说歌曲描绘了一段动人的爱情故事，不如说，整首歌都是忐忑又青涩的少年向心上人的深情告白。”

这是穆沐最喜欢的一首歌。可任她怎样幻想自己将要遇到的爱情，也从未想过自己会成为歌曲中的女孩儿，能听着美妙的旋律，拥有心上人为自己奏出的深情告白。

在音乐面前，任何的语言似乎都变得苍白无力，刹那间，仿若天地里只剩下他们两个人。而此情此景，也只有他们两个人才明白那曲中饱含的深意。

当最后一个音符落下，穆沐揪着衣角的手终于放下，坐在钢琴前的林嘉站起身，凳子在地上划出一道突兀的声响。

等到她反应过来，林嘉已经站在了她的面前。她对上他的目光，轻声问道："为什么会是我？"

兜兜转转，其实这才是她心底最大的疑问。

林嘉想了想，拿出两个人一起看得那场演唱会的门票，他似乎是有些难为情，迟疑了片刻才说道："其实这是夏一月的票。"

穆沐一下没能反应过来，等回过神时，险些戳破了那张珍贵的票根："原来她把票给你了！"

一时间，穆沐的脑子里飞快地闪过几个词汇，诸如"藏得够深""处心积虑"……

林嘉见她愣着，忽然觉得这样的偶遇，实在也是有点儿不那么光明磊落。于是连忙解释道："我只是不知道该怎样认识你才好，听说你有可能不去艺术节，而我又没买到演唱会的门票，只能拿另外两场的票和夏一月换。"

STONE 今年在国内总共有三场演唱会，另外两场离夏一月的老家更近一些，何况这是件促成好友姻缘的大事，夏一月当然愿意。

真是难为她这几天一直装作一无所知。

穆沐听得直愣神，眨眨眼，等着他说出接下来的话。

林嘉顿了顿，说道："我知道你，比你想得要早得多。"

现实并非小说，看书的人能够拥有上帝的视角，看到主人公视线以外的事情。所以身处在这个现实世界中的穆沐当然也不会知道，就在自己费力拎着行李踏进B大校门的那一刻，另一个视角下的故事也悄然拉开了帷幕。

在以林嘉为主角的那条“故事线”里，B大迎新生的九月无疑也是一个重大的转折点。

他身为学生会的副主席，自然要代表艺术学院出现在这个场合。大一的新生带着一身稚气和对大学校园生活的向往，迈进了这座全国闻名的学府，身边大多跟着来送行的亲人，人群来来往往，最扎眼的还是那些形单影只的身影。

林嘉第一次见到穆沐，正是源于一声感叹。那是学生会里最热衷于帮新入学的小学妹拎行李的老亮仿佛发现新大陆一般叫了一声：“欸，你看那小女孩柔柔弱弱的，竟然没人送，该是我出马的时候了。”

顺着他的目光看过去，林嘉看到的是一个费力拎着两个行李箱的女孩儿。她个子不高，行李箱的高度差不多到了她的腰腹处。

此时正值盛夏，酷暑难耐，在烈日下站一会儿就会汗流浃背。这女孩儿站在校园门口的林荫道上，一边擦着汗，一边利落地将长发揪成了一个丸子，笑哈哈地谢过了所有想要助她一臂之力的学生家长。大概也不是因为想要逞强，而是这些好心人手里也拎着大大小小的行李，她不想给对方增添不必要的负担。

刚踏进大学校园的穆沐，脸上扬起的笑脸洋溢着青春的光彩，仿佛是这炎炎夏日里的一缕清风，就这样荡进了旁观者的心底。

喧闹的迎新会上，林嘉怔愣在原地许久，甚至来不及阻拦那跃跃欲试的同伴，待他回过神，老亮也已经带着一脸的惆怅走了回来：“浪费了一个多好的机会，唉。”

那原本孤身一人的女孩儿身边不知何时多了一个与她年纪相仿的男孩儿，一脸的意气风发，显然也是刚入学的新生，不由分说地拎起她的行李箱就走。

老亮“路子”广，或许也是因为不甘心，没一会儿工夫就将这事儿打听得清清楚楚。

“那女孩儿是中文系的新生，叫穆沐，高考成绩全系第一，妥妥的学霸。亏我之前还以为学习好的都长得不好看，真是太狭隘了。”老亮一边砸着嘴，一边感叹着。

旁边的人不由得打趣道：“你才看了她一眼！”

“一眼又怎样？她也只看了我一眼！”老亮信誓旦旦地说道，“当你被她看一眼就觉得心里不对劲的时候，你就完了。那是什么？那就是爱情！”

林嘉收拾着手边的资料，漫不经心地接过话茬儿：“那她身边的那个男孩儿呢？”

老亮丝毫没察觉出这话的怪异，张口就说道：“赵冉，也是中文系的，他们是高中同学，从高中一直追她到现在，她始终没答应……欸？你们几个干吗去，带上我。”这个话题说到这儿，就结束了。老亮这样随意的性子，不出半个月就把当日惊艳忘得一干二净，却不知那抹身影已经深深地嵌在了另一个人的心底。

第三章

谁先喜欢谁

从迎新那一日起，林嘉的生活便被那个叫穆沐的女孩儿留下了痕迹。同班的女同学是穆沐同人小说的忠实粉丝，那些文章他也看过，无视了主角的性别，他真心地认可她的文学素养。

嗯，这就是传说中的明明可以靠脸吃饭，偏偏要靠才华？林学长面不改色地追完了每一个帖子，内心默默地念了一句。

恰巧，高中的小学妹夏一月与穆沐住在同一个宿舍，此女孩儿从高中开始就是路见不平拔刀相助的女中豪杰，正好可以为日后他的“战斗”打下坚实的基础。

怎样才能显得不那么突兀地认识穆沐？

在大一新生军训的那一个月，林嘉站在操场旁边默默地看了许久，始终没找到一个合适的机会跟穆沐接触，反倒换来一年级n那些女孩儿对他这个B大男神的疯狂推崇。

她们的目光始终落在他的身上，却不知道，他的目光只追随着一个人的身影。

那个女孩儿无忧无虑地享受着自己的大学校园生活，老师喜爱，同学友善，即便有些人不理解她写文，但她一直坚持着自己的创作，从不知自己的一举一动也会牵动着另一个人的心。

她因为身体原因不能住在春天会飘进柳絮的楼层，在提交申请的时候犹豫了许久，写上又撕掉，最后却是林嘉填好了那一张申请单递到了中文系宿管科，说明这些真实情况。

有老师不喜欢她写得那些“不务正业”的文章，未将她列入演讲比赛的候选人名单中，身为学生会副主席的他第一次借助职务便利向老师推荐了她。

这些都是穆沐永远都不会知道的事情，甚至连他自己都不知道这样默默无闻地做着事有什么意义。但看到她因为不需要担心身体会不舒服而展露出的笑脸，在演讲台上自信又骄傲的眼神……他终于明白了。

他只是想要她过得更好一些，不带有任何目的。他想看到：那配得上所有美好词汇的女孩儿，应该拥有这世上所有的善意，仅此而已。

他会因为偶然得知她与朋友凌晨出门看电影而担心她的安危，像个傻帽儿一样也坐在那个首映场里，却在看到她与相熟的同伴们一起出去吃饭时，收起了自己所有的谨慎迟疑。

他想要真正地认识她，说出藏在心底许久的那句话，然后光明正大地站在她身边。

直到她带着三分欣喜三分茫然地问：“为什么会是我？”

往事如潮水般涌上心头，他终于毫无隐瞒地讲出了她并不知晓的这些过往，而女孩儿的神情也从一开始的惊讶，慢慢变成了羞涩与不知所措。

穆沐幻想了那么久都无法描绘出自己人生初恋的模样，直到此时此刻，终于出现了一个男孩儿，用他深藏心底的情意和简单的不能再简单的一句“我喜欢你”，将她期待了许久的爱情萌芽在这一刻，满足了她的一切幻想，仿佛所有可以期待的美好都具体化地出现在了眼前。

“学长。”她在他有些忐忑的神色中，笑着说道，“我也很喜欢你。所以……做我男朋友好吗？”

女孩儿清脆的声音在这空空的教室里回荡，让他欣喜若狂。

林嘉万万没想到，自己费尽心思练习了不知多少次的告白，竟然被她抢先说了出来。他一时不知该如何是好，因为那无数次的幻想之中，等待答案的是他，而非眼前的这个女孩儿。

穆沐倒是一脸的坦然，虽然脸颊仍有点掩不住的红晕，但还是用满目的笑意去看向眼前的人。

林嘉明白自己怎样都无法挽回“落后一局”的局面，只有在对方那期待的眼神中无奈又欣喜地笑了笑，说道：“好。”

“叮铃铃——”

下课铃声在这时响起，两人依稀能听见在楼梯间响起的脚步声，还有些说笑声从教室外传来，而且越来越近。

想起上午那一幕，穆沐对围观有了万分的恐惧。她不安地看向窗外，可还没等她看到是谁经过，已有人从身后拽住了她的衣袖。

她一愣，扭过头去，只看见林嘉面不改色地迎向她的目光，拽着她衣袖的手慢慢地往下移，然后准确又毫不迟疑地握住了她的手。

“我们已经说好了，你不能当什么事都没有发生。”他的目光真挚热烈，明明是极认真的一句话，嘴角却噙着掩不住的笑意，“他们想看便看，我是你男朋友，难道还不能和你单独相处？”

听了这话，饶是先表白的人是自己，穆沐也忍不住双颊一红，比说出“我也喜欢你”时还要羞涩上百倍。

男朋友……男朋友……这几个字难道是有魔力不成？

即使是这样，两个人握着的手却没有分开。

看了眼时间，林嘉果断地拉着自己新晋女朋友的手走出了教室。

正值午休时间，教学楼里的同学都纷纷奔向了食堂和宿舍。因为刚才那场“闹剧”两个人都还没有吃饭，却又不想将正式确定关系后的第一次“约会”献给学校那嘈杂的食堂。

走到教学楼门口时，穆沐忍不住抬头看了看林嘉，却发现对方也正在看向自己。

“你下午有课吗？”

“你下午有课吗？”

两个人异口同声地问道，不禁为这默契笑出了声。

穆沐下午只有一节选修课，课逃得是理直气壮。相较之下，林嘉下午有安排得满满当当的四节课不说，其中一节还是张主任的课，这简直就是要往枪口上撞。

可林嘉却不在乎：“这么有意义的日子，主任会谅解我的。”

远在教师休息室的张主任打了个大大的喷嚏，站在阳光下的这对小情侣却已经是一拍即合。

穆沐发了一条信息在“408”舍友群里，只说自己下午要去约会，随即便关了聊天界面，罔顾好友们的一众惊叫和哀号。

“走吧。”穆沐挽着林嘉的胳膊。

校园里的那条林荫道，两个人在过去的日子里反反复复走了无数遍，却从未像现在这样并肩而行。林嘉在B大上了三年学，打从入学那一天起，无论走到何处，都会被一些目光偷偷注视着。

在这样的目光下生活与学习，林嘉从未有过些许的不自在。但在此时此刻，身边的女孩儿挽着他从这条熟悉的林荫道上走过，脸上却是强装镇定下忍不住的喜悦笑容。

而她也正仰起头，嘴唇弯成幸福的弧度，她扯了扯他的衣角，说道：“林嘉。”

林嘉一怔，不自觉地轻轻握着拳，感受着掌心的温度。

午后时分，艳阳的光芒透过树叶间的空隙洒下一地斑驳。宽敞的林荫道上只有几个人走过，大多行色匆匆。仿佛世界都安静了下来，只有眼前的女孩儿将目光落在了他身上。

在众人面前坦然自若，面对这个女孩儿的注视，他生平第一次感受到了“紧张”的滋味。

脑子里闪过老亮信誓旦旦说出的那句话。

“当你被她看一眼就觉得心里不对劲的时候，你就完了。那是什么？那就是爱情！”

爱情使人盲目。

走出学校，公交站的广告牌上是大幅的饮料广告，STONE组合作为代言人，在照片上摆出了最迷人的姿势和表情。若是换作往常，穆沐一定会站在这里看上许久才走。但此时，她的眼睛里全是身边的这个人，全然没有了广告牌上的偶像。

嗯，贤宇很帅，但此时在她眼里，林嘉才是最帅的。

谁能想到，在这个与往日没什么不同的一天，她不仅拥有了自己的初恋，还有了平生第一次情侣之间的约会。

逃了一下午课想要去哪里，两个人心中都没有计划，但这样的漫无目的，却比任何一次出行都更加让人激动。

随意上了一辆停在校门口的公交车，车上人潮拥挤，两个人挨得比刚才更近了一些。为了平静那颗狂乱跳动的心，穆沐把目光投向了头顶上的车站列表。

嗯，不愧是B大校门口的公交车，这一路经过的大学可真不少。

站在她身边的林嘉也注意到了这一点，目光掠过那些站点，最后停在“复兴门站”这四个字上面。穆沐不知道他是在看哪个站点，顺着他的目光望去，前后几个站似乎都没什么特别值得去的地方，她犹豫了片刻，问道：“在哪个站下车？”

这场随性的逃课之旅，两个人不过是想单独相处这个下午，可这样漫无目的地坐在公交车上，也不是他们的初衷。

见她满脸笑容，全凭自己做主的模样，林嘉迟疑了片刻，回答道：“复兴门吧。”

“好呀。”穆沐想也不想就答应了，然后若无其事地问起了许多学校里的趣事。

刚刚确定关系的男女朋友，总有着说不完的话，将近二十站的距离，也不过是转瞬之间。

下了车，穆沐的目光向四周一扫，忽然想起自己初来B市时，和好友来这儿附近逛过。周围倒是有许多值得一来的地方，但如果是从她男朋友的角度来看……

最值得去的，果然是这里啊。

还不等林嘉说什么，她已经拉着他向街对面走去，在那里静静伫立着的是B市诸多高等学府中的一所，或许在很多人眼里比不得B大名声响亮，却是国内所有音乐学子心中的梦。

站在这所经常会出现在梦中的大学门前，林嘉沉默了许久，笑了笑说道："有了女朋友之后，第一件想做的事，就是带她来看看自己曾经梦想过的地方，是不是有点儿奇怪。"

穆沐摇摇头，又抬头看了看校名："其实……这对你来说，不应该只是梦想。"

林嘉的天赋实力，就连刚刚入学不久的她都看得出来，何况是那些拥有专业素养的老师。如果当年他报考了这所学校，她想不出任何他会落榜的理由。

但事实是，高考后的三年，他与自己心爱的女孩儿站在这所大学门前百感交集。

为什么会失之交臂？她满心困惑，却知道此时不是询问此事的好时机。

林嘉早已习惯了这个困扰他三年的遗憾，他拉着她的手向校园里走去，如实地告诉她，自己独自来过无数次，说不出是为了什么。但这一次，他竟然没有感觉到往日的孤单，似乎那些不愿提及的往事，在此刻也能笑着说出来。

考取 B 大的志向，只是家里压在他身上的意愿，而他的反抗，也仅仅只是把自己送进了 B 大的音乐学系。旁人看来还算不错，可于他来说，却是进退两难的尴尬处境。曾经梦想的这个学府，如今看来，也当真只是个梦想罢了。

“以前总想着，如果有了女朋友，一定要带她来这个校园里走一走。可是没想到，这一切来得这么突然，而且都在同一天实现了。”他又想起了摆放钢琴的教室和女孩儿那比阳光还要明媚的脸庞，心中一动，正想接着说什么，却见身侧的女孩儿正眉眼带笑地看着自己。

穆沐相信自己的目光一定是炙热的，正如她胸中不断翻涌着的热血一样。她坚定地说：“这才不是梦想，这只是通往梦想的路，一条路走不通，总会有另一条。如果你找不到，我陪你一起找。”

穆沐坚定得好像要做一件开天辟地的大事一般，满腔的热血和情意都明明白白写在了脸上。

但说过之后，林嘉却久久没有回应。

两分钟过去了，穆沐难免有些尴尬，他摸了摸头：“如果我说错了，你就听听不用在意。”

话音刚落，她只觉得身子一倾，有人用力地搂住了自己。

穆沐的脑袋倚在林嘉的胸膛上，感受着他揽在腰际的力度，穆沐在愣怔之后，觉得世界仿佛在这一刻静止，只剩下她的心跳声，在耳畔回响。

她眼前的这个男孩儿看起来还是那副平静自若的模样，但心底却早已是波澜万丈。

穆沐憋着笑，两颊鼓鼓地抬起头看向他，像个小仓鼠一样。有些难为情的林嘉轻轻地捏了一下她的脸颊，两个人相视一笑，牵手走在这幽静的校园里，已是坦然了许多。

这所音乐学院比起赫赫有名的B大还是小了不少，没多久就逛了个遍。折腾了一天都没正经吃上一顿饭的两个人终于将目光投向了附近的餐厅。

正值青春的女孩儿是最在意自己形象的年纪，想了想这几天已经吃过的甜食，自觉地停住了想要迈进烤肉店的脚步，结果被身后的男孩儿半推半抱地推进了门："没事的。"

"不行，我现在可是有男朋友的人！"若是往常，穆沐或许会跑进去饱餐一顿。可从今日开始，她已和从前的自己不同了。

她现在可是有男朋友的人！女孩儿哪有不在乎自己在男朋友面前形象的。

何况面对的是他这种百里挑一的男朋友。

正是年少不知愁滋味的年纪，还未踏出校门的女孩儿，觉得天大的事也不过是成绩下降和体重上升。

"万一哪天我体重比你重了可怎么办！"才咽下一口牛肉，穆沐就为这个惊悚的可能性而忍不住心痛。

林嘉波澜不惊地夹了一块肉，说道："放心，就算我只剩下一副骨头架，也会比你重的。"

"我一直想知道，好看的人是不是都吃不胖？"咬了一口他夹过来的肉，穆沐眨着眼睛，终于有机会对着自己喜欢人问出了长久以来的困惑。

“我见过的人里面，你最好看，你让我问谁？”林嘉面不改色地回答道，连眼都不带眨的。

穆沐半真半假地捂着胸口往后退了退：“虽然是假的，可是我听着怎么这么开心呢。”

见她这副表情，林嘉忍不住笑着说道：“是真的。”

在眼下这个气氛里，是真是假显然已经不重要了。穆沐满心欢喜地吃完这顿饭，起身准备离开，正想问林嘉，想不想去看最近上映的歌舞剧时，却迎面走来了几个有些眼熟的女孩儿。

“纪纪大大！”其中一个女孩儿瞥见了她，挥手打着招呼。

被人当众呼喊笔名，是一件很尴尬的事情，但对于穆沐来说，偶然遇见 STONE 粉丝圈的好友也是件非常幸运的事。

B 市的 STONE 粉丝后援会人员众多，在大大小小的聚会上，身为圈中同人文“大佬”的穆沐也认识了许多相处甚欢的好友。如今在外偶然遇见，几个女孩儿拉着手热情地问候了几声，才用惊讶又揶揄的眼神看向了穆沐身边的男孩儿：“他是……”

“他是我……”

“我是她男朋友，很高兴见到你们。”林嘉礼貌地微笑着抢先回答了她们的问话。

这不带疏离的微笑，似乎真的是为能见到女朋友的朋友而高兴。瞬间，这几个原本看见林嘉有些拘谨的女孩儿，顿时就放松了下来。有个女孩儿偷偷拽住穆沐的衣袖，压低声音偷偷地说道：“纪纪大大，你男朋友也太帅了吧，我觉得他比贤宇还帅。”

平时，穆沐绝对是听不得有人说这世上有哪个男孩儿比自己的偶像还要帅的，可是现在听了这句话，却忍不住扬起了嘴角，高兴地接受了她们的夸赞。

几个女孩儿围坐在一起闲聊了好一会儿，才恋恋不舍地挥手告别。

等她们离开，穆沐才得空去理会被她晾在一旁的林嘉。她两只手指点在脸颊上，讨好地向林嘉卖了个萌。

“纪纪？”林嘉虽然早就知道这个笔名，却还是不甘心地问道，“难道真的是因为纪南？”

纪南自爆红之后，就一直是穆沐这般大女孩儿喜爱的演员，就连许多不看电视的人都能从各种渠道看到他的名字和身影。

穆沐本来从不忌讳提起自己是纪南的粉丝，更不怕直言自己是因为纪南这个名字才取了现在的笔名。但被林嘉这样一问，却莫名地生出了些许心虚来。

“是……是啊。”艰难地说出这两个字，她连忙解释道，“不过那都是以前了，我现在喜欢的只有贤宇一个人。”

说完，她用手挡住了额头。

这都什么事啊，竟然在男朋友面前向现任偶像表忠心？

不过这心虚又真诚的解释还是成功逗笑了林嘉。他忍不住伸手摸了摸她的头，说道：“你知道吗，自从认识你后，我就一直在想，什么时候有机会能当众说出我是你的男朋友这句话。虽然刚刚终于实现了，但我又有了新的目标。”

“什么？”她有些好奇。

“我希望有一天你能说，你最喜欢的偶像是林嘉。”

追星，是穆沐从高中起便喜欢的事。不仅仅是醉心于偶像们俊美的容貌和超人的才华，也曾多次因他们而寻找到前行的动力，成为更好的自己。可是那时的她又怎么会想到，将来的某一天，会有一个男孩儿郑重地对自己说：无论是偶像还是男朋友，他希望成为她最喜欢的人。

快乐的时光总是过得很快。

夜幕降临，两个人回到学校，穆沐的脑子里反复重现着：林嘉认真地说自己会成为她最喜欢的人时脸上的神情。

在人群熙攘的街头，他站在最寻常不过的那条街道上，她却仿佛看到了多年以后这个男孩儿站在聚光灯下的场景。他在光芒万丈的舞台上，迎接着台下观众的齐声欢呼和掌声。

哪怕这一切在如今看来只是想象，却让人无端觉得，他生来就是该走上这样一条路的。

只要一想到这个男孩儿站在舞台上的模样，穆沐就忍不住捂住了胸口。别说到那时了，就单只是眼前这样的凭空想象，都让她有些难抑激动。

林嘉望着穆沐走神的模样，以为她是在外面逛了一下午，有些累了，便体贴地说道：“早点儿回宿舍休息吧。”

两个人原本是打算去看话剧社排练的，穆沐对此很有兴致，哪会轻易放弃，连忙摆手说自己不累，然后朝着排练话剧的教学楼快步走去。

B大声名显赫，教学楼也别具一格。学校里专门为学生社团盖了两栋社团活动楼，而话剧社则占据了1号楼的大半江山，有两层楼的剧院不说，还有专门的排练室。

学校里群英荟萃，随便拎出来一个都是才华横溢的佼佼者。除了有原创剧本做保证，还有外院那几个混血帅哥的颜值加持，想不火都难。故此，每次排练，就像一场小型的明星见面会。

穆沐跟在林嘉身后，看见观众在为台上的精彩情节鼓掌叫好。拥挤的人群中，她看到了几个中文系的学姐也在这里，而且还在与话剧社的编剧认真地讨论着什么，似乎也参与了这次话剧的创作，其中就包括她们班的代导袁学姐。

仿佛像做错了事刚巧遇见辅导员一样，穆沐低低“哎呀”了一声，而后就想往角落里躲。

林嘉扭过头看见她，连忙拽住她的胳膊，说道：“干什么去？”

“我们学姐也在……”从喉咙里挤出这句话，穆沐又踮着脚看了看，差点儿和袁学姐的目光碰个正着。

林嘉觉得她这个举动让人哭笑不得，连忙拉她回来：“有什么可怕的。”

“你不懂。”

算起来，她还是刚刚迈入大学校门的新生，还没有摆脱中学时期班主任的严格考核，给她留下的阴影。而代导学姐这种存在，与班主任老师没有任何区别，哪怕对方和自己一样都是学生，也能给她一种无形的震慑力。

大概只有上了大学的人才会明白，大学的新生和学长学姐之间，差了多少个不可逾越的鸿沟。

可恨的是，林嘉这个已经念到大三资历甚“老”的好学长，根本无法与她感同身受，于是抿着嘴笑了笑，执意拉着她一起走下台阶。

穆沐一直躲在他身后，袁学姐听到有人叫林嘉的名字抬头看过来的时候，也一时没有留意那么多，还皱着眉说笑道，“林嘉你还敢回学校，你们系张主任就差出门逮你回去扒皮抽筋了，你这几天到底……”

话未说完，她就瞪大了眼睛，不可置信地看着躲在林嘉身后的女孩儿，“穆沐？你……你们……”

B大这样的学校，果然不适合传播八卦，中午的闹剧竟然没有传到中文系同系学姐的耳朵里。

穆沐眨眨眼，尴尬地抬起手打了个招呼：“学姐好。”

林嘉却坦然地说道：“穆沐，我女朋友。”

赤裸裸的事实摆在眼前，就算不信也不成了。袁学姐左看看右看看，将他们两个人上下打量了一番，还是觉得有些不可思议：“林嘉你可真行，什么时候的事啊？难道你翘艺术节就是为了她？”

艺术节的主办社团为了和话剧社打对台，对这个台柱子千请万请，最终却换来一句：我要去见女朋友。

那时候大家只当他是在找借口，谁能想到会是事实。

“欸，不对啊。”正感叹的时候，袁学姐却突然想起，“艺术节那天，穆沐你不是说你要去见你异地恋的男朋友吗？”

“啊？”恍然想起那日自己偷跑出去看演唱会时编造的谎言，穆沐正犹豫着是实话实说还是找个合适的理由时，旁边的林嘉已经一脸真诚的替她回答了。

“是异地恋没错啊，中文系和艺术学系隔着多少栋楼呢。”

这话让在场的几个学姐听得连连摇头，默默地感叹：无论看起来多么聪明的男孩儿，谈了恋爱之后都会变成傻子。

“可是，程想怎么办啊……”说话间，不知是谁小声嘟囔了一句。

气氛仿佛瞬间凝结了，几个学姐的脸色都僵了僵。唯独穆沐还有些不知所以然，努力回想着“程想”这个名字的主人。

程想，是比她高一届的学姐，她刚入学的时候就见过一面。虽算不上是什么绝代佳人，但自小习舞，气质极佳，就算只是从走廊上经过，也能吸引不少人的目光。而穆沐和夏一月也曾坐在学校的体育场上遥遥望着这位学姐的背影感叹不已。

只是，从未听说过她与林嘉有什么关系啊？

穆沐打量了一下众人的脸色和林嘉满脸不愿意继续这个话题的态度，也能猜出些许缘由来。

那个程学姐，想必真的是对林嘉动过心。

在穆沐还未入学的前一年，身为一年级新生的程想与高他一届的林嘉都是学校里万众瞩目的风云人物，在外人眼里就是天造地设的一对璧人。

瞥了一眼林嘉的眼神，穆沐却没有多少介意的情绪。或许是从刚入学时就知道这位学长在学校是多么受欢迎的人，抑或是从未见过那个程学姐挽着自己男朋友的手走在自己面前的画面。反正，尽管她猜出了两个人之间或许有些不同常人的情愫，但她没有一点儿醋意。

在场的几个学姐早已拉着那个说错话的女孩儿离开了，只剩下几对情侣还站在原地。

林嘉踌躇着，好似在思考着要说些什么。这时，穆沐却坦然地看着他说道："之前我就说了，做你的女朋友压力一定很大，这些事不算什么，我不会在意的。"

"可是我在意。"林嘉轻叹了一声，拉着她找了个位置坐下，继续说道，"不论谁喜欢我，我也只喜欢你一个人，我自己很清楚这一点，可是总担心喜欢的人会因为这些事对我有偏见。"

这个观点，穆沐是早已认同的，但点点头之后却提出了一个八字还没一撇的问题："我忽然想到一件事。如果你以后出名了，有很多粉丝喜欢你，我却和你在一起了，你的粉丝敌视我，可怎么办啊？"

见惯了娱乐圈里情侣公开时的腥风血雨，穆沐又给自己加戏。

林嘉听得哭笑不得，好一会儿才在她正经的眼神中收敛了自己的神情，认真地回答道："如果真有那一天，无论我的事业多么成功，我也会退出那个圈子。"

两个人一本正经地描绘着还遥不可及的美好未来，虽然现在看来，都是些只存在于幻想中的东西，但只要想想，心中就会对未来充满了希望。

毕竟，无论是怎样的未来，都还是"我们"。

直到穆沐回到宿舍，整个人还沉浸在对未来的憧憬中。瞬间就被夏一月拽着问道："说，干什么去了？"

"唔……"穆沐不假思索地说道，"约会。"

"约会？"夏一月高八度的声音响彻了整栋宿舍，然后狠狠地晃了一下穆沐，"你们成了？什么时候成的？下午？怎么不告诉我？"

"还说我呢，我都没说你瞒着我和他里应外合！"

夏一月见她知道了，自知理亏，嘿嘿地笑了两声，放缓了语气，拉着她问道："约会的心情怎么样？"

在朋友面前，穆沐从来不是一个矜持的人，想一想这一天的经历，不禁"啧啧"感叹道："能跟自己喜欢的人约会，很开心。"

面对转变如此之快的好友，夏一月也只能连连感叹：女孩儿真是个容易陷入爱情的动物。

"我虽然很看好你们两个人，可是……"她顿了顿说道，"你想过没有，如果有一天，林嘉功成名就了，一定会给你很多压力，你想好了吗？"

一个曾努力撮合他们两个人的好友说出这句话，显然不是要泼冷水。毕竟快乐过后，总要面对现实的。

想想前些日子，穆沐刚刚认识林嘉的时候，就问过林嘉这个问题，只是没想到，这一晃眼，这个承受着压力的女朋友就是自己。

大概是这几天发生的事情，改变了穆沐的许多看法，她托着腮帮子，乐观地说道："我想明白了，压力大无非是因为有很多人喜欢他。别人为什么会喜欢他？当然是因为他各方面都很优秀。既然拥有了让人艳羡的一切，就要承受随之而来的压力，这也是理所当然的。"

她想得透彻，而且也不想在这个美好时刻，去惦念今后的麻烦。说完之后，反倒很好奇地问道："他在高中时也这么受欢迎吗？"

林嘉和夏一月都是B市人，身为同一所高中的校友，夏一月对这个学长还是很了解的。

她有些无奈地说道："有过之而无不及。"

B大是个学霸云集的高等学府，能来这里上学的都是高中时期各个学校的佼佼者。但在高中就不一样了，哪怕是需要好成绩才能进入的优秀高中，也会有各种形形色色的学生。

"上高中时我念得是实验班，教室就在他们高三那层楼。文科班女孩儿多，那时候年纪小不懂事，有一些心思不放在学习上的，就天天想着和长得好看的同学谈恋爱。啧啧，你是没看到那些年闹得鸡飞狗跳的场面啊。"夏一月绘声绘色地讲起了那些公然放话要追林嘉的女孩儿的故事，无论过程有多浪漫，这些故事的结局都是以失败而告终。

“林嘉就是太有教养了，不然哪有那么多前赴后继不肯死心的女孩儿。”说着说着，她还点评了一句，“对待不喜欢的人也没必要那么客气，就该稳准狠不留情面，保准没人再敢有什么非分之想。”

“看来你是见识过了？”穆沐听得入神，见她一副很有经验的样子，忍不住问了一句。

夏一月的脸色有一瞬间的不自然，但很快就像没发生任何事一样点了点头，说道：“是啊，见识过了，林嘉没跟你说吗？他有个朋友，是我的初恋。”

“初恋？”穆沐像是发现了什么新大陆一般，连声音都拔高了一些，“是谁？”

“林嘉的高中同学，我的学长。”回想起青葱往事，夏一月叹了一口气，“现在想起，还暗自神伤呢。”

或许是擅长写作，穆沐比其他人对感情都要更敏锐一些。虽然夏一月一脸坦然甚至故作哀伤地说出这些话，但她也能察觉到，那段回忆或许真的给夏一月留下了难以磨灭的伤痛。

“是一个怎样的人？”她问道，本以为让夏一月说出伤心往事会让她释怀一点儿，谁承想，夏一月竟摆出了一副点评偶像明星时的架势，半眯着眼睛，“啧啧”感叹道：“又美又辣。”

又美又辣？这算什么形容。

穆沐觉得自己头都晕了，但夏一月却信誓旦旦地说道：“等你有机会见到了，就明白了。”

“还是不了吧。”

狠狠伤了闺密心的男人，她还是不见为好。

没一会儿，几个室友也都陆续回到了宿舍。几个女孩儿又为穆沐和林嘉在一起的消息一阵惊呼。稍稍冷静下来后，都信誓旦旦地说道：“如果以后穆沐的恋情出了问题，自己一定会冲在最前面为她排忧解难。”

早已过了孩童天真的年纪，谁也不会轻易说出“最好”两个字。穆沐默默地想了想，不管以后会怎样，还是将今天定为自己最美好的一天。

就算时隔多年回想起来，满满的仍是甜蜜。

如果问林嘉和穆沐在一起这件事谁的反应最大，数来数去，还是要数那个从未想过有人会横刀夺爱的傻小子。

赵冉从夏一月口中得知这事儿的时候，哪怕已经见识了林嘉当众表白的那个场面，却还是震惊地从座位上跳了起来：“他们才认识几天，凭什么！”

即使是事实摆在了他面前，他还是接受不了这个事实。

凭什么他追求了那么久的女孩儿，轻易就投进了别人的怀抱！

“爱情哪有什么先来后到？”最清醒的还是夏一月，只是激这男孩儿放弃的方法，显然是用错了，“难道你还能抢回来不成？”

“我怎么就不能？”说罢，便头也不回地离开了教室。

穆沐走进教室与赵冉擦肩而过时，她还转身看了一眼赵冉，有些不解他为什么气鼓鼓地不理会自己。

这时，夏一月走过来告诉穆沐，赵冉气恼的原因。穆沐心里“咯噔”一下，深呼了一口气，紧接着便想也不想地跟着跑了出去。

现在这个时间，正是学生会开例会的时候。如果赵冉冲动之下跑到会议室去找林嘉理论，穆沐都不敢想象会有什么后果。

想到这里，她一路狂奔，终于在学生会会议室门口追上了赵冉。

赵冉总算还识大体，怒气冲冲地来到这里后，并没有逞一时之气，推门进去吵闹，而是待在门外等着里面散会。

赵冉半倚在走廊的墙壁上，一直低头不语。直到听到穆沐叫他，他才慢慢抬头看了过去。

穆沐的心放下了大半，默不作声地站在走廊上陪着赵冉。

在她过去三年的认知里，赵冉一直都是学校里最优秀，最活跃的男孩子。虽然不懈地追求着自己，却也是有分寸懂教养，知道什么该做什么不该做。

穆沐欲言又止，但最终还是鼓起勇气对赵冉说道：“赵冉，不管将来会怎样，我们始终都是最好的朋友。”

话音刚落，赵冉却咧着嘴，戚戚地说道：“你不知道我有多么在乎你，我努力了这么久，他凭什么一出现就要抢走你？”

“他没有抢走我。”虽然心知对方的失落，穆沐却还是要纠正他的说法，“我从来都不属于任何人。哪怕是和他在一起了，也不会有任何改变。”

“那只是你自己的想法。”他摇摇头，“我不是这样想的。”

赵冉是固执的，不然也不会对一个无意于自己的女孩儿执着这么多年。可是他的固执却总是用错地方。

穆沐轻叹了一口气，想要拉他去别的地方谈一谈，可会议室的门这时候被推开。学生会的学长、学姐们本是说笑着走出来的，一见外面这架势，不由得愣了愣："你们站在这儿干什么？

两个人都不知道该怎样回答才好，气氛顿时变得异常压抑。

"是来找我的。"林嘉一边说着，一边平静地从后面走了过来，礼貌地对同学们笑一笑，然后看向面前的两个人。

穆沐羞涩得涨红了脸，反射性地想要逃离现场，却被林嘉一把拽了回去。

林嘉说道："你们还没见过吧，这是我女朋友，穆沐。"

热闹的场面突然安静下来，然后爆发出一阵欢呼和调侃："行啊林嘉，什么时候的事？"

"看样子还是个学妹啊，啧啧，一年级才来多久啊，下手这么快？"

"就是，就是，现在才让我们看见，藏得够深啊。"

大家七嘴八舌的，说的穆沐恨不得找个地缝儿钻进去。但穆沐仍有些担心地看向赵冉，生怕他听到这些，会怒发冲冠上去把林嘉揍一顿，幸好赵冉没有这么做。

林嘉状似不经意地搂着她的肩膀将她身子转了个一百八十度的弯，轻声说道："去楼下等我一会儿。"

说罢，便示意让那些开会的同学离开，自己则走向站在一旁默不作声的赵冉：“你是来找我的吧？进去说。”

空荡荡的会议室里，两个男孩儿走进去，关上了门。

穆沐眼看着他们走进会议室，一颗悬而未决的心又提到了嗓子眼儿里。虽说两个人都不是暴躁易怒的性格，但情敌相见却分外眼红。万一哪句话没说好，那岂不是要大打出手？

穆沐在门外踌躇着走了一圈之后，还是听从林嘉的话，下了楼。

教学楼门口是两个大花坛，她坐在花坛边的长椅上，拿起手机刷了一会儿粉丝群的消息，却破天荒地无法专心，最后干脆放下手机，专心地等待。

大概过了半小时，出现在门口的是林嘉一个人。她连忙迎了上去，想问一下事情的进展。

林嘉先开口告诉她：“没事了，他会想清楚的。”

至于两个人在里面谈了些什么，林嘉没有说，她也没问。

看着林嘉满脸的平静，她一颗悬着的心终于放了下来。不知是因为大出几岁的成熟，还是因为林嘉的性格，他总能让她有一股莫名的安心感。

接着，林嘉跟穆沐说了一件于她而言眼下最重要的事。

“知道我们刚刚开会讨论了什么吗？‘全国英语辩论赛’的校内选拔就要开始了。”

第四章

你给的勇气

在两个人独处时还说起学业上的事，似乎有些破坏气氛。但对穆沐而言，林嘉刚好说到了她的心坎上。

众所周知，在全国高校间有一个著名的英语辩论赛，由三名经过重重选拔脱颖而出的选手，代表所在的省份或直辖市参加全国的英语辩论比赛。

穆沐曾经无数次向往过这场比赛，如今终于在自己成为一名大学生后如愿以偿，于是忍不住兴奋地问道："什么时候？"

"很快就要发通知了，一周后是校内预赛。"林嘉特意带了比赛方案给她。

穆沐拿过来认真地看了几遍，已经想好了等学校发完通知就报名。但高兴之余，她问道："你怎么知道我想参加这个比赛？难道也是一月告诉你的？"

虽然这么问，但她清楚地记得，从没对夏一月说起过自己一直很向往这个英语辩论赛。

林嘉摇了摇头，如实地回答道："我猜的。"

在帮她递交宿舍申请时，他曾无意间看到了她的档案和入学时提交给系里的简历。那上面清清楚楚地写着，她出身于一个与英语脱不了关系的家庭。

母亲是职业翻译，父亲是一家外资企业的高级技术人员，受家里的气氛熏陶，她从小英语成绩就很好，参加过许多英语比赛。虽然就读的是中文系，排在最前面的特长却不是写作，而是英语辩论。

对林嘉来说，国内高校的英语辩论赛，还停留在考验大学生英语水平的基础层次上，而不是侧重于思想的尖锐交锋。但在这样一个全国性赛事里，与同等级的对手交流切磋，也是一次很难得的经历。

看着穆沐高兴的模样，林嘉也受到了些许感染。他跟着笑了笑，然后在她仰起头自信地说自己一定要闯进全国决赛时，认真地点了点头，说道："我相信你。"

并不是因为喜欢她而盲目地相信她，而是因为清楚她的实力更加地喜欢她。

只是这学霸之间的美好精神交流，实在不受夏一月待见。

夏一月脸上敷着面膜听穆沐说起这事儿时，一个白眼差点儿翻到天上去："参加比赛是好事，可也不至于一个人躲在宿舍做准备吧。这时候不是应该两个人，和和美美地去图书馆一起学习吗？"

"不用了吧。"虽说自己也清楚刚谈恋爱就各忙各的实在不妥，但这次的比赛对她来说至关重要，一来她不想分心，二来也不想拉着林嘉一起无意义的作陪，"他又不参加。"

"不参加？"夏一月阴阳怪气地重复了一遍，险些惊掉敷在脸上面膜，"都什么年代了，你的消息怎么还这么落后？难道林嘉没告诉你，他自己就是B大上一届英语辩论赛的冠军吗？"

"什么？"这会儿轮到穆沐惊讶了，直接扑到夏一月床边，好奇地问道，"可是上一届全国初赛时我没见到他呀。"

关注这件赛事是穆沐上高中以来，每一年都会做的事。她很确信自己没在去年的全国初赛赛场上，见过林嘉这个名字。

“因为他获得了B大的冠军后，就请了两个月的事假，没参加B市的选拔赛。”毕竟林嘉是自己高中时期的风云人物，夏一月还是很关心这个学长的。

而穆沐的满腔心思都被她口中的“两个月事假”给吸引了：“他出什么事了？”

“这你就要去问林嘉了。”拍拍脸上的面膜，夏一月顺手抽走了她手中的方案，“如果能成为全省代表的话，还能去训练营生活两周呢。”

“那又怎样？”穆沐的脑子里还循环着“比赛”和“事假”这两个关键词，并没有听出她的言外之意。

夏一月猛戳了一下她的脑袋：“这还不明白？那可是两周啊，整整半个月的时间，你们都可以待在一起，多好的机会？别说培养感情了，培养婚姻意愿都足够了。”

穆沐完全没想到她说的竟然是这个，愣了一会儿后，难免有些羞赧：“八字还没一撇呢。”

但是说归说，夏一月提出的这个设想还是很让人心动的。

如果她和林嘉都能顺利脱颖而出参加全国大赛的话，这半个月的时间岂不是绝佳的相处时机。

说干就干。

打定主意后，穆沐抱着书本就往外走，一边走一边给林嘉发信息，邀请他去图书馆看书。

即使林嘉有一颗七窍玲珑心，也想不出此时穆沐心里的想法，但对于一起学习这件事，他没有任何反对的意见。

“我从前一直都不觉得，图书馆是一个约会的好地方。”在将要走进那栋禁止喧哗的建筑物之前，他几不可闻地叹了一声。

英语辩论赛的正式通知是临近傍晚时发出来的，那时穆沐已经在图书馆学习了将近四个小时，直到林嘉轻轻地扯了扯她的衣服，才将她的视线从书本上挪开。

“你不叫我，我都忘了时间了。”穆沐伸了个懒腰，整理好桌上的书本，准备和林嘉出去吃晚饭，还未等她迈开脚步，就被林嘉拽到了身边。

“别绷着紧张的神经了，放松点儿。”林嘉刚迈入大学时也曾有过拼命学习的经历，但发现，再拼命的努力也比不上劳逸结合的效率，“带你去个好玩的地方。”

说是好玩，不如说是好看。

当林嘉说要去看别人跳舞时，穆沐的脑子里瞬间闪过程想学姐那摇曳的身姿。还未等她缓过神，林嘉就拉着她向校外走去。

在校门口坐上公交车，不到十站的路程，两个人就已经站在了B市舞蹈学院的大门口。这是全国舞蹈类专业的最高学府。遍眼望去，出入此地的都是身姿挺拔，身材修长的俊男美女，不知道的，还以为误入了电影学院呢。

可是养眼归养眼，穆沐迷茫地看了一会儿后，还是不解地将目光投向了林嘉。

林嘉也没有急于解释，神秘兮兮地拉上她向校园里走去。不一会儿，两个人身上都别上了不知道林嘉从哪儿得来的学生徽章，然后拉着穆沐轻车熟路地拐到了一栋教学楼前。

两个人都不是这所学校的学生，哪怕没人会怀疑，但穆沐还是有些心虚，上楼时都不敢东张西望，直到停下脚步，才发现自己已经站在了三楼的练习室门外。

因为院系不同，不同专业的排练场所也不同，看门外的牌子，这似乎是古典舞系的练习室。此时，教室里，正有几个学生背靠着那足有一整面墙大的镜子休息。

两个人隔着窗户朝里面望去，很快，林嘉的目光就落在了一个站在镜子前的男孩儿身上。那男孩儿穿了一身与其他学生不太一样的白T恤，正在跟那几个学生说着什么，随后，似乎是哪儿不如意，干脆脱下了那件有些宽松的上衣扔在了一边，然后以外行人根本看不懂的动作，突然在原地旋了个身向前走了几步，随即凌空跃起，双腿在半空中划出了一个完美的弧度。

在不懂行的外人看来，空中劈叉还能三百六十度旋转，简直是已达到登峰造极的程度了。穆沐也是后来才知道了诸如“大跳”这样的专业术语，但此时只会说：“真厉害。”

不知是不是窗外的目光太炽烈，那男孩儿站稳后的第一件事不是去理会那些蜂拥围过来的学弟们，而是推门出来，眉眼一扬，说道：“要不要我再给你表演一个空翻啊？”

在旁人眼里，这样的神情和态度，显然是有些恼了。但对于林嘉来说，他比任何人都清楚眼前这个人的性子，早已见怪不怪，甚至还笑着接了一句："只要你愿意。"

那男孩儿轻哼了一声，没接话，而是将目光投向了站在林嘉身边的穆沐。

林嘉站在两个人中间，介绍道："这是我女朋友穆沐。穆沐，这是我最好的朋友，肖羽。"

穆沐在这时仔细打量了一下对方的容貌，在心里默默感叹一声：好看的人都跟好看的人一起玩，这句话说的果然没错。肖羽和林嘉差不多高，但更清瘦一些，裸着的半身依稀看得见肋骨，但整个人看起来却充满了张力。

若一定要说这个人有什么缺点，大概就是那张脸太过秀气。这是一个对各种类型的美貌都很兼容的时代，但漂亮成这样的男孩儿，实在是不多见，任谁从他身边走过，都难免要多看几眼。

啧啧，这两个人简直是为上镜而生的。

第一次被引见给男朋友的朋友，哪怕在B大已经有过相似的经历，但穆沐还是有些许的紧张。她难为情地和肖羽打了个招呼，心想自己现在的样子一定很窘迫。

但肖羽却抱着臂膀站在原地，没开口说话，只是目光犀利地看着穆沐。

气氛似乎更尴尬了一些。林嘉伸手拍了拍肖羽，说道："去把衣服穿上，咱们走。"

肖羽转身回到练习室，重新穿上了那件T恤便和他们一起下了楼。

深秋的夜晚，凉风习习，他穿得单薄却好像不怕冷一样，下了楼便站在教学楼门口吹着风望天。

穆沐夹在这两个人中间，实在是不清楚眼下是什么状况，林嘉也是神秘兮兮的，少见地没给她任何解释。这样尴尬的沉默大约持续了足有五分钟，直到不远处突然传来阵阵惊呼。

穆沐只觉余光瞥见了一抹光亮，反射性地抬起头，便见那跃上天际的烟花划破了黑夜的沉寂，绽放出最绚烂的一瞬。

“嗖！嗖！嘭……”

听着那些响彻天空的声响，直到此刻，她才发现自己看到的是一场烟花的盛会，满目的炫丽正将整个夜空照得恍若白昼。B 市的人们有多久没在这片天地里看到烟火，大家早已记不清了。穆沐听见许多路过的女孩儿低低惊呼的声音，但是身边两个人的脸上却没有多少惊讶，想来是早就知道了这个消息。

她歪着头看了一眼林嘉，只见林嘉嘴角噙着笑，也在低头看她。

“你是早就知道了吗？”在震耳的喧闹声中，她顺势往他的身边靠了靠，然后被他揽入怀中。

外面太吵，他只能贴在她的耳畔说道：“今晚有外宾来看表演，领导难得同意一次。”

这消息是肖羽告诉他的，但肖羽没想到，林嘉会带女朋友一起来。

说好的一起单身，怎么有些人说变就变？

在烟花绽放这短短的三分钟里，穆沐眼看着肖羽的脸色由白转青，好不难看。

等烟花放完之后，肖羽的神色稍微平静了一些。他懒洋洋地倚在门口的雕像上，一副欲言又止的表情。林嘉在这时说道：“他和我是高中同学，一月也认识的。”

高中同学，一月认识？

这两个关键词瞬间便勾起了穆沐的记忆，这……这不就是夏一月口中的那个“又美又辣”吗？

再瞧瞧这人的模样，美是真的美，看这脾气，辣也是真的辣。

她瞪着眼睛把肖羽上上下下看了个遍，都顾不上这样是不是有些不礼貌。偏巧那人是个玲珑心，抬眼瞥了瞥她，就猜出了她心中所想，嘴角一扬，不知道在笑些什么。

最后，还是林嘉开口缓和了这个尴尬的局面：“怎么没叫你去？”

肖羽知道林嘉指的是今晚的那场晚会，按理说，身为本校往届艺考成绩的佼佼者，他打从入学起便是学校老师的宠儿，恨不能把他捧上天。

哪场重要的表演他会缺席？可他今天偏偏就没有去。

“因为不想去。”他毫不隐瞒地说道，“腻了。”

至于他拒绝这个安排，闹出了多少腥风血雨，都在这轻描淡写的一句“腻了”里。

除了偶尔的小打小闹，穆沐一直是个循规蹈矩的孩子，绝对干不出这等叛逆之事。不由得在心里暗暗地叹了一声“佩服”。

林嘉像是早已习惯了这样的事，又和肖羽说了几句话，趁着还没到封寝时间，便拉着穆沐回了 B 校。

在回 B 校的公交车上，两个人谈起了肖羽这个人。

“他一直都不甘心。”谈起这几年发生的事情和失意的好友，林嘉也忍不住叹了一口气，“他想学得不是这个专业。”

这是一个与林嘉有些相似的故事。

肖羽在舞蹈上的天赋固然是极高的，但这世上并不是所有天赋异禀的人都喜欢自己的天分。那个有些固执的男孩儿就从未将舞蹈当过自己的理想。

“他最初考的是电影学院。”

“电影学院？”穆沐瞬间就想到了那个陪朋友面试，自己却被老师看中的传闻，“那事难道是真的？”

“当然是夸大了的。”林嘉忍不住笑了笑说道，“他因为一个意外没能面试成功，刚巧，我陪他去学校的时候，路过的老师以为我也是考生，便问了我一些事情，我只能解释说我不是要考这个学校，结果在场的媒体添油加醋，就成了你们听到的那个传闻。”

“原来面试这么难吗？他这么好的条件，竟然没有被录取？”穆沐还是惊讶于这一点。

平心而论，单从现在霸占荧幕的那些年轻演员的演技来看，即便是四年大学毕业的科班出身，也不见得优秀到哪里去。从前不知道传闻中的人是肖羽也就罢了，如今一见，肖羽有这样出众的外表，哪怕是单靠一张脸，也能挤进那所学校啊。

但对于林嘉和肖羽来说，当年的落选固然是遗憾，但落选的理由却没什么可让人后悔的。

“在面试之前，我们不小心撞见了一个教授骚扰学生的场面，我还没回过神，他已经把那个教授给打了。后来面试落选，我们都猜到了。”回想起当时的场景，林嘉唯一后悔的事情就是没有比好友快一步动作，“现在想想，如果我反应快拉住他就好了，毕竟他是考生，而我不是，如果是我动了手，事情可能就会好很多。”

林嘉一本正经地分析着当时的场面应该由谁来打人，穆沐在一旁也听得惊讶不已。

果然，都有着这一腔热血的人才能做得成好朋友。

“所以，后来他就放弃了？”回想着肖羽站在教学楼门口望向天空的眼神，还有那句看似轻描淡写的“腻了”，就算是刚刚认识肖羽不久的她也能看出那人心中的不甘和挣扎。

即便是以艺考第一名的成绩考进了舞蹈学院，他恐怕也是不开心的吧。

就好像，她身边这个人一样。

“那时我们都放弃了。”林嘉握着她的手有一瞬间的收紧，眼底的自嘲一闪而逝，“现在想想，也是自己没有努力争取，怪不得任何人，所以才会更不甘心。”

“人生才刚开始，没有什么是已成定局的事。”穆沐知道自己这不算是安慰人的话，但还是说道，“以后有机会的时候再珍惜也来得及。”

或许是天生性格使然，也或许是从小到大她走过的路都足够顺畅，对于出现在眼前的任何磨难，她都能够正视不退缩。何况，直至今日，她还没有遇到什么需要做出抉择的困境。

看着穆沐洋溢着自信的脸庞，林嘉忽然有了一种感觉，好像自己之前困扰、执着，抑郁不解的那些事情，都是再缥缈不过的东西。这世上其实没有那么多走不通的路，只是自己在原地踏步，而没有将目光投向别处。

“你的比赛一定要加油。”心中波澜万丈，他听到自己在心情难以平复之时说出的竟然是这样一句话。

穆沐还没从刚刚的情绪里拐过弯来，一听这话，不由得愣了愣神，然后笑出了声，认真地点点头说道：“当然。”

在B大这样的学府，在众多天之骄子面前脱颖而出并不是一件容易的事。这个校园里所有的学生，都是经历了残酷的高考，才来到这里的。

英语辩论赛的消息一公布，所有想要锻炼自己，抑或是想要借此机会脱颖而出的学生，都开始了忙碌地准备。

最终，将所有报名参赛的学生聚集在一起的，是一场赛前动员大会。毕竟这项全国性的大赛能争来的也有B大的荣誉，校方特意请前一任校内冠军进行了一次演讲，详细讲述自己的比赛技巧和缓解压力的方法。

每一年的校内选拔赛，至少有二十支队伍参加，每支队伍两个人，去年优胜的队伍正是林嘉和政治学系一个学姐的组合。但是因为林嘉临时退出，最终站上华北地区选拔赛的就变成了学姐和另一位学长。

不知是不是还“记恨”着这件事？这一次演讲，也是由最终代表 B 大出战的那两名学生来讲的，提也没提另一个人名字。

张主任就坐在第二排的位置，眼看着林嘉，却好像什么事也没发生一样走进了学校礼堂，真不知道自己该不该替这个不知愁的学生难过。

相较起来，要上台演讲的那个学长倒有些难为情，他主动走到门口，谦虚地请高出自己成绩的林嘉上台演讲。林嘉连忙摇摇头，然后指了指观众席的位置，表示自己只是来旁听的。

而被指着的观众席里，穆沐早已坐在了第二排的位置在翻看着材料，等待着这场大会开始。直到余光瞥见一个身影坐在了自己身侧，才猛地扭过头，惊喜地说道：“你怎么来了？”

她问过林嘉这次要不要参赛，结果却换来对方否定的回答。继上一届临时退出之后，他这一次干脆就不参加了。这让她很是遗憾，但没想到林嘉不参赛，也会来旁听这场赛前大会。

“我这是以权谋私。”他靠近她小声说道，“这次校内选拔赛的事，学生会里是我全权负责。”

“真的？”穆沐当然知道如果自己成为优胜者，学校会派人负责跟随她们去参加地区总决赛，但却没想到林嘉会成为那个工作人员。

“嗯。表面上看，是杨洲事务缠身有心无力找我帮忙，事实上，”他偏了偏头，神秘兮兮地说道，“是我威胁他了。”

穆沐的心漏跳了一拍，有些不自然地低下了头，不知自己是怎样喃喃出声的："怎么威胁他的？"

"我只说，如果这次我不跟着去，未来老婆要是在大赛上瞧上哪个青年才俊可怎么办。好不容易追到手的，当然要看住了。就当是为了我的人生大事，你也要妥协一次。"平静地说完自己是怎样对着学生会会长以权谋私的过程后，林嘉扭头一看，身边的女孩儿已经快将头垂到桌子上去了。

耳边立时传来一声轻笑，穆沐当然知道他在笑什么，她表面看着豪放不拘小节，但听到心上人这么顺口地说着"未来老婆"这样的话语，也是会害羞的啊。

虽然心里很高兴。

两个人等到台上开讲后才稍稍正经了起来。穆沐在听着早已熟记于心的赛制时还有些心不在焉，但当听到上一届校内冠军的演讲时，眼睛却是一眨不眨地看着讲台，生怕自己会漏听一句话。

整个礼堂里静得仿佛只有那演讲者的话筒是可以发出声音的，所有人都全神贯注地听着前辈传授经验，不时有纸笔划过书页的轻微声响。而在演讲结束之后，那个站在演讲台上的学长果断地做出了一个决定。

只见一个鞠躬之后，那学长又拿起了话筒，郑重地说道："下面请上一届选拔赛总冠军林嘉为我们做模拟辩论。"

话音刚落，一阵掌声雷动。

被结结实实"坑"了一把的林嘉还来不及有任何反应，所有人的目光便汇聚到了他的身上。不明所以的穆沐也跟着其他人一起鼓掌，还以为这是早就安排好的环节。

看着她那茫然又期待的小眼神，林嘉只能强作镇定，轻轻摸了一下她的头，然后站起身向着台上走去。

没有任何准备就要在这么多学生面前示范辩论赛现场的真实场景，林嘉在接过话筒的时候犹豫了片刻，最后迅速地选定了辩论议题。

“This house believes that college students should be discouraged from study abroad（大学生不应被鼓励出国留学）.”

这是英语辩论大赛一次表演赛的辩题，比起其他尖锐的话题来说，这已经算是比较温和的问题了。而这一次，林嘉站在反方的角度，来对这一辩题阐述了自己的观点，并与曾经和自己搭档过的同学进行了一次简单的辩论。

亲眼看到冠军级别的选手在自己面前进行思想上的交锋，台下的学生无暇夸耀这两个人的英语水平，而是沉浸在了这场精神搏斗的过程中，认真思考起了他们的每一句话。

直到结束时，许多人还意犹未尽，想要找学长请教一二。穆沐近水楼台先得月，仗着自己是林嘉女朋友的身份，谋取私利，先行拐走了他。

在刚刚那场模拟辩论里，她听得最为认真，但却是以一个普通听众的身份来思考他们所说的理念。最后，不带任何主观的色彩，是反方的立场说服了她。

大学生该不该被鼓励出国留学？不去想太深层的意义，她个人认为，出去见一见不同的世界，接触不同的文化和思想，是一件梦寐以求的事情。

“如果有这样的机会，你会去吗？”她好奇地采访了自己的男朋友，顺便给他讲了讲过去几年，有多少本著名作品是讲述男女主角是因为留学而分手的。

林嘉的神色本来很正常，听了那些故事之后笑了足有半分钟才直起腰看向她，见她脸鼓得像个小河豚一般却目光灼灼地看着自己，忍不住摸了摸她的脸颊，说道：“如果真有那样的机会，一起去啊。”

“就等你这句话呢！”穆沐一拍手掌，紧接着温柔地抚摸了一下自己抱着的书本，“所以现在才要好好学习，天天向上。”

她很开心两个人在这件事上的观念是一样的，如果今后真的面临这样的选择，哪怕结果不如意，也能坦然面对。

年少无所畏惧，曾经的少男少女是如此笃信：未来不会轻易改变。

有了“外挂”一样的男朋友亲自辅导，穆沐晋级校园四强的路走得很顺畅。而在选拔赛的决赛之前，学生们面对的将是更加残酷的期末考试。

林嘉打从入学开始，就从未为了考试而烦恼。在渐渐转凉的天气里，最让他忧心的其实是临近期末时，学生会会长杨洲和他的几次谈话。

“决定权虽然不在我手上，但是你愿意参选的话，我有这个信心你会赢。”杨洲一直在忙着保研的事情，这些日子已经忙得焦头烂额，但还是抽出时间来跟林嘉谈了谈，“你真的一点儿也不想参加吗？”

学生会主席这个位置，在某些人眼里或许算不上什么能给人生提供重要帮助的经历，但没有人会否认学生会在学校里发挥的作用。无论是在校的生活，还是今后的事业，有了这样的经历，其实都是利大于弊的。

杨洲在成为学生会干部不久就认识了刚入学的林嘉，林嘉的名声流传甚广，但杨洲想，这些传闻总是有些夸大其词的成分在的，所以不怎么待见他。可没想到，因偶然的机会接触了他几次，发现林嘉为人出奇地谦虚有教养，即便是在B大这样学霸云集的地方，也是才华横溢，而且还是很多领域的佼佼者。故此对他的印象也是越来越深。

唯独可惜的是林嘉实在是太低调，学生会最初邀请他时，被委婉地拒绝了一次又一次，最后还是张主任亲自出马，才换来了他的勉强响应。

只是兜兜转转，林嘉又变回了最初的样子。

面对想让自己接过学生会会长职位的杨洲，林嘉表现出了与平时努力工作时不相符的懈怠：“累了，不想做。”

“就知道找这些理由来搪塞。”杨洲推了推眼镜，还想再说些什么，一抬头，便瞥见了在教室外徘徊的一个身影，“你……

好像有人找你。”

听完这话，林嘉扭头，看到一个纤瘦的身影在外面小心翼翼地探进一个头来，两个人目光相对，对方兴奋地挥挥手。

“怎么这个时候过来了？”一见是穆沐，林嘉早已把刚刚要谈的事情抛在了脑后，站起身便向着门外走去。

眼见着林嘉毫不犹豫地离开，杨洲阻止也不是，羡慕也不是，最后只得感叹道：“美色误人。”

而身为“美色”的穆沐却浑然不知：“不想复习了，看你也没在复习，想跟你一起出去走走。”

出去走走？这四个字对于两个人来说其实是很新鲜的词汇。两个人的学习和业余生活都被排得满满当当，虽然偶尔会像普通情侣那样出双入对，却更多的是在校园里相处，前些日子还荣登了本校的著名情侣榜单。

可对于这对著名的情侣来说，出去约会实在是件稀奇的事。

穆沐不是个喜欢逛街的女孩儿，何况两个人忙于学业和眼前的比赛，仅有的几次外出，都是匆匆看个电影就回来了。而这一次穆沐提出的“出去走走”，也免不了和前几次是相同的境遇。

“看什么电影？”眼见着女朋友已经刷起了电影信息，林嘉匆匆扫了一眼，看到的都是临近午夜的场次。

他忍不住抬头看了看她，被他这样意味深长地看一眼，穆沐明明心思单纯却禁不住双颊通红，有点儿结巴地说道：“好……好久都没逃寝了，不习惯。”

“好啊。”身为学生会会长的候选人，林嘉却在这种“知法犯法”的事情上回答得干脆利落。

两个人最终选择的是午夜场的爱情电影的，那家以人性化闻名的电影院提供的是情侣卡座，连在一起的两张沙发形成了一个相对独立的空间。这是夏一月推荐的地方，美其名曰为了增进他们的感情。

穆沐义正词严地说自己的感情生活很好，然后迅速地接受了她们的提议。

只是，这样的地方……怎样增进感情啊……

天黑之后，两个人在校外毫无目的地闲逛了很久，闲着无事时甚至聊起STONE新歌的曲风有何变化，最后终于熬到了电影开场。

影片不算很新，因最近天气又逐渐寒冷，本就没有多少观众的午夜场更是看不见几个人影。

穆沐坐下之后左右看了看，自己坐在正中的位置，前后左右的座位却全是空的，仅有的几对观众都远远地坐在了角落里。

不得不提的是，这情侣座的私密度确实够高，两人座的沙发很好地与其他座位隔开，连靠背都高出脑袋一截，挡住了后面人的视线。光线渐渐暗下来之后，除了身边坐着的这个人，她几乎看不到影院里的任何人。

“看什么呢？”见她不停地向四周张望着，昏暗的光线下，林嘉握住了她的手。

穆沐用另一只手挡着嘴，贴在他耳边小声说道：“一月跟我说，在这儿能看到很多有意思的事。”

林嘉不动声色地把头往她的方向偏了偏："多有意思？"

"就好像……"她顿了顿，努力将身子抬高了一些，只露出一双眼睛往后面扫了一眼，然后看到了在电影刚开场时就抱在了一起的情侣，"啧啧。"

这人性化的影院，给观众提供的到底是看电影的地方，还是可以旁若无人的约会场所，真是天知地知啊。

而大荧幕上的男女主角也是一对已经交往很久的情侣，电影放映到三十分钟左右时，穿插了两个人大学时期在校园里学习的往事。仍旧是那些老套的情节和甜腻的对白，但演员的青涩和朦胧的心动感扑面而来，倒也让人为之心动。

穆沐不是很喜欢这种青春感十足的爱情电影，只为了喜欢的演员才认真看一会儿，在看到令人激动的情节时，用力拉了拉男朋友的手："纪南好帅啊。"

不愧是她笔名的来源，果然还是有震撼力的。

这话刚说完，她偏着头看过去，便看到林嘉的目光完全没有集中在荧幕上，反而若有所思地在看着她。

即便是在昏暗的视线里，穆沐也看得清他的目光有多么专注。她不禁屏住呼吸，"怎……怎么了。"

"没什么。"他轻描淡写地回答道。

穆沐悬着的心放松了下来。

"我只是在想，如果我说……"他一顿，声音压得正好，不会打扰到别人却能让她听得清楚，"如果我说，我以为我们来这儿的目的不仅仅是为了看电影，会不会有些自以为是？”

穆沐那颗已经落下的心“蹭”地一下又悬了起来。

大荧幕上，纪南饰演的男主角已经对女主求婚，电影无疑进入了一个小高潮。可荧幕外的两个人却都无心去欣赏，穆沐本能地想要去挣脱林嘉的手，却在下一刻又被林嘉更紧地握住。

穆沐不是一个喜欢逃避问题的人，心底虽然已经乱成了一团麻，却没有顾左右而言他，而是大方地承认道：“那如果我说，我和你想得一样呢。”

林嘉半天没有回应。

电影里的纪南已经求婚成功，围在他身旁的朋友欢呼着不停起哄。穆沐忍不住瞄了一眼屏幕，心里小小地感叹了一声：穿西装的偶像好帅。下一刻，整个人便落入了一个温暖的怀抱。

电影演到这里，看这场电影的就剩下穆沐和林嘉两个人。穆沐依偎在林嘉的身上，明明是被拽过去的那个，真的靠在一起之后，却反倒胆大了起来，仰起头看向身边的人。

她问道：“你现在在想什么？”

回答她的，是林嘉微微俯下身绵延的吻。

往后几年，无论身处何地，每到午夜梦回，孤枕难眠的时候，穆沐总会想起这个最初的吻。

从唇齿间传递过来的温暖蔓延到四肢百骸，融化了秋冬的凉意。她不清楚那个吻到底持续了多久，反正那刻的她只觉得，往后余生仿佛都尽已在那一瞬间里了。

心跳声一下一下地压过荧幕里的声音，穆沐感觉到全身的血液都在疯狂地奔涌，几近沸腾。

她已经回想不起两个人是怎样分开的，留在这个夜晚最后的记忆，是影院灯光亮起来的时候，两个人相视彼此时那一瞬的甜蜜。

喜欢似乎是很容易说出口的一件事，但爱却不是。

B 市的夜晚灯火通明，两个人并肩走在午夜的大街上，穆沐抬起头看了看身边的林嘉，却换来了他认真帮她拢好领口的动作。

他垂下眼眸，仿佛就此敛下了所有披荆斩棘的意气，散尽了本应锋芒毕露的锐利，将整个天地都包裹在温柔的外壳中，捧到了穆沐眼前。

没有什么了不得的大事，也没有山盟海誓，但被那温柔包围着的穆沐却觉得，自己已经可以开口说“爱”这个字了。

街上熙熙攘攘的人群，衬得好像这不是本该安然入睡的午夜。而在这灯火阑珊的街道上，穆沐在寒风中张开双臂拥住面前的心上人，好像这一瞬就是地老天荒。

路过的街拍摄影师，在片刻的惊艳之后，已经按下了相机的快门。

这时的两个人还尚未预想到，这张被命名为“青春”的照片将会在一周后迅速火遍贴吧。

彼时还不是社交网络遍地开花的年代，但对于身处一线城市高校的大学生来说，迅速地了解到最新的信息还是不难的。

虽然那张照片在短短半小时内就离奇地没有了半点儿痕迹，

删除照片的平台和个人也都没有发出什么声明，但不妨碍很多人已经看到了。

穆沐在听到这件事的时候，第一反应便是惊恐地跳了起来：“完了，逃寝被学校发现了。”

“这是重点吗？”

夏一月简直理解不了她的思路，可是被反问一句：“不然呢？”之后，也有些无言以对。

对她们这个年纪的人而言，最大的烦恼难道不正是来自学业的压力？

这件事传到老师们那里时，唯一能被揪住不放的，似乎也只有两个人公然逃寝这件事了。

好不容易逮到林嘉一次，本就憋着一股无名火的张主任，把这个开始变得不省心的学生叫过去翻来覆去地训了两个小时，最后因为对方的冥顽不灵而宣告落败。林嘉则在受完训后，回到教室坦然接受了同班所有单身男女同学羡慕嫉妒恨的眼神。

无意间闹出这样的事情，两个人实在是不适合在老师和同学们的偏见中再相处过密。不怎么经常见面的日子里，穆沐在一年级上学期最后的一段时间里认真复习了所有的考试科目，然后笑着走出了考场。

期末结束，也就意味着寒假开始了。

林嘉是B市人，不用经历外地学生抢票、收拾行李，匆匆赶回家的忙乱。于是，在帮穆沐订好机票之后问她想不想在离开B市前去自己家里做客。寒假开始，两个人就要有将近一个月的时间不能见面，这对于热恋中的情侣来说实在是一种煎熬。

穆沐本就想趁着还没回家的日子，好好在B市玩上几天，一听他说爸妈都不在家，便爽快地答应了。

从夏日到寒冬，似乎就那么短短的几个月，转眼即逝。在前往男朋友家里的路上，穆沐坐在出租车上看了看自己的一身冬衣，不由得想起了两个人初识的那个夜晚，那时的她还穿着一身合体的裙子，在微凉的夜风中僵着一张脸和林嘉合了影。

“不行，不行，再照一张。”她自顾自地开口说道，然后打开了手机，非要拉着他再拍一张。

经过这几个月的相处，两个人已经和其他情侣一样亲密无间，合影上的表情再不是当初强装的坦然和不自觉的僵硬，两个人笑着看向镜头，然后在穆沐将要再次按下快门的时候，少年的吻轻轻落在了她的脸上。

穆沐一愣，紧接着不甘示弱地亲了回去。

若不是在大庭广众之下，怕是要更为过分。

回想间，计程车停在了市中心附近的一个胡同口。

林嘉拉着她径直走到一户很整洁的大门前，打开门锁走进去，映入眼帘的是一个古朴的大院子。

“四合院啊。”从前没怎么见过这样的房子，穆沐只觉得哪里都新奇。只是这四合院似乎有些年头了，虽然里面的摆设算不上陈旧，却很有年代感。

穆沐向来对物质没什么概念，也从未想过自己的男朋友是怎样的家境。只是从潜意识里一直觉得这样优秀的人，一定出身于良好的家庭环境。今日一见，却有些惊讶，林嘉竟然住在这样一个古朴无华的地方，这让穆沐心底莫名的有些好奇，他究竟生活在一个怎样的家庭？

而此时的林嘉，正在那偌大的客厅里忙碌着，给她泡了一壶茶。

穆沐接过茶杯喝了一口，只觉得茶香浓郁，沁人心脾，却不知这是什么茶。而这屋子里的摆设虽简单，却有种古色古香的韵味，让穆沐浮躁的心渐渐安稳了下来。

她一边小口品着茶，一边回想快要到达这里时，出租车经过的那几个建筑。

那一瞬间，仿佛有人当头棒喝，把她敲得眼冒金星。

脑子终于转过弯来，穆沐的手一抖，差点儿把茶杯摔到地上，然后在林嘉关心的眼神中暗骂自己是不是脑子不好用，竟然连这里是哪儿都忘了。

再次抬头审视屋子的时候，穆沐的眼睛里几乎带了些许虔诚。

林嘉哪里知道她脑子里闪过的，是这些千奇百怪的念头，只当她是有些无聊了，便拉她去了自己的书房。书房里与正厅那古色古香的布置大不相同，摆放在书架上的那些造型各异的书，恰如其分地冲淡了那些古韵，定睛一看，穆沐便像发现新天地一样“哇”了一声，“这几本书不是已经绝版了？可不可以借我看看？”

“不行。”林嘉干脆地拒绝了，然后在她困惑的目光中淡定地说道，“你常来看不就好了。”

常来看……这变相地邀请还真是会拐弯抹角呀。

穆沐看着林嘉，见他有些心虚地移开了目光。

两个人的午饭是林嘉在家里做的，与这深藏不露的家境看起来有些不相符的是林嘉的厨艺。听他说，他们一家三口都很擅长家务，平时在家的时候都是轮流做饭和收拾屋子的，从不假手他人。

“我妈的名言——生活琐碎就是要自己亲自去体会，才有过日子的价值。”他一边将菜端上桌子，一边苦笑着说道，“其实我和我爸都不是很勤快的人，完全是受我妈的影响。”

“阿姨一定是一个很懂得生活的人。”穆沐又忍不住抬头看了看屋子里的布置，虽然乍一看有些朴实无华，但很多细节都透露着主人生活的精致。

“而且，她还是一个很通情达理的人，不会干涉孩子自己的生活。”林嘉默默补充了一句，说完，抬头看了一眼她的表情，见她没有回应，又接着说道，“完全不用担心婆媳关系。”

“咳……”穆沐没什么防备，差点儿被菜噎到。

说得好好的，怎么就说到了婆媳关系……她忍不住低了低头，筷子在饭里不自觉地搅了搅，虽然没接话，但也没反驳。

毕竟，是她自己乐颠颠地跟着林嘉到他家里来的。

而此时的林嘉就像打开了话匣子：“最近他们都在忙工作上的事情，这两天都不会回来……要留下住吗？”

穆沐的脸“咻”地一下红了。虽然她比谁都清楚，他是想珍惜这两天相处的机会，再加上往返在路上也不方便。

可是……可是，住在男朋友家里怎么都是难为情啊！

见她不说话了，林嘉慌忙解释道：“我家的房间特别多，都收拾得很干净。”

“可……”穆沐想着这样是不是很不好，但左思右想，今天出来时自己也做好了不回学校的准备，东西带得很齐全，实在没什么可拒绝的理由。

最终，是林嘉的一句“我家有 STONE 日本演唱会特辑”将穆沐的迟疑彻底打消了。

“我觉得在这么大的房子里住，是我梦寐以求的事情。”穆沐爽快地表达了自己愿意在此居住的想法，两个人收拾好餐桌，就到了属于林嘉的那个房间。

影像投到那个大大的幕布上时，穆沐这才发现这张特辑还是她苦求不得的珍藏版，而且不愧是官方出品，感染力极强，以至穆沐满脸兴奋，恨不得手拿荧光棒为偶像应援。

林嘉坐在一边陪着她看，但更多的时候还是在看她，直到两个人将整场演唱会和特辑一秒不落地看完，已经是入夜了。穆沐兴奋劲头不减，倒将他看得忍不住一笑，说道：“从前还没觉得，现在才知道，你看到他们比看到我还开心，真是让人心酸。”

“这不一样！”穆沐以“追星狗”的心态为他讲了讲偶像与男朋友之间的区别，讲到最后，身子一歪，栽进了心上人的怀里，饱含深情地说道，“可以同时拥有两种开心，真是一件很幸福的事。”

无论何时，穆沐都不会掩饰自己和林嘉在一起之后的欣喜。这份坦然是难能可贵的，林嘉也从不会将这当作理所当然。她越是开心，他便知道自己应该更加珍惜和呵护这段感情，将它永远维系下去。

最后，穆沐是看着纪录片在不知不觉中睡过去的。担心弄醒她，林嘉只能小心翼翼地将她安置在自己的房间，然后自己睡在了隔壁的客房里。

清晨睡醒时，冬日的暖阳透过纱帘洒进房间，给人一种懒洋洋的感觉。

穆沐迷迷糊糊地意识到，昨晚自己一定是睡得不省人事了才占用了林嘉的房间，连忙起床收拾好屋子，走出房间时迎头撞上了想来看她有没有睡醒的林嘉。

“昨晚睡得好吗？”他看起来已经起床很久的样子。

穆沐迷迷糊糊地张开双臂抱住了他的腰，讪讪地说道：“睡得太好了，都不想起床，你的房间实在是太舒服了。”

“那……等毕业了，搬来住啊。”有了昨天的相处，他说这话的时候已经没有了往日的羞涩。

穆沐半眯着眼睛，没作正面回答：“我考虑考虑。”

第五章

小惊喜

美好的日子总是过得特别快。穆沐的家远在H市，当她坐在机场候机时，两个人才意识到是真的要分别了。

穆沐的爸妈早已在电话里催促她快些回去，还神神秘秘地说有重要的事情要跟她商量。穆沐心里闪过一丝不安，爸妈是不是想给刚刚上大学的她相亲？

不过在确认这件事之前，她没有说给林嘉听。

寒假的好处是因为一年一度的春节，穆沐一向喜欢这个喜庆的节日，因为家中的亲戚并不多，仅有的几个姑姑婶婶，也因为她年龄还小而没有催婚。

穆沐在大年三十那天上午贴对联时，接到了林嘉的电话。林嘉似乎是在外面给她打电话，能隐约听到手机听筒里的嘈杂声。两个人像往常一样说笑了一会儿，还未来得及表达思念之情，穆沐就敏锐地听到手机听筒里传来了一阵航站楼的广播声。

“你去哪儿？”在家待了几天，她整个人懒洋洋的，也没有动脑子去想，直接问出了口。

林嘉回答道：“H市。”

“哗——”手里的对联被撕出了一个裂口。

可是这些穆沐都无心去管了，她怔怔地拿着手机，听着里面的动静，脑子里反复闪过他说得那句话。

H市，他来H市了！

“妈，我出去一会儿！”她在片刻的怔愣后飞快地跑回屋子换了衣服，然后不顾爸妈的问话执意出了门。

“你在哪个机场？”电话一直没有挂断，她听到林嘉已经出了航站楼。而林嘉似乎也在担心她会赶得太急，在电话里嘱咐她慢一些，然后才和她约好了见面的地点。

H市也是座著名的旅游城市，穆沐知道林嘉以前来过许多次，倒是不担心林嘉会在H市迷失方向，只是在招手打车赶往见面地点时，心情还是有些难以平复：“你怎么过来了？跟家里人来这边探亲吗？”

“不是，我来看你。”

穆沐又是一愣：“今天可是大年三十。”

“我爸妈他们去了外地度假，听说我有了女朋友，就没有带上我，叫我来找你一起过年。”他不紧不慢地说着，每一句话，每一个字都像是噙着笑。过来好一会儿，又佯装可怜地说道，“我就剩一个人了，如果你不收留我，我就只能再坐飞机回B市，孤零零的……”

“知道了！”听完后穆沐忍不住笑了，“等我带你回家。”

两个人约在了离穆沐家附近的一个景点见面，即便是大年三十，来这里游玩的人也非常多。穆沐下车后，在一家饮品店要了一杯热饮，没一会儿，便有人从身后环抱住她，问道：“想我了吗？”

那熟悉的气息就在身后，穆沐的嘴角高高地上扬，说道：“想。”

真是过于坦诚地回答。

林嘉抱了她好一会儿才松开手，两个人四目相对，彼此眼神中都透露着浓浓的思念。穆沐看见他身旁放了个旅行箱，似乎真的是打算在这里过年。

“你就这么过来了，如果我家里不欢迎你，可怎么办？”她忍不住问道。

这也是人之常情。

林嘉当然知道自己没打一声招呼就跑过来，实在是有些唐突，可是禁不住分别的想念，便毫不犹豫地买了机票飞过来。

“我本来是跟爸妈去S市探亲的，只是更想你。这么重要的节日，我也不想打扰你太久，如果你不方便，我一会儿……”

还没等他说完，就被穆沐堵住了嘴。

穆沐笑得狡黠：“太不巧了，不仅我很方便，而且我们一家都很好客。”

她口中热情好客的穆家人，看见穆沐出门不久，竟然带回来一个陌生的大男孩，屋子里的气氛几乎瞬间凝滞了，直到穆沐大方地向他们介绍：“这是我男朋友，他叫林嘉。”

穆沐的爸妈在愣神之后纷纷露出了欣喜的表情，穆妈妈连忙将女儿的男朋友迎进门，一通嘘寒问暖后，便使唤女儿赶紧去把客房收拾好。

虽然之前没有向他们说明，但熟知爸妈性格的穆沐早就料到了这一点，笑嘻嘻地将林嘉的行李箱推进了客房，然后看着爸妈拉着林嘉家长里短。

寻常人面对这样的架势或许会有些慌乱，林嘉竟然一直笑脸相迎，对每一个问话都耐心地作答，并不着痕迹地夸奖了穆沐的爸妈。

穆沐的爸妈连连赞叹道：“穆沐，你男朋友长得比电视剧里的那些演员还好看啊。”

穆沐看着自己的妈妈，明明才见到未上门的女婿，却已经以岳母自居，脸上不时地露出得意的笑容。

“一会儿爷爷奶奶来了，会不会被吓到啊。”穆沐挡着嘴在妈妈耳边轻声问道。

结果换来妈妈一脸的不以为然：“你爷爷奶奶高兴还来不及呢。”

无论是哪个老人，都希望自己儿孙满堂。穆沐自认为自己还处在结婚尚早的年纪，突然带男朋友回家，家里人多少会有些惊讶，但现在一看，完全是自己多虑了。而且单看妈妈脸上的表情，怕是只要自己一提，她立刻就会答应他们结婚。

年夜饭从下午就开始张罗，穆沐的爸妈坚持不让林嘉帮忙，把他赶到了穆沐身边。两个人站在客厅里，都有些不好意思起来。好在穆沐也不扭捏，直接拽着林嘉的手将他拉进了自己房间。

这并不是林嘉第一次进女孩儿的房间，以前他也曾被迫参观过几个小表妹的房间，但穆沐的房间却与那些小表妹们的不太相同。

墙上挂着的是STONE和一些偶像的海报，整洁的书桌上摆着一个显然是专门用来打游戏的台式机和一台写作专用的笔记本，旁边放了几个小小的动漫手办，床对面的那一整面墙都被书架占据了，从古今中外的名著再到最新的漫画，应有尽有。

“不错吧。”虽然自己的房间和一些女孩儿的房间相比，可能没那么精致，但这个小天地就像秘密基地一样让她安心。

她在介绍自己的房间时，林嘉就站在门口的位置静静地看着她，目光追随着她的身影，直到她笑着扑过来问他愿不愿意嫁到自己家时，才恍然回过神来，不由得失笑道：“我嫁过来吗？好像还不错。那我也考虑考虑。”

第一次在女朋友家过年，不得不说是个奇特的体验。

穆沐家劝酒的习俗不算太严重，林嘉被热情好客的穆爷爷激动地灌了几杯酒，就被护着孙女婿的穆奶奶给阻止了。一大家子人热热闹闹地围坐在一起，穆沐正吃得开心，却见妈妈在高兴之余竟偷偷抹了下眼泪。

心知妈妈的多愁善感，穆沐身为一个乖女儿，体贴地没有声张，而是趁着母亲去厨房的时候，不动声色地跟了上去，然后从身后抱住她，问道：“怎么了？”

“没，没事。”母亲又擦了擦眼角的泪痕，颇有些感慨道，“只是觉得现在这样大家聚在一起，真好啊。”

“以后也会这样聚在一起啊。”穆沐难免有些失笑，然后小心翼翼地问道，“你是在担心爷爷奶奶的身体吗？他们年纪虽然大了，可是身体都还很健康……”

“不是这个。”母亲淡淡地打断了她的话，然后露出一个欲言又止的表情，似乎有些无奈，但比起伤感，还是期待居多，“以后你就明白了。”说着，便将她赶出厨房回到餐桌上去。

穆沐走出厨房门的时候，刚巧与父亲碰上，父亲的表情有些凝重，眼下见了她，不由得张了张口，像极了刚刚欲言又止的妈妈，可到最后什么也没有说。

穆沐觉得有些奇怪，毕竟以父亲那个直来直去的性子，有什么事，一定会直说的。

但爸妈不想说的话，她就算是问也是问不出来的。走出厨房，穆沐不禁回头望了爸妈一眼，看到爸妈好像在争执着什么。

太奇怪了。

“怎么了？”见穆沐回到席上后脸色有些不对，趁着长辈们都不注意的时候，林嘉轻声问了一声。

“我爸妈好像有什么事瞒着我。”她倒也没隐瞒，把自己的困惑如实说给了林嘉听。

虽然只是寥寥几句话，林嘉听后却陷入了沉思。过了一会儿，才从穆沐那困惑的眼神中意识到自己的表情可能有些凝重，于是扬着嘴角笑了笑，说道：“我觉得应该不是什么坏事。”

“我想也是。”认真回想了一下爸妈的表情，穆沐也觉得那无奈的神色中并没有什么负面的情绪。

这有些古怪的小插曲，很快就被大年夜的欢欣给冲淡了。

等到除夕倒计时的时候，穆沐拿了一根小小的烟花棒站在小区的院子里。在正式跨入新的一年时，手舞足蹈地挥着那个闪着光的烟花棒，认真地许了个愿。

林嘉站在一旁，好奇地问她许了什么愿。

“许愿说出来就不灵了。”过了一会儿，穆沐还是没忍住说出了这个心愿，“家人身体健康，事业顺利，偶像和认识的人都快乐。”

“没有和我有关的吗？”他装作惊讶地问道。

“一直在一起这种事和辩论赛冠军一样，还是要靠自己努力，许愿可没用。”穆沐认真地讲着这个道理，然后趁他不注意，飞快地踮起脚尖在他脸上轻轻啄了一下，“新年的第一个吻，今年一定都会幸福。”

林嘉愣了愣神，紧接着把想要逃跑的她拦腰抱了回来：“吻？这可不是吻。”

“我……学习不好。”她有些羞赧地别开了脸。

“我可教不出你这样差的学生。”他揽在她腰间的手，慢慢移到了她的脸颊上，“再补习一下吧。”

寒冷的冬日里，年轻的男女相拥站在新年的夜色下，月色与万家灯火拉长了两个人的身影，让这一瞬间镌刻成青春里最难忘的回忆。

无论何时回想起来，这都是穆沐从小到大最特别的一个春节。一切都美好的有些不真实。

林嘉在穆沐家住到大年初三，才去了 S 市的亲戚家，本来是想带着穆沐一起去，可穆沐因为早已答应爸妈要去外地走亲戚而无奈拒绝。

这个年纪的女孩儿最不喜欢的就是走亲戚了，可穆沐的爸妈摆出一副坚定的姿态，说道：“谁知道明年还有没有相聚的机会？”

古怪，这一切太古怪了。

而这样古怪又不挑明的气氛，一直延续到了她再次拎着行李箱前往 B 市。

新学期开学之初，就是校内选拔赛的决赛。刚刚回校的选手们连气都没有喘匀，就投入到了紧张的学习中。

“408”的几个女孩儿为了给穆沐提供一个好的学习环境，再也不拉着她讨论偶像的事情，每日帮她带饭带水果，恨不得喂着她吃下去。

穆沐生生被她们养胖了五斤，穆沐一边喊着没脸见人了，一边开心地说道：“这香蕉太好吃了……”

话音未落，宿舍的门忽然被夏一月从外面推开，她上气不接下气地说道：“还吃呢？学生会来查寝了！大查！”

所谓的大查，是他们学生私下的叫法，其实就是学校专门管纪律的老师和学生会的几个干部组成的一支检查队伍，抽查学生宿舍，无论男女。

由于每次都是突击检查又特别严格，那些学生会的干部又都是学长学姐，不容任何学生有任何解释，他们这些一年级生比其他年级的学生更提心吊胆。

“408”勉强算是个模范宿舍，也不怕他们来查，可仍旧耐不住学生在面对检查时心慌的本能。几个人一听来查寝，连忙放下手里的活计开始收拾起来。

“这次是谁来啊？袁学姐肯定在，付岩他们呢？”穆沐手忙脚乱地开始往柜子里塞自己不该露在外面的衣服。至于她口中的付岩，是学生会里管纪律最严的一个学长，谁落到他的手里都没什么好果子吃。

夏一月长叹一声，悲哀地说道："付岩他们都在，这次是铁了心不让人好过啊。"

一听到这些，其他几个人不由得哀号起来。

只是，夏一月很快又接着说道："穆沐，还有一个不知是好消息还是坏消息的情报，你听不听？"

"什么？"穆沐顺口问道，但心里已经闪过一丝不安的预感。

"林嘉也在。"

听闻男朋友也在检查队伍中，穆沐的第一感想不是松了一口气，而是将心悬到了更高的地方。

"他怎么也来了？"比起听到付岩的名字，穆沐此刻听到林嘉的名字更让她慌乱。

现在全校少有人不知道她和林嘉在交往，待会儿的尴尬场面她想都不敢想。单单是那些揶揄的眼神也就罢了，如果他们真的查出什么不该犯的错，她也没脸在这个学校待下去了。

"快快快，快收拾。"几个女孩儿更是加快了手上的动作。

学校每次大检查之前，虽然不会大张旗鼓地告诉学生要被检查的宿舍，但也不会遮遮掩掩突击出现。因为每逢大检，随行的老师和学生都是男性居多，进出女生宿舍多有不便，提前告诉学生，也方便她们将私密物品都收拾好。

这边夏一月等人才将宿舍收拾妥当，那边就传来了检查的一行人就已经到了这个楼层的消息。几个人偷偷打开门往外瞄了一眼，果然看到了浩浩荡荡的队伍里站着他们最“痛恨”的付岩和爱恨交加的林嘉。

“408”在楼层的中间位置，检查队从第一间开始查起，在每间宿舍停留的时间都不同。付岩虽然不会亲自动手去查，却抱着评分表不停地写写画画。穆沐清楚地看到送他们出来的女生都哭丧着一张脸，连笑容都挤不出来。没过多久，这些人的脚步就停在了“408”的门口。

一见门前牌子上写着的名字，袁学姐先是忍不住一乐，扭头就喊：“林嘉，你站那么远干什么呢，快过来。”

学生会里有几个知道内情的同学也跟着笑，几个男孩儿更是挤眉弄眼地捅了捅他，“给你一个进女朋友宿舍的机会还不珍惜？”

眼见着每个人都是一副看热闹的表情，林嘉虽然无奈，却也不好在老师们面前说什么，只能上前敲了敲门。

万幸，还没等他说明来意，夏一月已经从里面把门打开了：“欢迎各位老师、学长，学姐来指导检查。”说完一闪身，露出了整洁、干净的宿舍。

“408”的几个女孩儿也都纷纷站起身向老师们问好，各种没话找话，唯独穆沐躲在了最里面，尽量降低自己的存在感。

不过说笑归说笑，检查队在检查宿舍的时候还是非常严格认真的。被女孩子们念叨了好几遍的付岩挨个儿桌子看了一遍，然后拉开了阳台的门。

“408”的几个女孩儿很少会在阳台上晾晒什么私密衣物，更没有违禁物品藏在那里，倒也不怕他查。但他进阳台的时候，穆沐恍然想起自己放在卫生间的“热得快”。

那东西虽然小巧，可是任谁也不会因为它的小而无视它。而且这是宿舍共同凑钱买的，要记过的话，“408”的几个女孩儿谁也逃不掉。

穆沐的脸上几乎在瞬间就僵硬了。

而旁人看不出她的神色有什么不对，林嘉却看得一清二楚。他为了“避嫌”一直站在最不起眼的地方，忍不住抬头去看她的时候瞥见她这副表情，便心知肯定是有什么东西没收起来。

床铺，桌椅，阳台，付岩都已经检查完了，那就只剩下……

想着，他轻轻拉了下身边的袁学姐，投以了一个“帮帮忙”的眼神，后者在心里“啧啧”感叹了两声，一声不响地进了卫生间，没一会儿走出来，偷着塞给他一个东西。

林嘉看都没看一眼就揣进了兜里，这时付岩也和另一个学姐走进了卫生间，认真地看了一圈，发现没有问题也没有安全隐患之后，就向老师汇报说可以去下一个宿舍了。

随行的老师没急着走，笑眯眯地在屋子里转了一圈，最后目光落在了其中一张桌子上，眼瞅着穆沐和林嘉的照片乐呵呵地说道：“还是年轻好啊。”

说完，又看向林嘉，说道：“你们也到了该谈恋爱的年纪了，将来要是结婚了，别忘了请老师喝喜酒啊。”

人到了一定的年纪，就会对小辈的婚姻大事格外关心。

穆沐被说的满脸通红，根本不敢把头抬起来，只听到林嘉有些无奈地笑了笑，坦然答道：“当然。”然后不着痕迹地催着大家去下一间宿舍检查。

等他们离开，“408”的几个女孩儿才松了一口气，各自瘫坐在自己的椅子上。

穆沐打起精神跑去卫生间一看，那“热得快”果真不见了，这时她就算是再笨也知道一定是林嘉帮了忙。没过多久，微信里弹出一条信息。

林嘉：“想想怎么把宝贝赎回去吧。”

没过多久，又发送过来一条。

林嘉：“你要是想不出来，听我的也行，保证童叟无欺。”

穆沐估摸着林嘉检查完宿舍的时间，给林嘉打了个电话。林嘉也刚刚好检查完出去，选了林荫道一个比较安静的地方等她。

天气还很凉，穆沐将自己裹成个绒球将心上人扑了个满怀，然后趁此机会将手偷偷摸摸地伸进了他的上衣口袋里。

这等行为自然是被逮了个正着。林嘉把她的手拽出来握住，唇边噙着笑，用眼睛睇着她，说道：“老师可没教你不劳而获。”

“这本来就是我的，是你不讲理。”穆沐才不理会不讲理的是他还是自己，又要伸手去拿。

林嘉只得将她整个人抱住：“赖账要不得，礼尚往来懂不懂？”

“那你想怎么个礼法？”她笑眯眯地看着他，摆出一副自己很大方的姿态。

林嘉用手指了指自己的脸，意思不言而喻。

两个人站在偏僻的林荫道上，穆沐左右看了看，发现没有行人经过，便踮起脚尖飞快地在林嘉脸上亲了一口，亲完之后，又左右张望了一下，发现仍然没有行人经过之后，便捧着心上人的脸在他唇上啄了一口："买一赠一，不用还了。"

说罢，从林嘉口袋里拿出那个"热得快"便要往宿舍的方向跑。林嘉眼疾手快，一把将她捉了回来。就在这时，她手里的手机嗡嗡作响，点开一看，是以前的邻居发来的几张合影。

正月里都算是年，他们这些上学的虽然离开了家，但家里的热闹还在继续。

穆沐举着手机给林嘉看了看，然后指了指其中三个对林嘉来说还很陌生的面孔，"你今年来得不巧，这是隔壁的秦叔一家，十几年前就是邻居了，你看这个男孩儿，他是秦叔的儿子，别看合影拍得有些模糊，他长得可漂亮着呢，小时候天天嚷着要跟我结婚，现在长大也很少见面了。"

林嘉听完这一大段话，只有一个想法，"他叫什么？"

"谁？"

"那小男孩。"

穆沐愣了一愣，"扑哧"一下笑了出来："你和他计较什么，他还是个孩子呢，年纪小不懂事。"

明明也没有小多少……林嘉的目光又落在了那拍得有些模糊的照片上，还想说些什么时，他的手机在此时也响了起来。而电话那头的付岩对他偷偷溜走的行为表示了不满，要他快点儿回去开会。

毕竟是徇私了，心里理亏，林嘉轻叹了一声，松开了怀里的穆沐，不舍地说道：“我先走了。”

穆沐笑嘻嘻地对着他的背影挥了挥手，准备打道回宿舍，还没走到宿舍楼下，她的手机又响了起来。

“喂？秦叔叔？怎么打电话来了？嗯，我看到照片了。什么？是秦沅非要发的？啊，秦沅是不是过两天就要走了，我去送送他？”

通话持续了几分钟，挂断之后，穆沐回到宿舍，在日历3月14号的日期上添加了一个新行程。

2月下旬，穆沐与搭档站上了英语辩论赛的决赛现场。这场比赛在学校的大礼堂举行，台下坐满了各个院系的老师和同学，甚至还有很多媒体在现场拍摄，场面可谓空前盛大。

穆沐从小就是学校的优等生，各种大赛小赛参加过无数，从未在台上紧张过半分，但在候场时瞥见台下观众席上的林嘉，心跳忽然就加了速，不是因为心动兴奋，而是压力倍增。

“学姐，我怎么这么紧张啊。”她也不将这无端的压力憋在心里，抓着袁学姐就说了出来。

对方难免有些好奇，说道：“你紧张什么，之前也没见你紧张。”

“我看到林嘉了。”她很诚实。

听了这话，袁学姐更是纳闷儿：“你天天见他，而且又不是第一次在他面前比赛，怕什么呢。”

“我也不知道。”她深深地吁了一口气，试图让自己冷静下来，“就是忽然有些紧张。”

从前他们聊得都是参加地区大赛和全国大赛时的场景，可从未想过，如果她输在校园选拔赛可怎么办啊。

明明输赢都是常事，谁也不会对此感到失望，可她却不想看到自己输了之后，林嘉脸上的神情。

在这种极其考验心理素质的比赛里，最忌讳的就是这样的胡思乱想。

拍了拍脸颊，她不想让自己继续去钻牛角尖。迅速整理了要带上台的资料，正要将手机交给学姐暂时保管，屏幕却在这时突然亮了起来。

林嘉：“竟然这么晚还没开始，你饿不饿，结束后带你去吃好吃的。”

附图是STONE组合代言某著名披萨店的照片。

这次选拔赛定在了下午五点开始，结束后怎么也得七八点钟了，正是饥肠辘辘的时候。穆沐不由得摸了摸自己空空的肚子，被他这么一说，她还真有点儿饿了。

“愣着干什么？”学姐接过她递过来的手机，然后摸了摸她的头，“这么紧张？”

“没。”她长长地舒了一口气，仿佛卸下了压在肩上的重担，露出一个为难又期待的笑来，“就是有点儿饿了。”

台上的主持人宣布选手入场，穆沐在犹如雷动的掌声中挺直了腰背，带着自信与骄傲走向了属于自己的战场。

而在将近两个小时的激烈交锋后，选手们站在那“宏辞论道，纵横天下”的标语下，听到评委组给出了最后的评判结果。

“……英语语言文学系 2010 级选手廖言。”搭档的名字瞬间响彻整个礼堂，欢呼声几乎淹没了评委的下一句话。

当站在穆沐身边的搭档已经激动地捂住眼睛时，她也清清楚楚地在那喧闹声中听到了评委的后半句话：“中国语言文学系 2011 级选手穆沐，恭喜。”

紧绷的神经在铺天盖地的欢呼声中渐渐放松下来，她几乎是茫然地看着学校的领导上台颁奖，迷迷糊糊地接过奖杯，然后在懵懂间被搭档和学姐、学长们围住，他们都在笑着恭喜她，闪光灯咔咔地响个不停，将这些值得纪念的瞬间镌刻成永恒。

她看了看自己手里捧着的荣誉和身边一张张真诚的笑脸，最后也露出一个满足的微笑，随即将奖杯和证书往跑过来向她庆祝的夏一月怀里一塞，自己则匆匆地跑到了正在散场的观众席。第一次不顾众人打趣的眼神，扑到了还在静静等着她的男朋友怀里，过了好一会儿，才后知后觉有些难为情地说道：“她们又该笑我了。”

说完后又不忘添一句：“可是我很开心。”

“我也是。”环抱着她的林嘉轻轻地说道。

在最美好的年纪，得到了梦寐以求的荣誉与爱情。无论何时回忆过往，穆沐都不会为这个努力拼搏过的青春而后悔。

只是世事往往不遂人愿，青春也总会留有遗憾。

在参加华北地区复赛的前夕，手机备忘录适时地提醒她，3 月 14 号就要到了。

这是要去机场送秦沅回澳洲的日子。虽说两家一直做着邻居，可自从她上了高三，秦沅也去了澳洲求学，每年也只是在过年相聚一次罢了。往年她因为在老家念书而不来 B 市送他，但今年怎么也说不过去了。

3 月 12 号秦沅就来了 B 市，美其名曰是想来看看她再走，其实是想在这儿疯玩几天。穆沐早已识破了他的小心思，无奈秦沅还小，秦叔叔又托付给她照顾，她怎样也不能辜负长辈对自己的信任，只好放弃在图书馆安安静静学习的周末，带着秦沅出去玩。

这事儿的始末夏一月最清楚，看到秦沅的照片时还装模作样地捂住胸口，说道："这小子长大绝对是祸害啊。"

从小到大，秦沅没什么太大的优点，就是长得好看，这在他们小区里是大家公认的。

"我出去了，晚上别忘了帮我打掩护。"她背上背包就要往外走。

"你没告诉林嘉吗？"

"说了一些，但没说太多。你也知道他现在有多忙，这些事还是别打扰他了。"一提起与秦沅相处，穆沐就觉得头大，怎么会拉上正忙于学生会改选的林嘉一起面对这事儿呢。只是给他发了条微信，简单地说了下自己要去送秦沅。

当然，较真说起来，秦沅这个"孩子"其实早已过了小孩儿的年纪。

“你都几岁了，十三？十四？怎么还不知道尊老爱幼啊？”

端着饮品回到座位上时，一看秦沅还在抱着手机玩游戏，穆沐真想把桌上的果汁照着那张稚嫩又漂亮的脸泼过去。

而秦沅却是一脸的无所谓，纠正了她的说法：“我都十五岁了，你怎么连我多少岁都记不住。”

“哦，还不是因为你小。小孩儿就是小孩儿，还计较什么年纪。”陪他逛了两天的穆沐实在是没力气和他再斗什么嘴，坐在机场的咖啡厅里看了看来往的旅客，不知心情有多么轻松，“终于把你送走了。”

“别担心，马上就会在那边见面的。”秦沅头也不抬，顺嘴就说。

接下来的几秒钟，连空气似乎都凝滞了。感觉到气氛安静的有些诡异后，秦沅慢慢放下手中的手机，不解地看向了穆沐：“你要干吗？”

穆沐握着果汁的手还悬在半空，整个人像被按下了暂停键，半天才怔怔地看向他，说道：“这话是什么意思？”

秦沅是顽皮了一些，不听话的时候闹得让人头疼。但是他也有一个优点，那就是他从不会在她面前说谎。

尤其是在一些重要的事情上。

穆沐几乎不知道自己是怎样目送他离开的。心乱如麻之下，她拿着手机，看着通讯录中父亲的电话号码，看了一遍又返回，看了一遍又返回，反反复复，却始终没有勇气按下拨通键，最后还是坐回了那家咖啡厅，抱着一杯热咖啡希望驱散心里莫名的寒意。

为什么……为什么会这么突然？

到底该不该问？

她心里百般纠结，想给林嘉发去求助的短信，却又不知道话从何说起。

这样的事似乎问谁也不对，又不能就这样佯装不知道继续现在的生活。

怎么办……

“铛……”最终打破这混乱的是杯子放在桌上轻轻的一声响。

她抬起头看去，却见肖羽一脸悠闲地在她面前坐了下来。

怎么会与他在这里偶遇。因为过于吃惊，穆沐足足愣了半分钟，才有些结巴地张口说的道，“你……你你……你怎么会在这儿？”

“难道我就不能来机场送人吗？”肖羽反倒觉得她这个反应才是最奇怪的，他摘下戴着的耳机，端起咖啡喝了一口，看向满脸惊讶的穆沐，说道，“你应该觉得更为巧合的是，我刚刚也在这家咖啡厅，还没多看你两眼，就听到了不得了的事情。”

因为这个女孩儿是林嘉的女朋友，他就算不想多听，也不自觉地将秦沅说的每一句话听进了耳朵里。最后记得最深的两句话是：你爸工作调动，你们全家不是要移民了吗？听说你有男朋友了，要是真走了，分不分手啊？

这两句话并没有得来穆沐的回应，所以对此非常好奇的他在那个男孩儿走后，也坐在了穆沐的面前，想知道她对此事究竟有什么想法。

可是穆沐又该如何回答他呢？

她甚至都觉得现在这种情景有些荒谬。在她不知情的情况下，她的爸妈已经做好了改变她人生的决定。而在她还没来得及消化这件事时，她男朋友的朋友反倒比她的男朋友先一步得知了这个“秘密”。

怎么忽然就变成了这个样子？

她一时有些难以接受，可是脑子里却不断闪过，过年时爸妈种种古怪的举动和那个明明说要告诉她却因为林嘉的到来而没有说出口的“大事”。

原来就是这件事啊……

穆沐深深地吸了一口气，她松开了把衣服攥成一团的手，猛地抬起头看向眼前的肖羽。

肖羽淡定地坐在她对面，对她想说的话了然于心：“你放心，我没那么多嘴，你俩的事，你们自己解决。”

她悬着的心这才稍稍放下，礼貌地站起身向肖羽告别。此时肖羽也站了起来，说道：“走吧，我跟你一起回去。”

“回……回哪儿？”她被他说的一愣，本能地就想拒绝。

十分钟后，两个人还是坐上了同一辆回 B 大的计程车上。

穆沐怎么也没想到，肖羽竟然是要和她一起回 B 大。他去 B 大能做什么？无非是去找林嘉，而且还是一副想待到明天的架势。

“你不上课吗？”穆沐想着明天是星期一。

“我不想上就不上呗。”肖羽拿手机发着信息。

没多久，林嘉的电话就打了过来，只不过打得是穆沐的手机，叮嘱她要注意安全，能和肖羽回来自然是最好的，不然他就要去校外接她了。

穆沐一边回答着，一边却犹疑不决，不知道该不该把今天知道的事情跟他说，最后还是肖羽把手机拿过去，说道：“会把你的女朋友安全送到学校。”而后挂断了电话。

“有些事，还是想清楚了再说比较好。”将手机还给她时，肖羽给了她这样一个建议，就再也没开口说过话。

到了学校，两个人各怀心事，下了车就各走各的路。穆沐失魂落魄地走到宿舍楼下，她站在那儿犹豫了很久，然后拨通了妈妈的电话。

“喂？妈，我今天送秦沅的时候，他跟我说了一些事……”

宿舍楼外人来人往，大多是因为春寒而加快了脚步，没人注意到脸色凝重的穆沐。

穆沐久握电话的手有些发麻，两只手轮番举着，终于在母亲那句“还有些时间，你好好想想”的叹息声中，挂断了这通电话。

妈妈冷静又耐心的话语，彻底打破了她心中的最后一丝幻想。这件对她来说是意料之外的事情，对爸妈来说，却是准备了很久的决定。

父亲已经在墨尔本得到了理想的职位，母亲也因为职业便利，在几份比现在更好的工作中挑选着。他们已经为她选好了几所学校，只差一个比较好的时机和她郑重地谈这件事，把规划好的未来与她一同分享了。

在上大学之前听到这样的消息，穆沐或许还会为了这值得期待的未来而欣喜若狂，可谁也没想到的是，她在踏进这所大学，找到知心爱人的时候，却来了一个大转弯。

林嘉。

在过年之前，爸妈也没有想到她会忽然有了男朋友，可是于长辈而言，学生时代的爱情虽然纯粹、美好，却也是面临考验最多的时候。

“你到了澳洲读书，并不意味着再也不回来了，这只是给你未来的生活多了一个更好的选择而已。而且，两个人在两个国家，也不是一定非要以分手为代价。这只是你们未来生活中将要面对的诸多考验中，最不值得一提的一个。如果真的还想继续下去，你们能想到的解决办法远比困难要多。到底要怎么办？还是取决于你们自己。”

妈妈理智又不失温情的话语犹在耳畔，穆沐有些颓败地发现，原本堵在自己心头的诸多疑问，通通都没有说出口的价值。

长辈远比她要成熟，考虑的事情也比她要全面。他们给出了几乎完美的答案来应对她所有的迟疑和为难，最后仍然将选择权交给她自己。

或许正如他们所说的那样，在这件事里，最大的难题不是怎样与自己的心上人去说这件事情，而是先迈过自己心里那道坎。

她要面对的难关，是心底不经意间涌起的歉疚。

第六章

他说的成全

星期二下午，穆沐仍然不知道该怎样开口和林嘉说起这件事，却在回宿舍的路上，迎面撞见了走在林荫道上的肖羽。

夏一月比她先瞥见了那个身影，瞬间就愣在了原地。挽着她胳膊的穆沐也被拽了个趔趄，然后看到了那个熟悉的身影："肖羽？"

旁边几个室友瞬间沸腾了："你怎么认识那么多帅哥的？"

"因为好看的人和好看的人一起玩。"说完，她看着女孩子们愤怒的表情，她连忙摆摆手解释道，"我说的是那个男孩儿，他是林嘉的朋友。"

肖羽在B大闲逛了两天，完全没有想要回去上课的意思，穆沐其实也很好奇肖羽到底是干什么来了，但无论怎样，自己和他还没有熟悉到无话不说的地步，还是不要多嘴的好。

而她们这边的动静也被肖羽看在了眼里，肖羽正儿八经地说道："我正打算去艺术学院那边找林嘉。"

看见她们几个，肖羽也停下脚步跟她们打招呼。

穆沐想起肖羽说的"我不愿意上就不上"话，没有问他为什么没回学校，但身边的夏一月却忍不住，张口便问道："你怎么不在自己学校？"

这两个人曾是同一所高中的学长和学妹，那时在一个楼层的对面班级里，低头不见抬头见的，再加上那些说不清道不明的纠葛，怎么也不是客客气气相处的关系。

肖羽这个人的脾气，向来是对别人爱搭不理的，唯独不会无视夏一月说的话，抬头看她一眼，慢悠悠地回答道："不想念了。"

又是这种态度。

夏一月心里有种说不出的滋味，她也是个急脾气的人，要不是念着舍友都在在这儿，非要和他较个真不可。

但这一次，无论谁都没想到，肖羽又漫不经心地说道：“我退学了。”

仿若平地一声雷，炸得人脑袋都跟着疼。

别说是夏一月了，就连穆沐这个“外人”都跟着瞪大了眼睛，惊讶肖羽怎么能将这话说得如此云淡风轻。

虽然她早就听林嘉说，肖羽不想念现在这个专业，可怎么就能偏激到不喜欢就退学的地步？难怪他可以闲到不回学校上课。

夏一月震惊过后，被堵在心头的复杂情绪噎得她几乎说不出话来，当肖羽满不在乎地望过来时，更是涌起一股莫名的心酸来，于是一言不发地扭头就走。

穆沐不知道他们之间曾经发生过什么，这时，室友们都去追情绪不稳的夏一月了，还没等她迈出脚步，就听肖羽说道：“你想好了吗？”

她转过身，脸上却没有多少不安与犹豫。

肖羽愣了一会儿，随即微笑着说道：“看来是想好了。”

“你是怎么下定决心的？”既然他先问，她也就此说出了自己心中的困惑。

“因为人不能一直退而求其次。”肖羽简短地说完了心中所想，然后顿了顿，告诉她，“这话不是我说的，是林嘉让我转告你的。”

肖羽的退学早在林嘉的预料之中，因为肖羽与林嘉是完全不同的两个人，肖羽既没有顾忌又有常人没有的决绝，所以在这随心所欲的年纪里，可以做着肆意的事情。

都说同类相吸，可是林嘉清楚，自己与肖羽完全不同的家庭背景，是永远都无法与之走上相同的道路的。所有的事情，不是一句简单的勇气就可以逾越。

但是穆沐不同。

她走得路，是一条光明又无须顾虑其他的路。更不需要用“决绝”来铺路，也不需要百般为难。

任谁都觉得这是最好的选择。

可是穆沐却不敢去想，林嘉在帮着她做出选择之前，内心经历了怎样地挣扎。

“你是什么时候知道的？”当她见到那个在空无一人的教室里等她的林嘉时，说出的第一句话便是这个疑问。

隐瞒了这么几天，林嘉这次选择了说实话：“过年的时候，在你家我就猜到了。”

穆沐爸妈的古怪，在穆沐眼里是不值一提的小事，但他却记在了心上，而且也过于聪明了一些，仅仅靠着那些只言片语就猜到了事情的真相。

这几天穆沐的反常，只是肯定了他心中地猜想罢了。

“又不是什么不好的事，怎么这副表情？”见穆沐脸色变了又变，林嘉还是忍不住走过去拉住了她的手，“虽然B大已经是很好的学校了，可是，你也说过，去体验不同的文化，是求之不得的事情。”

那还是两个人，在那场关于大学生该不该出国留学的模拟辩论后说起的事情，而那时的两个人在谈起这个话题时，语气里只有对未来的希冀。

当真是不知愁。

“可是……”她像是被哽住了一般，许久才说出心中的那句话，“太远了……”

九千多公里的距离，横跨了两个国家的天空，真的是太远了。

说什么心在一起就能战胜距离，都是世人编造出来的童话。她虽然相信自己的心意，却不相信这天南海北的距离不会改变什么。

这个想法太过成熟了，未出口时甚至就先伤了她自己的心。

林嘉也有些惊讶，脑中不由得浮现出女朋友在辩论赛上冷静又理智的模样，忍不住说道：“穆沐大大，你怎么能这么理智？”

这满是真诚而又俏皮的话，瞬间打破了有些凝重的气氛。

穆沐撇了撇嘴，最后还是破涕一笑，说道：“如果理智能解决问题就好了。”

他们彼此心里都清楚，即便心态再乐观，可实际问题还是摆在了眼前。如今唯一值得欣慰的，似乎只有两个人并未对此产生摩擦或矛盾。

而让穆沐最为难的一件事，已经在林嘉这里轻而易举地解决了。他没有把怎样向他开口的难题留给她，反倒选择自己来打破这场僵局。

这并不容易，可是他还是选择自己来做。而且，很快用另一件事冲淡了穆沐的愁绪。

“需要我对你选学校这件事给些建议吗？”他拉着她到电脑旁边，展示了自己研究了几日的成果。

并不是两个人对分别这件事的承受能力有多强，才足以让他们尽快考虑起选择学校的事情，而是以林嘉的经验来看，下半年是穆沐大二时转学最好的时机，在申请院校时也会更方便一些。

两个人面临的问题促使他们不得不理智又现实起来。

虽然，就连穆沐自己都不知道，林嘉是不是在用这种方式来回避即将分别的痛苦。

在她仍显得有些迟疑的目光注视下，已经用了足够长的时间做好了心理准备的林嘉帮她将那句话问出了口：“你是想问，如果以后真的因此分手了，该怎么办吗？”

她心中一动，没有说话。

他却笑着说道：“我希望不会有那一天。但是，无论结果如何，你值得更好的未来。”

事情来得突然，让这对刚刚陷入热恋的情侣，轻易分手是不可能的。他们仍像那许许多多的同龄人一样，对爱情抱有山无棱，天地合，才敢与君绝的美好幻想。

但他们又是与同龄人，多么不同的一对。

在听说穆沐可能会移民的事情后，夏一月第一反应是这段恋情该怎么办。当她得知林嘉正忙着帮穆沐选学校后，她脱口而出：“他疯了吧？你们真是天生一对。”

怎么会有人如此理智地去面对可能会导致分手的一件事？她真的有些弄不懂这对奇怪又无比契合的情侣。

穆沐也知道有些话说给恋人之外的人听，实在是有些矫情，便也默然一笑，没有回答。

只有她自己心里明白，“希望你成为更好更耀眼的人，希望你拥有更光明的未来”并不是一句虚言。

在她人生的转折点上，是她的心上人在岔路口，坚定地为她指了一条并不明朗却充满了可能性的路。

而她并不否认自己心中的天平倾向了哪一边，即便是心有不舍，也遵从了自己内心真正的意愿，选择了充满了未知和希望的道路。

在穆沐忙着准备考试和申请学校时，她始终没有忘记，自己还有另一个愿望没有达成。

自三月份开始，便是“全国英语辩论赛”的复赛了，她知道自己必须代表学校脱颖而出，不仅是为了自己的愿望，学校的荣誉，也有一股莫名的虚荣心在作祟。

“我希望再有小学妹爱慕你的时候，别人提起我时都会说，那可是‘全国英语辩论赛’的冠军，别惹她男朋友。”她绘声绘色地描述着这样的场景，甚至已经开始调侃着说自己出国后的生活了。

林嘉被她逗得一乐，再一次确认了两个人没有忘带东西，然后拉着她去校门口和英文系的廖言汇合。

穆沐能和廖言做搭档，是廖言在她入学时偶然看过她的英语演讲，主动邀请她组队的。事实上，穆沐也没有辜负他的期望。但对于廖言来说，选择这个搭档，也不是完全没有后悔的时候。

“你们能不能善待小动物？”见他们两个人手拉着手走过来，廖言几乎要捂着眼睛喊疼了，“单身狗也要尊严的。”

他终于明白，学生会为什么只派了林嘉一个人陪他们去参加华北地区的复赛。不是因为学校节俭，而是谁也不愿意当这个电灯泡啊！

在廖言的强烈抗议下，两个人好好地走了一段路，到达比赛场地附近的酒店时，每个人开了一个房间，可林嘉和穆沐还是一同进入了一个房间。

“别乱想。”穆沐进门前，不忘拉着门朝着廖言说了一声。

廖言推了推眼镜，知道他们不过是想多相处一会儿，可心中的悲愤还是让他不由得说道：“世风日下，人心不古。”

而此时，肆意伤害了他的那两个人，已经坐在房间里查阅起了澳洲学校的资料。从穆沐的爸妈确定好这件事再到最晚出发的期限，留给他们准备的时间并不多，只能抓住所有的空隙时间同时着手准备这两件事。

生活忙碌而充实，让两个人没有时间再去多想，已经成为既定事实的分别。但在闲暇之余，对恋人的不舍，还是会如潮水般淹没这颗分外敏感的心。

“暑假或是寒假，空闲时你会去看我吗？”不到分离的时刻，穆沐都不知道自己竟然是这样一个喜欢撒娇的人，开始有些黏人了。

而近些天来她问这个问题已有三四次了。

林嘉始终没有正面回答，直到她再次提起，才定睛看向她："你还记得我说过的那句话吗，如果有机会……"

"如果有机会，你想和我一起出国留学。"她笑了笑，"我一直记着呢，所以从前还对这件事很期待。"

可是……最让人无奈的就是，凡事都会有一个"可是"。

"可是，我最近好像做不到。"他的表情里既有无奈又带着一丝忧虑。

穆沐一直是个敏感的人，从他脸上的神情和那只言片语，判断出这并不是一件可以轻易说出口的事情。

他或许不是没有能力留学，而是连出国都是一件有些为难的事情……

"那我回来看你。"她不露声色地转移了话题，露出了一个足够甜美的笑容。

他看着她的脸庞，心中涌起的不知是暖意还是不舍。他郑重地点了点头，语气里是自己都有些意外地期盼："我真的会期待的。"

天大的难题莫过于此，再没有什么可值得畏惧担心的。

第二天一早，林嘉准备敲响女朋友房间的房门时，却见穆沐一身休闲装正好从外面走了回来。

"这次是真的有点儿紧张了。"试图用晨跑让自己平静下来的她挠了挠头说道。

全国很多著名高校的辩论赛选手都集中在B市，华北地区的复赛堪称龙争虎斗。可是出身B大的他们在整个华北地区也能称得上是佼佼者，信心还是有的。

“就缺一点儿动力。”她对着他眨眨眼，期待他能给自己一点儿意外之喜。

林嘉想了想，回答道：“不如等到全国决赛？”

这算不算一种变相地激励呢？穆沐觉得应该算的。否则她也不会对一个复赛就如此拼尽全力，她在赛场上的气势与言辞之犀利深深撼动着她的搭档廖言。

“你是和学长吵架了吗？怎么这么有杀伤力？”刚走下演讲台，身为电灯泡的廖言就小心翼翼地打量着这对情侣的脸色，可怎么看穆沐脸上都是带着笑的。

“这明明是爱情的力量。”女孩儿回他一个“单身狗什么都不懂”的眼神，扭头就扑进了男朋友的怀里。

这样来势汹汹的气势显然起到了决定性的作用，偏爱这种台风与论点的评委给出了至关重要的评分。

华北赛区复赛的冠军终属B大，他们顺利地进入了全国总决赛。

全国总决赛终于来了。

比赛开始前的准备时间，其他高校的学生都还在紧张地翻看资料，唯独廖言和穆沐这对组合显得格外轻松又另类。

廖言是身经百战早已将压力变为动力的人，而穆沐则是对惊喜地期待超过了对比赛的紧张。直到林嘉两手空空地出现在她面前，她虽然没有太多的失望，却也有些好奇他说的“意料之外”

到底是什么。

“难道是你搞定了评委让我成为内定冠军？”她故作惊讶地问道。

林嘉没有笑，脸色比她这个即将上台比赛的人还要凝重几分。

“我……我还没走呢。”她低声喃喃着，已经开始往不好的方面想。

而就在这时，林嘉忽然拉起她的手，紧接着，一个还带着他体温的小物件就落在了她的掌心里。

“从你问我愿不愿意做你男朋友开始，我就一直在想如何扳回这一局，因为那本该是由我说出口的事情。”尽管是在嘈杂的候场区，他的声音却无比清晰地传入了她的耳朵里，“所以，即使会显得过于急切，我也想趁着你还在我身边，做一件我最想做的事情。那是比起和你在一起，我更想达成的愿望。”

静静躺在穆沐手中的是一枚戒指。

婚戒的样式。

似乎无须任何语言，她也能明白他心中所想。静静地看了看那枚戒指，她忽然明白，他不会将那句话在这时问出口了。

他们两个人都以为，总有一天可以拥有的婚姻，在此时此刻，反倒成为她更加不舍的理由。

他没有选择在这个时候问出那句话以求一个答案，而是只用了这代表婚姻的信物表明了自己的心意。

此时，主持人在台上开始通知选手们准备入场。穆沐将凝聚了所有深情的戒指紧紧攥在手中，噙着泪水的双眼不敢与林嘉对视，正要转身向台上走去，却听到从林嘉口中说出极轻极轻的三个字。

“我爱你。”

看过这一届“全国英语辩论赛”总决赛的B大学子都不得不承认，他们学校的选手穆沐展现出了前所未有的的实力，任谁也不得不叫上一声好。

正因如此，大家都将最后的遗憾落败称之为“虽败犹荣”。

就连穆沐自己都不得不承认，之前的自己还是眼界太浅，没想到强中自有强中手。

在全国高校，尚有如此多的高手，那全世界呢？

走出赛场的时候，她虽没能拿到冠军的奖杯，却一点儿也不觉得难过，因为这场比赛让她见到了更广阔的天地和更向往的一切。

而支撑着她走向那更美好未来的，是那仅用三个字就为她披上无坚不摧战甲的林嘉。

在小说里、在影视作品里，甚至在现实中，她听到这三个字的次数多得数也数不清，仿佛说起它就像是吃饭睡觉一样简单。可在听到她的恋人说出这三个字时，让她瞬间觉得自己拥有了这天地间的一切，甚至有了战胜随之而来分别的勇气。

对于林嘉来说，他所求的从来都不是对未来的承诺，无论将来怎样，最重要的，永远都是此刻在彼此心中的分量。

慢慢地，穆沐对未来不再执着。哪怕今后的一切都不尽人意，但现在的美好却是真实地可以把握的。

准备各种考试之余，他们像很多热恋中的情侣一样，把所有期待和恋人一起做的事情都做了个遍。穆沐在知道自己即将离开故土之前，从未想过这般懒散的自己，也能坚持从祖国的东边跑到西边的大草原。

大漠落日，草原无际，江南烟雨，在短短的这一段时间里，他们将这些原本要慢慢去体会的地方看了个遍。他们用了所有能挤出来的时间，在祖国的这片大好河山留下了他们的身影。

兜兜转转回到学校，穆沐的皮肤黑了几个色度，简直不能出去见人了。回学校不久，林嘉就为她带来了周笛要来学校的消息。

“408”的几个女孩儿都是周笛的歌迷，穆沐当然也不例外。但于她来说，这次周笛来校更重要的，是关乎着林嘉的未来。

“你想带他去你的公司发展？”

被男朋友邀请，来到张主任办公室的穆沐，还未进办公室就听到了里面的谈话。

紧接着，周笛平静地回答道：“老师，说实话，我这辈子都会以我毕业于B大为荣。可是现在时代不一样了，林嘉所学的这个专业，并不是专业的表演专业，他如果想继续在这个爱好下发展，像我一样，有个好前辈带他入行，是最轻松最好的办法。”

“可他还没决定干这一行呢！”

“所以才要您劝劝他，尽早做决定啊。”

两个人的意见似乎产生了分歧，办公室里渐渐安静下来，谁也没再说话。

就在这时，穆沐被刚刚走过来的林嘉拍了一下肩膀，他在她差点儿叫出声的时候对她比了一个噤声的手势，然后拉着她去了旁边没人的教室里。

“是不是听到他们在为我的事情争论？”他虽然没有听到那些对话，却猜得准确无误。

穆沐点了点头，鼓起勇气问了自己一直想问的问题：“你下定决心了吗？”

他的笑似乎有些无奈，又隐隐透着一股子她看不懂的决绝，说道：“世事难料。”

“也对，说不定我哪天就在电视上看到你了呢。”穆沐很快接了一句，比他对这件事还要自信。

“那我可要努力不让你失望了。”他知道自己的无可奈何在很多人眼里其实算不得什么，可是在他尚有迟疑的时候，还是很庆幸，有一个无论他做什么决定都支持他的女孩儿在身边。

“不过偶像组合还是太委屈你的实力了。”在他感慨的时候，穆沐又突然说道，“你都可以做偶像的老师了。”

作为一个资深的追星女孩儿，这真是一个很高的评价。

林嘉仔细想了想，还是想不出那样的未来。当老师？他还真是没有这个信心啊，“自己唱好不难，指导别人唱好才难。”

如果遇到不听话的学生，就更难了。

无奈穆沐却是满脸期待：“想想就有趣。”

未来的事，谁又能说得准呢？可对于他们来说，分别已经到了眼前。

正式提交了申请后，两个人迎来了毕业季。不知是谁的主意，在这一届大四生毕业的时候，B 大策划了一个足够让人震撼的灯光秀。

当夜色降临，几乎全校的学生都聚集在了教学大楼下，仰头望向要完成这次表演的两栋教学楼。而在一声声欢呼声中，不断闪烁起的灯光默契地为毕业生送上了最后的祝福。

那一句句真诚的话语，永远地刻在了每一个B大学子的脑海里。无论今后身处何地，无论今后从事着怎样的职业，过着怎样的人生，也不会忘记母校对自己最殷切地期盼和祝福。

最后两栋教学楼的灯光汇聚成了最后四个大字“未来可期”，不知是谁先喊了一句：“一路顺风。”祝福的话语便从四面八方响了起来。

穆沐听到附近有学生笑着喊了一声：“再见。”

再见，在遥远的未来再相见。

2013 年 4 月，穆沐在林嘉忙着准备毕业的时候，踏上了前往异国的路途。

碍于爸妈都在场，两个人并没有像其他情侣那样很有仪式感的哭着吻别。不过是极轻的一个拥抱，还有那句不愿开口的再见。

那时的穆沐还天真地以为，再见是很快就会再次相见的意思。

身处故事中的每个人，谁又能想到，这一声再见，竟然跨越了足足五年的时光。

五年后的穆沐再次回到故土，她从未想过自己在观看秦沅比赛的现场，会再次见到那张熟悉的脸。

五年了，秦沅二十岁了，已长成翩翩少年。

她的目光在舞台上那个足够耀眼的年轻人身上停留了片刻，然后久久地落在了坐在自己面前的那个背影上。

录制整场节目，他都没有回头，她甚至快要怀疑这一切是不是一场幻觉，直到观众先行退场，浩荡的队伍里，她开始频繁听到那个人的名字。

“林嘉也太帅了吧。”

“是啊，是啊，我觉得整场就数他最帅了，他自己怎么不做偶像出道啊？那些小鲜肉哪个比得了他？”

而她的身侧，一个大学生模样的女孩儿正在兴奋地给朋友打着电话：“喂！你知道吗，我见到林嘉了！巨帅！真的太帅了，当年的 B 大校草真是名不虚传啊。”

她们每个人的语气，都活像是当年看完 STONE 演唱会的她。

穆沐忽然有了一种时空错乱的茫然，在片刻的愣神后，险些踩到了一个女孩儿的脚，慌忙地说道：“对不起。”

这声道歉将她拉回了现实中，她手忙脚乱地拿出了手机，飞快地搜索起“林嘉”这个名字。

在海外五年，几乎从未关心过国内娱乐新闻的她，做梦都没想过要用搜索引擎去搜自己曾经男朋友的名字。而这一次的搜索，虽然跳出了一个足以让人了解对方履历的百科，但那少之又少的新闻稿说明并不是她的消息来源过于闭塞，而是对方真的是太过于低调。

就连某度百科的资料，也是仅用两分钟就能够看完。

那些基本信息，是她闭着眼睛都比百科要清楚的东西，而最重要的履历那一栏，只说了林嘉在硕士研究生毕业后，才加入了周笛创立的公司。自签约出道以来，奉行着能不露面就不露面，能给别人写歌，自己绝对不唱的原则，直到近两年才渐渐好转。故此，现在只要他亲自上阵，便会吸粉无数，或许这就是神秘偶像的魅力。

"……你都可以做偶像的老师了。"

回想起自己在大学时曾开玩笑说过的话，真是恍若隔世。

手里紧紧攥着的手机还停留在百科页面，握着手机的人站在寒风中却久久回不了神。

似乎是过了一个世纪那么久，收到秦沅发来的信息后，穆沐才招手叫了一辆出租车，报上了自己所住酒店的名字。

即便是在S市，那也算得上数一数二的酒店了，当年还在上大一时看完演唱会为了省钱所住的小酒店与其不可相提并论。下车走进大厅，她仍然没有打开微信界面去看秦沅给她发送的那条信息，却听到几个不远千里结伴来此看节目的女孩儿仍在热烈地讨论着这次的比赛。

她们为了自己喜欢的偶像，跋山涉水赶来陌生的城市看一场短短的比赛。即便是在五年前，信奉佛系追星的穆沐也没有这样的毅力。

几个人一起上了电梯，女孩子们还处于兴奋的情绪里，不停地谈论着自己喜欢的选手。穆沐不出意料地从她们的谈论中听到了秦沅的名字，还有一些连她都觉得难免夸张的赞誉之词。

“简直是颜值的巅峰啊，将来组成偶像团体，肯定有他一个。”

“不选他才奇怪吧，一个组合总要有颜值担当，你们知道秦沅当初怎么进的公司吗？他可是他们公司选拔艺人时的外貌组第一名啊。”

“可我还是觉得他的五官不如林嘉看着舒服，看着太稚气了，林嘉那才是男神的长相。”

“废话，B 大男神你以为是他自己取得称号吗？”

“听说他上大学的时候有女朋友啊，不知道怎样的女孩儿才能配得上这种人。”

“好像也不是什么一般女孩儿吧，听谁说过来着，一会儿回去搜搜。”

伴随着“叮”的一声电梯响，几个女孩儿的谈话才停了下来。穆沐装作若无其事，才控制住了想要追着她们出去继续听的冲动。

电梯继续往上，将她带到了自己所住的楼层。进到房间后，她才再次划亮了手机屏幕，然后打开未读的那条信息。

“你上 B 大时交的那个男朋友叫什么来着？”

秦沅问了一个非常应景却又有点儿奇怪的问题。

拿着手机的穆沐犹豫了半晌，不知道该不该告诉他。按理说，秦沅已经进入这个比赛很久了，在此之前，他一定与林嘉有过很多接触，却在这时才问起林嘉。

难道，是因为今天她的出现？

不自觉地晃了晃脑袋，她先将最“理想”的可能性排除。开场前林嘉问出那句话时，秦沅还远在后台，不可能听得到。非要说秦沅察觉到了什么，只有一种可能，就是公演之后，林嘉主动找上了他。

他……他会因为她出现在秦沅的家属席，去找秦沅问这件无关紧要的小事吗？就算是不了解这个节目的人也明白，他们两个人如今是老师和学生的关系，比赛期间最应该保持的就是礼貌和不远不近的距离感。

那不是理智又顾全大局的他会做的事情，也不是在久别重逢之后，他还会做出的选择。

如果不是今天简短的对话，穆沐甚至快要不记得自己已经有多久，没再开口说出林嘉这个名字。

五年的时光，她早已失去了他所有的联络方式。

社交软件越来越多，手机更新换代越来越勤。如今的她在各大社交平台上有着影响力相当不错的社交账号，换到最先进型号的手机却渐渐弄丢了许多故人旧事。

哪怕是她曾经坚信不会改变的一切。

回想起在公演现场看到的那个背影，五年前，穆沐绝对想不到自己竟然会有对这个人如此陌生的一天。他还是那副熟悉的模样，可因为岁月平添了许多她看不懂的痕迹。

两个人一前一后的咫尺之遥，却是截然不同的两种身份，只能先一步退场的她甚至来不及说一句颇为矫情的“好久不见”，更遑论去要一个能够联系他的方式。

是哪本书上说过来着：有些人一旦走散，就是渐行渐远，再无交集。

这或许真的是一句真理。但她还是默默想着，如果下次再看到这本书，一定要买一本把这页撕下来“泄愤”。

如果真理太过现实残忍，谁又愿意去听呢？

“叮”的一声，手机屏幕上再次弹出了一条信息，是回国后才下载的视频软件弹出了一条推送：肖羽、纪南戏里互虐戏外发糖，颜值组 CP 相爱相杀？

2018 年的 10 月，一切已是天翻地覆。

这一夜注定不眠，穆沐坐在床上翻来覆去地搜索着一切与林嘉有关的信息，哪怕是其他的明星在采访中有提及到他的，她都会将那个采访完整地看一遍。

可之前的他还是太过低调，如果不是因为最近的频繁露面，可能只会永远存在于传闻之中，成为一个谜一样的人物。

与之相反的是肖羽。

穆沐知道自己出国的那年，肖羽就重新考入了电影学院，同年被著名导演看中，从此踏上了璀璨星途，但是他到底火到了什么程度，回国后，她就深刻体会到了。

纪南、肖羽……穆沐从未想过自己熟悉的两个名字竟会并列登上热搜，被一些与她年纪相仿甚至更小一些的女孩儿疯狂地追捧着。微博上，广告牌上，甚至是一些品牌的门店牌匾上，他们的身影随处可见。

五年的时光，在漫长的人生里不过是弹指一瞬间，转眼回看，却已是沧海桑田。

寂静的深夜，除了几条微博消息外，再无其他信息，穆沐躺在床上心乱如麻，却抵不过连日劳顿，终于在百般复杂的愁绪中沉沉睡去。

翌日中午，连连震动的手机终于唤醒她的一丝意识。

拿起一看，未接来电足有十几个，除了书的出版编辑外，剩下的都属于一个陌生的号码。

想了想，她先回拨了编辑的电话："喂？萌姐，我回国了，目前在S市，打算在这儿待几天再去B市，到时候见面再详聊。"

说完，在出版社编辑的嘱咐下，先订了几日后去B市的机票，又回到主界面看了看未接电话。

手机显示，这是属于S市的号段，而她在这里认识的人不多，知道她回国的更是寥寥无几，想不出到底会是谁，会在半夜给这个号码上演一出电话轰炸。回拨过去后，则是冰冷的电话语音："您所拨打的电话正忙……"。

心底生出一股莫名的预感，她退出了通话页面，打开了有着十几条未读信息的微信。在通讯录——新的朋友那一栏里，静静地躺着一个好友申请。

那是一个很奇怪的账号，好像与谁赌气似的，昵称和头像都改成了“学长”两个字，申请备注里写着有些气急败坏的一句话：他是你家属，我是你学长。

穆沐的脑袋“嗡”的一声响，好像埋了很久的一道雷忽然炸开，整个世界就此天旋地转。

她终于确定了这个未知的电话号码属于谁。

就在她还在伤感自己与其终是走失的时候，他不知从何处得到了她最新的联系方式，毫不犹豫地拨打了这个未知电话号码，试图重新连起断了五年的情丝。

这个举动在瞬间就驱散了五年空白时光带来的陌生感，她怔怔地看着那个电话号码，仿佛能透过这一串的数字看到那张熟悉而又变得有些陌生的面孔。

他静静地站在那里，好像一切从未改变。

点下通过好友申请的按键时，穆沐的手几乎是颤抖的。而在两个人的聊天页面里，只有那短短的一句验证消息，还有系统提示“你已添加了学长，现在可以开始聊天了。”

这个为了赌气而改的昵称和头像，实在是让人忍俊不禁，但一向乐观的穆沐却第一次失去了想笑的冲动，只是呆呆地盯着那空荡荡的对话框，不知自己到底该不该先打出那句俗气的“好久不见”。直到手机轻轻一震，微信主界面弹出了另一个人发来的信息。

一月："是不是已经到 S 市了，为了庆祝无业游民回国谋生，晚上我请客。"

附上的是一家叫"18 号"的西餐厅地址，看简介，餐厅的卖点竟然是红酒，自然价格不菲。

穆沐勉强找回了有些混乱的思绪，回她："骄奢淫逸要不得。"

一月："没事，傍大款了。"

一月发来的这条信息，穆沐都懒得回她。在夏一月强调一定要去之后，穆沐才保证说自己不是那种连吃饭都不积极的人。

跟一月刚聊完，再点开那个静悄悄的对话框，她看到的还是一片空白。对方甚至连昵称和头像都没改回去，想必是正在忙着。

这并不是什么奇怪的事情。就好像曾经的她一样，也会因为初到异国而被文化差异、水土不服甚至是学业的落后所"拖累"，忙得找不着北。

在那些忙碌的日子里，她与以前的世界好像脱离了关系，整日囿于自己的小天地。不久后，才发现自己要面临的难题远比自己所想象的，更加艰难。可是新的生活给她带来的，还有更深远的见识和文化差异的冲击，让她虽然心知前路充满艰难险阻，却还得毫不畏惧地向前。

直到可以轻松地停下脚步，环顾四周时，才发现这一路走来，太多的人与事，都已经不再是往日的模样。

她明白，这些理由都不能被当作为借口。

再合情合理的百般为难，其实也是源于自己的不坚定。

回想这五年的点点滴滴，穆沐试图找出一个关键的时间点来解释现在的一切，可是无论怎样去想，都想不出事情是从何时开始改变的。

她有些难过却又惊讶地发现，自己竟然已经忘了最后一次联系林嘉时说过的话。

他们甚至没有一个像样的告别。

正应了那句话，真正想要离开的人是不会说“再见”的。

这难免会导致很多人在谈起他俩时，最想知道的是：他们分手了吗？

当穆沐赶到18号餐厅后，在靠窗的位置见到了分别五年的好友，而夏一月不和她拥抱，不拉着她叙旧，张口就问道：“你和林嘉有没有分手？

久别重逢，夏一月说的竟然是这个。

穆沐有些尴尬地张开双臂，在回答之前，先看了一眼夏一月。比起五年前风风火火的性格，如今的夏一月沉稳了些许，但容貌气质瞧着却比五年前更出众，浑身上下透着一股年轻女孩儿干练的活力，哪怕工作劳累，可是眼底却没有半点儿疲倦之色。

“到底是换了个什么工作，每天都这么高兴？”穆沐有些困惑地问道，先坐到了桌边，好奇地打量着她。

夏一月在大学毕业后顺利找到了一个稳定的工作，可是干着干着却总是觉得不如意，再加上与男朋友因为结婚的事情争吵而分手，颓废了好一阵子。直到前两年，不知因为什么事而突然振奋了起来，换了一个神神秘秘的新工作，整个人也铆足了一股劲儿，好像要干出一番大事业。

穆沐知道换一个新的工作环境，人的精神面貌也会随之改变，可看着夏一月这副模样，倒不像是因为工作愉快而容光焕发，更像是陷入热恋中的少女。

“你是不是有新的男朋友了？”她瞪大了眼睛看着夏一月，希望从好友的身上找出什么蛛丝马迹。

夏一月却反盯住了她，严肃地说道：“你先回答我的问题。”

两个人都不甘示弱地注视着彼此，最后还是穆沐先认了输，轻轻叹了一声，说道：“应该是……分了吧。”

“分了？什么叫应该是？”夏一月像是听到了什么惊天秘闻一般，说完，有些纳闷儿地自言自语道，“可是他说没有啊……”

“谁？”穆沐警觉地抬起头，以为自己会听到那个熟悉的名字。

“肖羽。”夏一月回答道。

话音刚落，她扭过头去，冲着一个正向这边走来的身影招了招手：“他正好也来了。”

第七章

多年后的现在

与林嘉渐渐断了联系之后，穆沐就没想过自己还能再与肖羽有什么交集，尤其是在他已经红透半边天的时候。

但此时，在江边这间名为“18 号”的西餐厅里，这个虽然戴了个口罩，但打扮与其他年轻人没什么不同的男人，一身轻松地站在了她们面前，无论是模样还是脾气，都没有因为这些年闯荡娱乐圈而改变分毫。

“你不怕被娱记发现啊。”看着他满不在乎地摘下唯一的伪装坐在对面，穆沐惊讶之余忍不住脱口而出。

肖羽淡淡一笑，眼底带着对娱记的万分不屑。好像时间能磨平所有人的棱角，但唯独磨不平他的。

夏一月坐在他旁边的座位上，像是对这些事已经习以为常，伸手招来服务生要来菜单，边翻边问肖羽：“你开车了吗？”

“没有。你不是开了吗？”

“也对。那你别喝酒了，我还要庆祝这个无业游民终于回国谋生了呢，回去你开吧。”说完，夏一月点了一瓶自己经常喝得红酒，对着穆沐眨了眨眼睛，说道，“这酒味道特别好。”

可惜穆沐完全没听进去她对红酒的赞美，仍是两眼直直地盯着对面这两个人，脑子里反复地回荡着他们的对话。明明心里觉得有不对劲的地方，却又说不出问题出在哪里。等到咖啡端上来，穆沐看着夏一月端起咖啡喝了一口，肖羽又理所当然地接过去继续喝，她心里的困惑瞬间豁然开朗。

“你……你，你们……”她指指这个，又指指那个，不知该如何说出来。

或许在不拘小节的异性朋友之间，这些细微的事情都不值一提，但是直觉告诉她，这一切放在这两个人身上就有些不对劲了，他们绝对有秘密！

“你们在一起了？”她大惊失色道。

“没有。”两个人异口同声地回答，但却对她指出的暧昧并不否认。

穆沐只觉得这世界真是有些魔幻。她和林嘉多年未曾联系还不算分手，这两个人如同情侣一样相处却没有交往。

她忍不住问道：“为什么你们觉得我和林嘉还没分手？”

这真是一个好问题。

肖羽和夏一月交流了一个眼神，紧接着，肖羽慢悠悠地回答道：“因为林嘉从来没有说过，他和你分手了。”

这听起来并不是什么合情合理的理由，毕竟分手这种事情并不适宜四处宣扬。

但肖羽的语气却显得有些意味深长：“他不说，就证明真的没有。”

林嘉和肖羽有着近十年的友谊，他自然是了解林嘉的。此时，他好奇地看着穆沐又说道：“怎么？难不成你们两个人对分手的定义不一样吗？还是说你已经把他给甩了，但他不知道？”

话音刚落，他就被旁边的夏一月暗暗掐了一把，暗示他说话要有点儿分寸。

无论这些话是纯粹的好奇还是讽刺，对于穆沐来说，都难免有些尴尬。夏一月在中间极力缓和着这种尴尬的气氛，最后穆沐犹豫了片刻，开口说道："事情并不是你们想得那样。"

那是一个既复杂又简单得好像一句话就能讲完的故事，不是肖羽口中的一句"你们谁甩了谁"就能形容。

夏一月虽然对此很好奇，但却更顾忌着穆沐的心情，打了个哈哈就把话题引向了别处。只有肖羽仍是那副似笑非笑的神情，一顿饭吃下来再没有说什么话，让人猜不透他心里到底在想些什么。

在饭局即将结束的时候，喝得有些微醺的夏一月执意不要穆沐的陪伴，自己一个人向洗手间走去，留下想扶她去洗手间的穆沐站在座位旁发愣。

或许是从小习舞养成的习惯，坐在餐桌旁的肖羽几乎没有动过餐具，只是捧着一杯柠檬水漫不经心地喝着。

穆沐想要打破两个人独处的沉默时，肖羽却先开口说道："过几天我会去参加林嘉那个节目的录制。"

一个演员去参加选秀节目的录制？穆沐有些呆呆地想了想，脑子没转过这个弯来。

"只是去拉拉人气而已。"肖羽没说太多关于宣传方面的事情，说完，又接着问道，"你想去吗？"

"我？"穆沐一愣，其实心里已经隐约猜到他想做什么，但因为事情太过突然，而有些茫然不知所措。

肖羽没指望穆沐立刻就接受他的提议，过了一会儿，肖羽又接着说道：“我不喜欢多管闲事，也没觉得你们复合或是根本就没分手是件好事。只不过……”

顿了顿，肖羽托着腮帮子望向了窗外的车水马龙，像是透过窗外的热闹场面看到了一丝寂寥，连神情都变得有些落寞，带着叹息声说道：“这几年，他过得并不好。”

穆沐心底一颤，即使肖羽没有提及谁的名字，她也比任何人都清楚他说的是谁。而这些话里，最让穆沐痛心的莫过于那六个字——他过得并不好。

心不停地向下坠着，穆沐紧紧攥了攥拳，指节都攥得有些泛白。

这时，桌上的手机“嗡”的响了一声，接收到一条信息。

林嘉：“方便的时候，给我打个电话。”

她抓起手机，犹豫着要不要回复，接着又一条信息弹了出来。

林嘉：“我好像猜到你在哪里了。”

她一愣，还没等她回过神，肖羽的电话先响了起来。

肖羽显然有些意外，抬眸看了她一眼，然后按下了接听键：“嗯？嗯，我和一月在外面吃饭。对，还有穆沐，你要过来吗？”

听到最后一句话时，穆沐的心都要从嗓子眼儿里蹦出来了。不过紧接着，肖羽似笑非笑地看了她一眼，又接着说道：“那好吧，过几天约。”

说完，就挂断了电话。

看样子，林嘉现在是不会过来了。

不知道是失望还是庆幸，穆沐无法掩饰地长舒了一口气。恰巧夏一月从洗手间回来，一见他们两个人的神情都如此奇怪，不由得挑了一下眉，说道：“怎么？你们不会是吵架了吧？”

两个人沉默着，谁也没说话。

半晌，肖羽起身去结账。夏一月趁机坐到穆沐身边，塞给她一张酒店房间的门卡：“他是不是跟你说要去参加录制节目的事了？酒店地址一会儿我发给你，这是我房间的门卡，你要是想去林嘉录制的那个节目现场，明天到我房间等我。”

“你把门卡给我了，你怎么办？”穆沐总是抓错重点。

夏一月的脸上瞬间露出尴尬的神情，不过很快就回答道：“我当然有别的住处。总之，你要是想去，我们都会帮你的。”

夏一月的好意，穆沐心里自然是明白的。可是感情是两个人的事，她不知道这两个人会怎样帮她。

“我……”她想说自己会看着办的，却在开口时被夏一月神神秘秘地打断了。

“你们呀，就是没遇到过什么挫折，两个人都这么骄傲，总得有人在后面帮你们一把。”

挫折？

这个词在林嘉与穆沐之间是不存在的。但仔细想想，他们两个人从一见钟情到最后分开，好像都没有什么矛盾可言，更别说是挫折了。若非要有的话，那也只有穆沐出国这一件事了。

“你们的感情就是走得太顺了，所以无奈分开的时候，都不知道怎样再和对方续前缘。你们再这么犹豫不决，恐怕真的是要散了。”

从“18号”餐厅出来，夏一月真心实意地劝说了她一番，然后狡黠一笑：“穆沐大大，忘了你在文里是怎么写的？爱情里的小花招不叫阴谋诡计，叫合理经营。”

这确实是穆沐曾经说过的话，可是今时今日，她却有了些许犹豫，不知对方所说的“挫折”是什么。

不得不说，这五年的时光让彼此都成长了不少。哪怕夏一月不提及，穆沐也清楚现在的自己，变得有些患得患失。她并不想这段感情就此结束，可却没有了向前迈出一步的勇气。

她一点儿也不像以前那个无所畏惧的女孩儿了，哪怕不能确定对方的心意，也能勇敢地对旁人说：“我喜欢他。”

她是真的很喜欢他呀！

长叹了一口气，穆沐捂着眼睛倒在酒店的床上，胡思乱想了好一会儿，然后猛地坐起身抓起手机，拨通了那个电话号码。

这一次听筒里传来的不再是语音信箱那机械式的回音，几声嘟……嘟过后，电话顺利地接通了。

“喂？”电话的那一边是男子自觉放轻了的声音。他那边很静，几乎可以听得到对方的呼吸声。

穆沐想要说话的声音一滞，屏住了呼吸。

过了一会儿，电话那头继续说着：“穆沐，是你吗？”

他是存了她的电话号码的，但在这个号码拨过去时，已经太久没有对话的两个人都打心底里有些怀疑这是梦还是现实。

穆沐握着手机的手不自觉地颤抖着，不知过了多久，才欣欣地回答道："嗯。"

这声音已经变得不是她自己的了。

紧接着，是长达半分钟的沉默。手机两端的人就这样静静地拿着手机，耳边是对方清晰可闻的呼吸声，唯独没有想象中的那些对话。

又过了一会儿，还是林嘉先开口说道："我猜你会去见夏一月，她有没有对你说肖羽的事？"

"什么事？"穆沐懵懵懂懂地接着他的话茬儿问。

重见故友，一整晚她的思绪都是起伏不定的，没去多想夏一月那神秘的境况和肖羽如今的身份。但林嘉永远都是那样聪明，他不仅猜出了她来S市后会去见夏一月，并猜到了肖羽也会出现在那个饭局上。

而更重要的是，他猜到了夏一月会对她说起林嘉录制节目的事情。

"录制节目现场，肖羽会来。"停顿了好一会儿，林嘉又接着说道，"或许你没那么想见我，但是，我想见你。"

"啪嗒"一声，手机从穆沐的手里滑落了下去，手指不小心碰到了扩音键，林嘉的声音在这安静的房间里更清晰可闻。

"这几天我会一直住在节目组的宿舍，没办法离开。可是等到节目录制结束，我怕你会离开S市。如果……如果你实在不想见我，就当是来看看秦沅。"

等林嘉说完这些话，听筒里传来了有人喊他名字的声音。

穆沐在俯下身去捡手机的瞬间，听到林嘉带着沉重的呼吸声说道："穆沐，你真的不想我？"

刚说完，电话就被迫挂断了，似乎是那边发生了什么紧急的事情。

但是很快，有信息发送了过来。

林嘉："有记者过来了。在你同意之前，我不想让他们知道这些事情。"

"你真的不想和我当面谈一谈？"

看着有些刺眼的两条信息，想过两个人久别重逢种种场景的穆沐，却从未想过林嘉竟将极难说出口的话直接讲了出来。

没有顾虑，也没有犹豫，他只是直白地告诉她：我想见你。

穆沐，你真的不想我？

带了些许苦涩与无奈，又极为认真的话在耳畔萦绕，激得穆沐几乎要伸出手去按住那颗"怦怦"乱跳的心。

她的手按在对话框上，极快地编辑了一行文字又删除，紧接着再次编辑再删除。反复几次后，那句："我会去"，和对方发送来的一张图片几乎是同时出现在了手机屏幕上。

林嘉发来的是一张照片，再精确一点儿说，是一张合影。

照片上，林嘉坐在一架钢琴边，但更像是在拍不远处那满脸稚气的年轻人。

那是秦沅。

穆沐忽然想到林嘉莫名知道了自己手机号码的事情。他竟然会因为她的出现而去找秦沅。顿时，一股暖流涌遍了全身。她抱着手机回复：“我更想见你。”

他担心她会犹豫，所以干脆帮她找了个借口。哪怕是不愿意见他，去见见秦沅也好。

此刻，患得患失的穆沐不想再畏缩着向后退了，她不想再掩饰自己内心的想法，只想直白地告诉他：“我更想见你。”

翌日一大早，失眠了一夜的穆沐拖着行李箱退了房。打车去夏一月所住的那家酒店时，外面的天气灰蒙蒙的还刮着大风，门口有几个年轻的小女孩也要去同一个地方，司机和她们商量了一下，几个人便拼了一辆车。

穆沐坐在副驾驶的位置上，一路听着她们在后座聊着最新的电视剧，本来还有些心不在焉，直到她们的对话里出现了一个熟悉的名字。

“肖羽真的住那家酒店吗？他不是还在B市拍戏？”其中一个女孩子一边说，一边还在翻看着手机。

“徐姐说了，消息肯定准确。”

“听说是肖羽和林嘉关系好，节目组邀请时，看在林嘉的面子上，他想都没想就答应了。”

“真的假的？之前上节目的时候他也没说自己认识林嘉啊。”

“谁知道了？唉，蹭热度这种事还见得少吗？”

“也许人家是真的关系好呢？纪南那么红，林嘉又不喜欢参加节目，和纪南在一起不是更好？”

几个女孩儿一本正经地分析着如今娱乐圈的形势和几个当红

明星的发展前景，聊到最后，信誓旦旦地得出了一个结论——林嘉和肖羽的公司应该是互利互惠的关系，非要将他们绑在一起。

“哈……咳咳……”坐在副驾驶座位上的穆沐差点儿笑出声来，发觉不对时连忙用咳嗽声掩饰了过去。

后座上的几个女孩儿没有发现什么不对劲的地方，仍在兴致勃勃地聊着。一时间，倒让人有些分不清他们到底是肖羽的粉丝还是只是单纯地想见明星。

“玎玲——”

出租车快要到达目的地时，穆沐的手机适时地响了起来。看了看屏幕上的名字，她按下接听键：“喂？一月，嗯，我很快就到了。”

这通电话无非是夏一月惦记着她的状况，问她有没有去她住的酒店。穆沐一边说着话，一边听后座的几个女孩儿窃窃私语。

她在后视镜里瞄了一眼，能看到那几个女孩儿在说话时脸色不自然地向她看了过来，于是不动声色地换了一个话题：“嗯？你说想要肖羽签名啊？我也想要，可是谁知道他有没有住那家酒店，去碰碰运气呗。再说了，我也不是那么喜欢他。我喜欢的是林嘉，如果买不到节目现场的票，该怎么办呀，早知道就不跟上次那个票贩子吵架了……”

当年追星的经验在这时很好地派上了用场。不顾手机那边的人有多么茫然，她自顾自地说道：“见面再说吧。”便结束了通话。

见她挂断电话，后座上的几个女孩儿相互对视了一眼，其中一个女孩儿主动跟她攀谈起来：“姐姐，你也是要去那家酒店见肖羽吗？”

穆沐淡定地点点头，然后说道：“其实是我闺密喜欢他，非要拉上我。”

“姐姐你朋友叫一月吗？”那女孩儿忽然这么问。

穆沐想了想，用手指给她比画了一下：“是依靠的依，逾越的越。”

“哦。”女孩有些恍然地点点头，没再说什么。

穆沐好脾气地笑笑，扭头就在她们看不到的地方打开手机搜索，关键词是“肖羽、经纪人”，很快，搜索平台就跳出了数不清的消息，上面明明白白地写着肖羽自出道以来只签过一个经纪公司，至于经纪人，则是他自己非要带过去的高中学妹——夏一月。

看到肖羽的经纪人是夏一月时，穆沐又体会到了呼吸一滞的窒息感，恨不得挖开自己的脑子看看里面是不是锈住了。

她是有多迟钝才不会去想他们两个人的这层关系。

一时间，夏一月换工作之后的欣喜，还有两个人都邀请她去参加节目录制的默契，通通都涌上了她的心头。

怪只怪她回国后的心思，全都放在与林嘉久别重逢的事情上，竟然对这些事情都没想要去拉扯上关系。现在看来，与工作谈恋爱这种猜测也不仅仅是她瞎想啊。看那傻丫头的模样，恐怕再干一百年这个工作，她也甘之如饴。

想着，车已经到了酒店门口。穆沐趁着那几个女孩儿还在大堂观望时，先一步上了电梯，然后停在夏一月发来的房间号门前，利落地刷卡走了进去。

事实证明，明星的待遇确实是不一样。就连经纪人的房间也比她之前住的好上不少。穆沐在房间里转了一圈，正要给夏一月发信息的时候，敲门声也适时地响了起来。透过猫眼向外看去，站在门口的竟然是全副“武装”的夏一月。穆沐给她开了门，然后看她飞快地挤进来，边走边说道：“你在电话里说什么乱七八糟的，是不是遇到什么人了？”

“也不知道是不是粉丝，追着肖羽来这儿的几个女孩儿。”她如实地说道，然后目光倏地犀利了起来，“你的新工作就是做肖羽的经纪人？”

夏一月被她问得一愣，没有否认：“我就是想吓吓你，没想到你这么快就知道了。”

傻瓜才不会知道。

穆沐叹了一声气，实在是不明白这两个人怎么通过这种方式联系了起来：“是他……”

“不是。”夏一月知道她想说什么，赶忙打断她，摇了摇头说道，“是我在辞职后给他打了一个电话，告诉他我失业了，让他给我找一个工作。”

是真的缺工作吗？不。以她的才识学历怎么会找不到好工作。做经纪人反倒要从头摸索着学起。这样豁出勇气向肖羽开口，其实只是想为自己拼一次。

“不论成不成，看到你和林嘉在一起，我也想为自己那惨烈的初恋拼一次。”夏一月若有所思地坐在床边，笑着说起自己这前半生最有勇气的一次拼搏，“分手过一次才发现，人还是要为自己拼一拼，这样才能确信自己以后真的不会后悔。好在，我还算幸运。”

在与男朋友分手的那段时间里，夏一月反反复复想着的都是恋爱与婚姻的意义，但她不想拿自己的伤心事去打扰任何人，翻了翻通讯录，鬼使神差地拨通了以为永远不会再触碰的那串数字。肖羽是个极没有耐心的人，却破天荒听她絮絮叨叨边哭边说了近两个小时。

最后，在她清醒了一点儿想要为自己的打扰道歉时，终于换来了他的一句：“你在哪儿？”

“后来，就变成现在这个样子了。”说起这些时，夏一月喜悦之情溢于言表，最后得出总结，“所以，还是要看自己最想要的是什么。无论未来如何，我现在没有遗憾了，所以，我希望你也如此。”

说着，她塞给穆沐一个工作人员的吊牌：“今晚去录制现场，就委屈你暂时充当肖羽的助理吧。”

不知他们何时准备好了这一切，那工作牌上还有她的照片。穆沐感谢的话还没说出口，就被夏一月堵了回去：“不管你们怎样，我已经和肖羽打赌了，我赌你们一个月之内和好如初，他赌三个月，这次他是输定了。”

说完，门外有工作人员敲门，大概是提醒她们应该离开酒店了。夏一月摆出了一副专业经纪人的架势，对穆沐做了一个邀请的手势：“走吧，带你去看偶像精彩的一天。”

偶像的一天，这是穆沐写文时经常会写到的情节。可是当她亲眼见证了当红明星的一天之后，终于发现这一切都比想象中的要辛苦很多。

离开酒店之前，肖羽就已经完成了两个采访。坐车前往拍摄现场，随行的化妆师还没来得及给他补妆，就被早已等候在车上的综艺导演，跟他说起了接下来几档节目的大概思路。

期间，夏一月接了十来个电话，除了其中一个和纪南搭档的广告之外，剩下的通告因为这次和林嘉的合作而全部推后。

从早到晚连轴转的生活，不是一般人能拿得下的，在那两个综艺导演离开之后，肖羽才得了空休息一会儿。这样短的时间连假寐都算不上，才不过五分钟，车速就慢慢降了下来。

夏一月从旁边递过来一副墨镜，看似睡着了的肖羽倏地睁开眼，好似刚刚的疲惫不复存在似的，戴上墨镜便等着副驾驶座位上的保镖下车为他拉开车门。

穆沐秉承着少说话的原则一直跟在夏一月身边，但在一行人低调地进了拍摄现场后，她还是趁着工作人员带他们去休息室的空档偷偷拉了一下身旁的夏一月。

“怎么了？”夏一月还以为她是见到了什么人，四下张望了一眼，也没看到有熟悉的身影。

穆沐问道：“林嘉也是这样？”

夏一月愣了愣，随即反应过来，犹豫着点了点头，说道：“有过之而无不及。”

肖羽已经成名很久了，虽然现在还正当红，但是明星总是需要热度和新鲜度的。既要有戳中观众的点，还要赶上一个好时机带起一波话题。

很显然，忽然不再刻意隐藏自己的林嘉才是当下的那个“热度”。

比起很少有休息时间的肖羽，林嘉的状态可能还要更过分一些，或许已经是几夜没有合眼了吧。

“别看他这几天在这个封闭的地方出不去，这可能还是他最轻松的一段日子了。”简单说了几句，夏一月又上前去代表肖羽的团队与节目组交涉。

节目组能请来肖羽这样自带热度的嘉宾坐镇，自然是庆幸万分的。工作上的事情商议完后，听到经纪人说想见一见很喜欢的这几个选手时，哪有不答应的道理，于是很快便安排了工作人员带她们去化妆间。

几人个穿过长长的走廊向化妆间走去，穆沐一路上看到的都是比自己年轻好几岁的少年，他们个个彬彬有礼，张口闭口都是“哥哥，姐姐”，让人徒生了自己已经是大龄青年的悲伤感。

而在这个封闭的场地里，到处都是用来记录选手生活的摄像头，即便是再不安分的少年人，也要在摄像头前尽量收敛自己，顶着公司已经为他们安排好的“人设”生活、学习，一切只为了走向更好的未来。

只不过，凡事也总有例外。

“秦沅，导演喊你呢！”人群熙攘的地方，传来了这样一声呼喊。

紧接着，穆沐就听到那道熟悉的声音心不在焉地回答道：“没事喊我干吗，我忙着呢。”

走近一些，便能看见那个已经长大的少年倚在墙边认真地玩着手机。

眼看着节目就要正式录制了，节目组在录制前将手机还给了每一个选手，目的无非是让他们发微博为自己拉票造势。可在拿到手机的瞬间，这个不肯听话的少年还是在第一时间打开了游戏界面，对周围发生的一切都充耳不闻。

跟小时候还是一模一样。

“秦……”看准时机，穆沐想开口叫他，可叫喊的声音却像是被人按下了暂停键一样戛然而止。

越过那个年轻人的身影，她清楚地看到，就在不远处的化妆间门口，被工作人员围着的那个人，正是林嘉。

虽然心知自己来这里就是为了见他，但在看见对方身影的一瞬间，她的心还是不争气地漏跳了半拍。

更重要的是，秦沅的秦字已经喊出了口，那个正在玩手机的少年应声望了过来，一眼就看到了她脸上糅杂了欣喜与犹豫的复杂神色。

“穆沐？”能让他在瞬间就将注意力从手机上移开的也只有不远处的穆沐了，秦沅怀疑自己是不是看花了眼，不顾身后还有人在喊自己，便快步走了过来：“你怎么在这儿？”

说着，他就看见了穆沐身上挂着工作人员的吊牌：“你……

这……你，你不会是和肖羽一起来的吧？”

穆沐并没有否认，然后对着一旁面露惊讶之色的工作人员解释道：“秦沅是我的邻居，小孩儿不懂事，还要麻烦你们多照顾他一下。”

“小孩儿？你记得我多少岁了吗？”秦沅轻轻“哼”了一声，不跟她纠结这个话题，不由分说地拉住她的胳膊就往别处走。

秦沅还是这样任性妄为，可穆沐不是。

暗自叹了一口气，穆沐不动声色地想要挣脱他的手，转头对着工作人员赔笑道：“他太久没见到我了，可能是想和我单独聊聊。”

秦沅的个性，在这个节目组工作的人大多都有所耳闻，更别说另一个人还是肖羽的助理。哪一边都得罪不起，不如听之任之。

穆沐再一次试图挣脱秦沅的手，却还是以失败告终，最后在夏一月那饶有兴致的眼神中，被秦沅拉到没人的角落里。亏他还知道自己的一举一动都在摄像机的监控下，再不收敛一些，她都要跟着上娱乐版头条了。

走到没人的角落，秦沅松开手，他顾忌的不是自己的处境。他心直口快地说道：“你来这儿干什么？你刚回国，和肖羽怎么认识的？你是不是为了林嘉来的？”

一个问题接着一个，让穆沐都不知该怎样回答才好。

穆沐揉了揉胳膊，把被他拉住的衣袖整了整，然后说道：“我来，是看你的。”

“我十五岁的时候，你跟我说些话，我都不会信。”秦沅对此没有半点儿感动，仍牢牢地盯着她，“而且，你还没有回答我呢，你大学时交往的那个男朋友是不是叫林嘉？”

穆沐也知道他是想得到一个肯定的答案，于是点了点头，没有否认。

看见穆沐的肯定，秦沅瞬间变得有些不可理喻：“都几年了，你怎么还惦记着他？”

这样毫无逻辑的指控让穆沐有些莫名其妙：“他……他是我的男朋友。”

“什么男朋友？你们明明已经分手了！”压着声音吼出这样的话，秦沅四下张望，确信没有人注意这边才又上前一步，几乎将穆沐逼到了墙角，“是你跟我说的，你们已经很久不联系了。”

想了想，穆沐确实跟秦沅这样说过，这也是事实。可是即便如此，她和林嘉之间的事，无论是分手还是和好，都与秦沅无关。

“秦沅。”她的脸色不由得严肃起来，想告诉他不要胡思乱想，“我和林嘉的事我们自己会做决定，你别在这儿瞎胡闹。”

他俩一块儿长大，穆沐太了解秦沅的脾气了，要是真的让他不顺心，什么比赛，荣誉他全都会抛诸于脑后，她可不敢冒这个险，只能事前先劝说他几句。

可秦沅听不听，就是他自己的事了。秦沅低头看了看她，也不知在想些什么，忽然冷哼了一声，扭头就走。

“秦沅。”穆沐不敢大声喊他，也不敢在摄像头前与他拉扯，只这样轻轻地叫了一声，可没得到他的任何回应。

她只能一路小跑着追出去，走到选手化妆间门口时停下了脚步，犹豫着要不要进去叫他出来。

门口有几个少年正在讨论着今天的节目，一见她站在这儿，都乖巧地叫了声："姐姐好。"穆沐抬头看了看他们，依稀能从那几个少年精致的眉眼里看出当年自己最崇拜的偶像的模样，心底不由得涌起一股暖意，于是礼貌地回了个微笑。

可她这副表情被拉开门出来的秦沅看了个正着，他的脸色瞬间阴沉了下去，不由分说地便要上前去拉她。穆沐连忙不着痕迹地往后退了一步，说道："我还有些事要忙，你好好比赛。"

追到这种人多的地方来，真的不是什么明智之举。看看站在面前的秦沅，他哪是知道收敛的性子。

转过身，她深吸了一口气，一步不停地向着肖羽的休息室又走了回去。在这种节目的录制现场，无论是宿舍还是休息室，都是装了摄像头的，虽然拍摄到的画面不会全部播放出来，可有些事也不方便落入别人的眼底。

回到休息室，穆沐看到了满屋子的"长枪短炮"，似乎是媒体和制作组在拍摄之前要对肖羽做一个专访。在采访之前，记者例行惯例和当事人沟通了采访时要提问的内容，顺便体贴地问他有没有什么想聊的话题。

这种采访肖羽已经做过无数次，对于记者的每一个提问，他都能轻而易举地应付。但在记者提问现场，肖羽还是把目光投向了一旁的制作组："能给我看一遍节目的流程吗？"

在确定要上这个节目前，节目组已经把节目流程给他看了不下三遍，但在这时候，他竟然又要看，在场的工作人员也不敢多说什么，连忙将台本递给了他。

在场的各位记者尴尬地坐在那里，眼睁睁地看着他将台本翻看了一遍后，肖羽竟然起身去跟导演商量节目流程。

一旁的穆沐看着也觉得奇怪，不过好在她以前还是有些了解肖羽的，多少知道一些他的脾气秉性，没表露出什么奇怪的表情来。

大约过了一个小时，采访结束，节目组要拍一个嘉宾和导师碰面的片段，很快就有工作人员过来请肖羽去另一个休息室。

夏一月知道这是要去见林嘉了，连忙拽上还有些懵懂的穆沐跟了上去。

一行人连带着几个摄像人员浩浩荡荡地来到那个休息室门外，导演组其实是想营造一个惊喜的相见场面，但亲自来开门的林嘉见到肖羽后，脸上的表情平静得没有任何波澜，若要较起真来，还不如见到一杯冰可乐时来得激动。

这和要拍摄的场面一点儿也不一样啊！随行的工作人员看看这个又瞅瞅那个，发现两个嘉宾都一脸的淡定从容，他们几乎要崩溃在当场。还是休息室的另一个当红明星热情地走过来，说道：“肖羽？前两天导演还说你会来，没想到真来了。”

气氛这才热络起来，其他人也跟着松了一口气。

要不是知道这两个人实在是不想在摄像头前装什么激动，刚刚那个场面，就连穆沐都快怀疑他们是不是故意跟节目组对着干。

工作人员陆陆续续进了休息室，那几个明星坐在一起攀谈起来，其他人便都站在了摄像人员的身后静静地看着他们拍摄。穆沐站在了稍稍靠后的位置，从进门起目光就不受控制地落在了那个久未相见的人身上。

五年不见，林嘉的模样没多大改变，只是比从前更多了几分从容。而性子仍如从前一般，没有因为岁月的变迁而变得圆滑。他与肖羽两个人，一个笑着怼一个明着杠，不知是给节目组拉人气还是特意来找麻烦的。好在他们都是有职业素养的人，有些事情不配合，该做的却都能做得很好。

穆沐知道在这样的拍摄现场，林嘉不会肆无忌惮地看她，所以才能专心致志地把目光投向他，将这无数次出现在梦中的身影看了个仔细。

上次见面时，他还没有这般瘦，这会儿与那连棱角都有些尖锐的肖羽看起来竟然不相上下，也不知是不是当个公众人物，都要为了上镜而瘦到惨不忍睹的模样。而那张曾被她夸奖为“为上镜而生”的脸也小得只剩手掌那么大。在旁人看来是赏心悦目精雕细琢，落在她眼里却只剩下了心疼。

“这几年，他过得并不好。”

无端又想起肖羽说的这句话，穆沐心底一颤，不自觉地揪住了衣角，指尖也碰到了口袋里那个坚硬的小圆环。像是触电一般，她猛地收回了手，不敢再去触摸那个一直被她带在身边的信物。可这一次再将目光投向还在与其他老师说话的林嘉时，她却忍不住看向了他的手。

原本只是抱着说不清的情绪想要看看那只也曾戴过同样戒指的手，但在目光触及那一双骨节分明的手时，她的眼睛却倏地瞪大了。

就在林嘉的左手手指上，戴着一枚戒指。那特别定制的样式，与她衣兜里那枚婚戒一模一样。

一瞬间，她仿佛又置身于五年前那个辩论赛的后台，在熙攘的人群中，林嘉郑重地将这枚代表了婚姻的戒指放在了她的手中，没有承诺也没有山盟海誓，只有她在转身时极轻的那句：我爱你。

在墨尔本的这几年，多少次午夜梦回想起这三个字，多少次为了这极轻又极重的三个字辗转难眠。如果这三个字有魔力的话，那自己是不是已经被这三个字施了魔法，以至于深陷其中，再也找不到出路。

如今，那枚代表了誓言的戒指静静地躺在她的口袋里，是她不敢轻易去触碰的甜蜜伤口。他却仍然将其戴在手指上，仿佛这五年的时光什么都没有改变一样……

“穆沐……”一旁的夏一月轻轻拽了她一下，“该走了。

恍然间，该录制的片段竟然已经结束了，大家都要转移到下一个拍摄场地去录这一期的新节目。

肖羽和林嘉他们走在一起，但是因为他出场的时间会比导师晚一点儿，在录制开始之前还有一段时间可以休息。工作人员走过来体贴地问需不需要准备什么，夏一月要了几把椅子放在了不影响拍摄又能看清楚舞台的地方。

“什么心情？”一切准备妥当的时候，夏一月凑过来揶揄地问。

在这样的场合，穆沐不知道自己该怎么说起戒指的事，便笑着摇了摇头，没有回答。而另一边，导演组已经开始做录制前的最后准备，她们这边能远远地看到坐在镜头下的秦沅。

夏一月天生有一颗八卦心，抬头瞥见对面的少年，心里不由得有些好奇：“他真是越长越好看了，这节目开拍的时候我都没认出来，不然早就告诉林嘉了。”

这话倒让穆沐想起另一件事来：“你知不知道，林嘉怎么会向秦沅要我的电话号码的？他直接问你不就成了？”

出国多年，夏一月是穆沐一直保持联系的人之一，林嘉不会不知道这件事。

“那你以为你的电话号码是谁给他的？”夏一月听后只是笑了笑，“其实你回国的时候他就问我了，只是那天你去看公演，他看到你坐在秦沅的家属席上，心里怎么都别扭，就借着问电话号码的理由去找秦沅，结果秦沅非但没给，好像还和他吵起来了。”

吵起来了？

秦沅是什么个性，穆沐清楚，但林嘉这样的人也能跟他较真，真是出乎她的意料。

夏一月意味深长地看着她，神秘兮兮地说道：“你还是不够敏锐啊。”

话刚说完，节目录制就已经开始。

相似的节目穆沐早已看过，对这一切并不感到新奇，整场下来，不过是多看了林嘉和秦沅几眼，她发现秦沅在这群意气风发的少年之中显得尤为安静，颇有些与世无争的意味。

还没等穆沐为此感到惊讶，工作人员过来提醒肖羽上台。她的注意力又被台上几十个少年齐齐向前辈问好的场面吸引了过去，一阵寒暄后，第一个环节原本就是台本上不存在的一个流程。

“你们应该都听说过，我是为了当演员的梦想从舞蹈学院退了学，这才走上今天这条路的。”台上的肖羽展露出了一本正经的模样，看似认真地说完这几句话，然后目光落在了选手席的第一排，“所以，我想知道各位都是因为什么理由才来上这个节目的，因为什么才想要成为偶像？”

说完这话，身旁的林嘉先看了他一眼，他却不动声色地点名叫秦沅来回答这个问题。

对于这种外貌极其出色的选手，节目组也认定对方迟早会大红，平时的待遇都是不一样的。如今肖羽直接点名让他回答，也没有人会觉得奇怪。

主持人甚至贴心地向大家做了介绍：“秦沅的故事大家都听过，他是 LY 公司摄制组在澳洲拍摄的时候，偶然被公司星探发现的。但我也听说你在澳洲学习的是商科，从前也没有往演艺方向发展的意愿，LY 公司到底是怎么说服你的？”

按照正常地回答，这时候选手该顺着这个话题说自己是被偶像身上的正能量和积极的生活态度所打动，也决定成为这样的人。

但秦沅接过话筒后却沉默了一会儿，然后笑着看向了林嘉：

“其实我小时候很讨厌偶像明星这个职业，也没打算要走这条路。但我喜欢的一个女孩儿，她非常热衷于追星，喜欢过很多偶像组合，我一直想着有一天她也能喜欢上我，为了达成这个愿望，所以我选择了站在这个舞台上。”

他说的话，在场只有四个人能听懂他口中的“女孩儿”是谁。

而这些话放在别的场合来说算不得什么，但在这个摄影棚里说出来简直就是石破天惊。

穆沐以前觉得在这种场合公然表白是一件很浪漫的事情，但轮到自己的时候，一切就不是那么一回事了。她瞠目结舌地看着台上这精彩的场面，心里疯狂地祈祷着快来人救场。

庆幸的是，主持人是个身经百战的老主持，对于这种突发的状况半点儿也不怯场，随口问道：“这么看来，那女孩儿还是你的精神支柱了，她不会也是公众人物吧。”

秦沅思考了片刻，问道 :“写书的作家算不算公众人物。”

在场的人都长舒了一口气，毕竟在舞台上对喜欢的女生当众表白和表白喜欢的明星，这可是两码事。

虽然许多人心知他的本意可能并非如此，但主持人绝不会再让这个话题继续下去，连忙将话筒递给了别人，这个环节才得以圆满收场。

台下的穆沐也松了一口气，不自觉地看向了一直没有发表意见的林嘉，可林嘉并没有半点儿反应，或者说，脸上看不出有任何表情。除了看向肖羽的那一眼之外，再没有什么多余的神情。

再看看台上的秦沅，在回答完问题后就神游天外地坐在那里，好像对接下来的环节毫无兴趣，如果被有心人截个图，定能写出几十篇黑他的文章来。

穆沐忽然觉得在这里看节目也成了一种负担，忍不住扶住额头不想再去看秦沅，心里也有些纳闷儿，设想了无数次的久别重逢还未成真，怎么半路突然就杀出个小屁孩来捣乱呢？

而老天也像是偏偏不让她如愿似的，节目录制了足有两个小时后，导演才喊了停，让大家暂时休息一会儿。身为“助理”，穆沐第一时间走到了肖羽身边。

节目组给这个当红演员的待遇非常好，连休息室都是特意安排的一个单间，一行人浩浩荡荡地簇拥着肖羽往休息室走，到门口的时候，肖羽却以想要安静休息为由把所有人挡在了门外，只留下夏一月和穆沐跟着他进了休息室。

刚一进门，夏一月就忍不住说道:“秦沅那小子可真有胆量啊。”

“小孩儿乱说话，别当真。”穆沐心里乱成一团，一点儿也不想讨论秦沅的话题。但这话刚说完，便有一道声音从身后传了过来。

“他已经不是小孩儿了，我也当真了。”

她心底一惊，飞快地转过身，便见不知何时走进来的林嘉正站在门口注视着自己。

只一瞬间，穆沐便反应过来这是林嘉与肖羽早就商量好的。除此之外，她的脑子里竟是一片空白，不知道自己在这个时候应该说些什么。

这间休息室是特别指派给肖羽的，不仅没有摄像头，也不会有任何人来打扰。但偌大的休息室只有他们四个人，空气仿佛在瞬间凝滞了，压得人喘不过气来。

另外两个人眼观鼻，鼻观心只当自己不存在，唯独穆沐和林嘉久久地对视着，待在原地一动不动。

半晌，穆沐的目光又落在了林嘉戴着的戒指手指上，脸上的神情变得有些微妙。林嘉将这一幕看在眼里，也没有刻意抬起那只手，只是说："其实我没那么想让你来看他。"

穆沐知道他说的是秦沅，不等她说话，林嘉又接着说："因为他心中家属的意思，是他的女朋友。"

这句话着实是让穆沐瞪大了眼睛："他真的这么说？"

穆沐实在是不想在这个时候谈论秦沅，但林嘉还是不由自主地想起那天公演结束后，自己找到秦沅时的场景。

当林嘉毫无理智的问秦沅："你与穆沐是什么关系？"

秦沅竟比他还要冲动地回答道："她是我的女朋友。"

他们都知道一个正当红的偶像明星说出这句话意味着什么，这话只要在公共场合说出来，在娱乐圈就能引起轩然大波。但秦沅仍说的信誓旦旦，好像这是一个怎样也不会改变的事实。

林嘉自恃的理智在那一刻土崩瓦解，他反问道："她是你的女朋友，那我算什么？"

哪怕那一刻的他，并不确信自己还有没有立场说这句话。

所以他放弃了循序渐进的念头，迫不及待地想见到穆沐，向她要一个答案。

两个人隔着三步远的距离对视着，穆沐莫名地想起了五年前那个拥挤的后台，还有五年前他们分别时那炙热不舍的眼神……

而此时，他的目光一如当年，问出的话也带了些不确定的犹豫："为什么那句话是他说出来的？穆沐，你告诉我，我真的没有立场再这样说了吗？"

休息室里明亮的灯光映入他的眼里，模糊了他眼底的悲伤。走廊上人来人往的嘈杂和屋子里掉针可闻的寂静形成了鲜明的对比，好像世界被分成了两半，而他们两个人站在了临界点，只等着她一个答案便是选择跌下深渊还是重获光明。

穆沐张了张口，欲言又止，最后摸了摸口袋里的那个小指环，不自觉地低下了头。

林嘉的心也跟着一点点往下沉。

隔着门，他听见走廊上的工作人员还在来来往往的忙碌着，再过几分钟，节目录制很快又要开始，而他们重逢后的第二次见面，就要以这样的落寞作为结局。

无论这五年发生的事情是谁对谁错，在这一刻，他知道自己是不甘心的。

怎么能甘心？

暗暗地攥紧了戴着戒指的那只手，他狠了狠心，抛下顾忌想要走上前去。但还没等他迈出步子，穆沐倏地抬起了头，她目光灼灼地看着他，一如当年在那个空荡荡的教室里对他表白时。

他忽然就明白了接下来会发生什么。

下一瞬，穆沐温暖又柔软的怀抱便紧紧环住了他。她依偎在他的身前，一言不发，却已经用自己的动作无声地说明了一切。

“叩——叩——”

敲门声在这时不合时宜地响起，刚靠过来的穆沐本能地一动，却被身前的林嘉紧紧地揽在了怀里，他抱着她退后几步，后背砸在门板上发出一声闷响，整个人都抵在了那扇与外界隔绝的门板上，对外面的叩门声置若罔闻。

“下一次见到秦沅，我一定要告诉他，家属这个词不是那么用的。”他的双臂环抱着她，任由她的眼泪打湿他身上的衬衫。

穆沐没有破涕而笑的心情，她依偎在他胸前，感受着他并不平静的心跳，自回国以来发生的种种，都一幕幕地在她脑海里闪现。

“好久不见”，他们谁也没说出口，也心知这五年过去，两个人之间并不是没有一丝隔阂，但在此时此刻，让任何一个人说出“分手”，都是不甘心的。

哪怕一切都要从头再来，也好过就此别离。

他很想念她，她也同样如此。

门外的工作人员礼貌地催了又催，不得已林嘉才把门打开。

肖羽和夏一月还躺在椅子上假寐，只穿了一件衬衫进来的林嘉挑了件肖羽的西装穿在身上，然后在工作人员好奇的目光下淡淡地说道：“我看这衣服挺适合我。”

肖羽的衣服是一个著名的服装品牌赞助的，他这样随口一说，脑子转得快的人开始思考，这位正当红的歌手是不是想抢好朋友的代言。唯有穆沐远远望了一眼他拿外衣遮挡泪痕的动作，有些难为情地扶住了额头。

幸好，录制下半场节目的时候，林嘉换了另一套衣服。鉴于在场所有人还是原来的装束，他刚一上台，就引来了不少人的目光。

秦沅正懒洋洋地看着天花板发呆，听到身边的无知少年好奇地询问时，这才抬头看了过去。

“老师你怎么换衣服了？这件衣服是什么牌子啊，真适合您。”

林嘉换的衣服，与先前那件同属一个品牌，在他的记忆中这是之前已经穿过一次的衣服，不该这么突兀地换上。

除非是……

他倏地瞪大了眼睛，牢牢地盯住了不远处的林嘉，看见林嘉在挽衣袖时若有似无地向着他这边瞥过来，然后扬了扬嘴角。

这个笑容不带有任何的意义，却比任何挑衅都要让秦沅抓狂。在那一瞬间，什么离谱的想法都从他的脑子里冒出来，让他的全身都为之颤抖。

秦沅突然从座位上站了起来，这个举动把在场的所有人吓了一跳，工作人员连忙拽着他问道：“秦沅，你干吗？”

他抿着唇，眼睛盯着那个已经背对着自己走远的身影。

理智？公平？

爱情里，从来都不存在公平竞争。

第八章

顺其自然

无论过了多久，再让穆沐回想起自己参与的这场节目录制，她都会用“心惊胆战”来形容。

在她提心吊胆看完下半场的节目录制后，因为肖羽赶着去下一个拍摄地点，他连声招呼都没来得及打，一行人便浩浩荡荡地离开了这里。

凌晨时分，坐在车上回酒店的穆沐没有半点儿睡意。手机的屏幕亮了又灭，她在反复地看自己的机票信息。

如果不出意外，她后天就要登上飞往 B 市的飞机。这是她近几年第一次开签售会，不仅出版社很重视，自己也是做足了准备，被她称作“萌姐”的编辑已经打了几次电话跟她确认行程，只等着她到 B 市商议具体事宜。

可她未曾想，另一件事情的进展忽然就变得不可控了。

“在想什么？”夏一月看见她心事重重。

穆沐却长长叹了一口气，说道：“我真不知道该怎么办了。”

明明事情看似明朗了起来，可是只有她自己知道，即使两个人要想让一切回到从前，但还有很长的一段路要走。

她还没有机会跟他好好说一说这几年发生的事情，他们也没有真正地去面对这五年时光带来的隔阂。

不是无视，这五年留下的空白就能从此消逝。

听了她说的这些话，夏一月也罕见地沉默了许久，说道：“又不是只见这一次，他还有其他的工作，迟早会回 B 市。”

“我知道。”穆沐离开拍摄现场的时候，就收到了林嘉的微信，林嘉在微信中和她约定好下次见面的时间。但即便如此，她还是说不清心里的不安到底是源自什么。

“要不然，你们再去看一次 STONE 的演唱会？”夏一月在一旁出着主意，本来只是为了调节气氛的玩笑话，但说完之后就见身边的穆沐变了脸色。

“你说得对。”穆沐一拍手掌，从未觉得夏一月的主意这样好过。

说完，她就急匆匆地打开手机软件去搜索 STONE 演唱会的信息。年纪渐长，追星虽然不似以前那般疯狂了，但喜欢着偶像的少女心是永远也不会变老的，这几年她也一直关注着 STONE 的消息，对他们的动向也很清楚。据她所知，就在两个月后，STONE 刚巧会来国内办一场演唱会，简直是天赐良机。

“还能弄到票吗？”确定好行程后，穆沐便对着夏一月露出了一个灿烂的微笑。

夏一月假装嫌弃地推开了黏上来的她，却也没有拒绝这个请求，与之交换的条件是：穆沐准备出版的新书一定要写成 HE（完美结尾）的大团圆结局。

“年纪大了看不得虐来虐去，女主角和男主角就该相亲相爱一直甜蜜下去嘛。”不知是在说书里的人物还是身边的人，夏一月若有所思地感叹着。

穆沐捧着手机浅浅地笑了笑，没有否认。

两天后，穆沐和夏一月在机场惜惜作别。登机前，穆沐紧紧地拥抱了一下这个祝她好运的女孩儿。

她在夏一月耳边坚定地说道：“下一次你难过的时候，一定要来找我，不想工作了也好，不想谈恋爱了也好，我可以养你。”

夏一月忍不住“扑哧”一笑，知道穆沐还在耿耿于怀自己投奔了肖羽的事，于是认真地点了点头：“我会的。”

但两个人都清楚，她们是不希望那一天到来的。

登上飞机，穆沐匆匆给林嘉发了几个“拜拜”的表情包，便开启了飞行模式。

时隔五年，当她再次踏上B市这块熟悉的土地时，比回到真正的家乡更多了几分感慨，在关掉飞行模式后，手机里十几条信息便挨个儿从屏幕上弹了出来。

其中除了萌姐关切地问她是不是已经顺利到达B市，剩下的都是林嘉发来的照片，那是几套不同样式的公寓。她挨个儿看了一遍，正纳闷儿时，林嘉就发来了一条文字信息。

“一个月都住酒店太不方便了，你选一套。”

穆沐直勾勾地看着这句话，怀疑自己是不是理解错了他的意思。她选了又能如何？他要帮她租公寓吗？这难道不比住酒店麻烦？

不久，林嘉又发过来一条。

“我的公寓，你挑一套，我叫人给你送钥匙。”

附带的是这几套公寓所在的位置。

穆沐迟疑了片刻，紧接着深吸了一口气，简直不敢相信自己看到的是什么。

“你是把四合院卖了吗？”手比脑快地发了这条信息。

那边很快就回了一个摊手无奈的表情，解释说自己兢兢业业赚钱多年，还不至于把爸妈的房子卖了才能买新的。

过了一会儿，又将其中一套最明亮最宽敞的公寓发了过来。

“我喜欢这套。”

仔细看了看，穆沐也觉得这套公寓更合自己的心意，可无论怎样，她都不知道该怎样接受林嘉的这个提议。若是换作五年前，她当然可以心安理得住他的公寓，但眼下的情况却有些特殊。

想了想，她回道：“你住哪儿？”

这一次，林嘉好一会儿都没有回复，久到她都在想：他是不是又去忙工作了。

不知过了多久，手机里接收到一条信息：“我就住这套。”

在片刻的沉默后，穆沐的脸“刷”地一下涨得通红。

他……他……他这是什么意思？

穆沐觉得自己全身的汗毛都要奓开了，触电般从坐着的行李箱上跳了起来，引得路人纷纷侧目。

可林嘉却好像根本不知道自己在做多么荒唐的事情一样，时隔几分钟又发过来一条信息。

“因为我一直住着，所以知道它很好。”

问题的重点才不是这个好吧？

穆沐捧着手中的手机，好像捧着个定时炸弹似的，无所适从。

她又想起了自己出国前与林嘉的旅行，当时两个人只当这是未来几年最后一次一起去看祖国的山山水水，一路上都只顾着商量下一个行程，每天都累得只想倒头就睡，为了省钱开了间双人房，一个人一张床连半点儿尴尬都没有感觉到，也无暇去想那些多余的事情。

可……可是现在不一样啊。

穆沐纠结地揉了揉头发，她开始苦恼林嘉的语气实在是太理所当然了，如果只有她一个人过分在意，反倒显得有些奇怪。

拿什么理由说不去呢？

住在朋友家？不不不，她在B市几乎都没有朋友，这个理由在林嘉面前怎样也搪塞不过去。

那还是住酒店？

还在纠结时，手机再次响起，这次是一个陌生的B市号码。

“喂，你好。啊？对，我是穆沐。”听到手机里一个陌生的女声问她是不是已经出了机场，穆沐高度的警惕性让对方沉默了一会儿，然后小心翼翼地说道：“穆小姐，您不用担心，我是林先生公司的员工，他应该已经跟您说了会派人给您送公寓钥匙的事情。”

这么快？可她还没答应呢？

穆沐愣了愣神才“嗯”了一声，然后便听对方约她在乘坐机场大巴的附近见面，这样既打消了她的顾虑，也没有给她多余的思考时间。

她拉着行李箱紧赶慢赶，力求不给林嘉的员工留下一个不好的印象。

而那个很有职业素养的女孩儿在将钥匙交给她后，理所当然地表示自己可以送她到市内，热情又不容人拒绝。穆沐拿着钥匙感谢她的好意后便上了车。

路上，穆沐问她是林嘉的什么员工，女孩儿也没什么可隐瞒的，毫不犹豫地笑着说道："确切地说，我应该算是周笛周总的员工，只是林先生身边一直没有女性助理，在这种事情上，林先生也只能给我打电话了。"

她三言两语就透露了不少信息。穆沐还难免俗套地问道："他为什么没有女助理？"

"因为怕未婚妻误会啊。"女孩儿不假思索地回答，然后摇摇头，说道："其实我不该多嘴的，但是公司里很多人都感慨过，林先生真不愧是出身书香门第，现在别说是娱乐圈，就连守旧的普通人也没有这种做派的了。如果穆小姐您就是他的未婚妻，我真的很羡慕您。"

羡慕她的又何止是眼前这一个人……

穆沐的脑海里又浮现出林嘉笑着看向自己的那个画面，穆沐闭上眼又睁开，自己都开始有些羡慕自己了。

最终，车子在三环与四环之间的一个小区门口停了下来，那女孩儿帮她拿下行旅箱，便驱车离开了。

穆沐发现还是林嘉最了解自己。

他既清楚她的纠结，又知道她其实并不想拒绝自己，于是干脆帮她做了决定。

估摸着她到达的时间，林嘉发过来一条信息。

“我也不是经常回去住，屋子里的东西随意动。”

嗯，一切都是你勉强我的，不用难为情。

就在自己半推半就之下，穆沐拉着行旅箱走进了林嘉所住的小区。

黄金地段的黄金楼盘，当穆沐站在屋子里向外望去的时候，终于发现了金钱的力量是多么强大。再一看屋子里的布置，装修风格与她曾经住过的那套四合院截然不同，处处透着精致和情调，不像是一个男人独自居住的地方，反倒有点儿像……婚房？

三室两厅的公寓，无论哪一间都整理得井井有条，她在心底默默感慨了一声，然后拉开了衣柜。第一间卧室的柜子里挂着的是满满一衣柜的男士服装，看得出林嘉住在这一间。当她拉开第二间卧室的衣柜时，看到的也是满满一柜子的衣服——女装。

穆沐排除了除自己之外还有女人来过的可能性，再一看那些衣服，连吊牌都没剪，都是四季的新装。

她犹豫着后退了两步，对着衣柜拍了张照片给林嘉发了过去。

如果林嘉给出的不是一个合适的理由，这可能就会成为两个人之间聊过的最尴尬的话题。但在照片发过去之后，很快就收到了林嘉的回复。

“你走之后，我每天都在想你什么时候才会回国，如果你回来了，不适应国内的天气又该怎么办？可事实上，你没有回来，我也什么都做不到，只要看到你或许会喜欢的衣服款式时，就想把它买回来。时间一长，就买了那么多。”

“有很多都是几年前的款式了，我忘了收起来，你若不喜欢，就把它们捐出去吧。”

穆沐只觉得眼睛湿润了，再次看向那满满一柜子的衣服时，哪还会理会它们是哪一年的款式，更遑论是不是喜欢了。

还没等她在对话框里编辑好文字，林嘉又发了一条信息过来。

“反正还会有新的。”

在回国后的这些日子里，穆沐一直以为这五年的时光会改变许多事情。而事实上，虽然身边所有人的身份都已经变得陌生，曾住在她心底的那个人还是一如当年，从未因为岁月的变迁而改变分毫。

在她怔怔地看着屏幕上的那些信息时，不知是不是见她太久没有回复，手机也静默了许久，又发送过来几条信息。

“是不是我太着急了？”

“我不是故意想让你看到这些，也不想强迫你再回头，只是不想就此分手。”

“穆沐，谁也没有错。”

在热恋时分别，又断了联系的这五年，并不是任何一个人的错，那时的他们都走得太匆忙。回过头，才发现两个人已成为彼此生命中不可分割的一部分。

五年的分别让他们都失去了一些美好的东西，现在为了同一个目标，更加努力地站在了一起。

想了想，穆沐编辑了埋在心底许久的那句话。

“我等你回来。”

他现在忙于工作没时间陪她，她也有自己的事情要去做，但这并不重要，一切都可以重来。

振奋起精神，穆沐选择了衣柜里挂满女装的卧室住下。这个小区的门口有一个很大的超市，她想去买些菜回来给自己做一顿可口的大餐。

只是这美好的计划，中间有了一点儿小插曲。

高档小区的超市，物品的价格也偏贵一些，或许是白天人们都忙着上班，超市里没有几个人。

穆沐一边心疼着自己的钱包，一边在保鲜柜前比较着牛排的好坏，然后在下定决心时，与身旁的一个人同时向着冷柜门伸出了手。

抬头一看，站在身旁的是一个年轻的女孩儿，五官精致气质出挑，而且出奇的眼熟。

“学姐？”穆沐不是将喜怒藏得很深的人，刚看清楚眼前的人是谁，便惊讶地叫了出来。

站在旁边的程想仔细打量了她一会儿，也露出了惊讶的表情：“穆沐？”

说起来，两个人并不认识，但穆沐在刚进入大学的时候就听说过这个学姐的大名，后来又因为林嘉的关系而对这个学姐印象深刻，不想认出来都难。

恰巧，程想也是因为林嘉而对穆沐这个名字记忆犹新。

时隔多年她们在这个地方相见，穆沐还是不由得想到了最坏的那个可能："学姐你和林嘉住在同一个小区吗？"

程想一愣，然后笑着摇了摇头，说道："如果不是遇到你，我还不知道他也住在这附近。"

穆沐心里的愧疚感更深了一些，暗自责备自己真是喜欢胡思乱想。但程想却饶有兴致地顺着这个话题聊了下去："原来你已经回国了，你们住在一起吗？"

该说是还是不是呢？

穆沐尚在犹豫，程想似乎是看出了她的尴尬，很快笑了笑，说道："你别误会，我只是有点儿惊讶他竟然真的把你等回来了。"

听这话的意思，似乎在她离开之后又发生了很多事情。穆沐拉开保鲜柜，和学姐一人拿了一块牛排，然后边逛着超市边聊起了当年的往事。

"不怕你怪我，其实你走后，我们都以为你和他分手了，所以那时我就想着，不如再试一试。"忆起当年，程想也侃侃而谈，"当然，我失败了。他拒绝了我两次，告诉我，你们并没有分手，以后也不会。"

虽然那时的程想不相信他们两个人还会继续走下去，却也坦然地接受了这个结果，并祝福林嘉能得偿所愿。再往后，这些年过去了，她在意想不到的情况下偶遇了穆沐，终于相信当年林嘉的底气是来自哪里。

“祝你们幸福，这一次是真心的。”在超市门口分别的时候，程想洒脱地挥了挥手。

穆沐目送她的背影消失在眼际，真心地祝愿这世上所有努力善良的女孩子们有一个美好的未来。

在回去路上，编辑萌姐打来电话，邀请她明天上午到公司商谈一下签售会的事情。

穆沐郑重地回复了萌姐“好”，抬起头仰望天空时，觉得B市的阳光比五年前更加明媚了。

刚巧，这一天也是秦沅那个选秀节目播出的日子。晚饭时才打开视频网站，秦沅精致的五官放大了数倍出现在了屏幕上，正喝水的穆沐险些呛到了自己，而LY公司的总经理在赛前接受采访时，更是着重地宣传了这个选手。

据他所说，公司是在澳洲拍摄MV时偶然看见了当时还在念书的秦沅。MV的拍摄地点在墨尔本的联邦广场，当一行人摆好器材准备开拍的时候，总经理一抬头，就看到了坐在亚拉河畔的那个英俊少年。

“不夸张地说，那时我还以为自己看到了纳西塞斯。”对于自己挖掘的这个人才，正在接受采访的总经理难掩欣喜。

纳西塞斯是希腊神话中有名的美少年，最后却因为爱上了自己在水中的倒影而死在了河畔，在世人看来，这显然是一个讲述自恋的神话故事，但纳西塞斯的美貌却是毋庸置疑的。

尽管当年的秦沅坐在河边只是因为想找一个安静的地方打游戏，自始至终也没有多看自己的倒影一眼。但在一直擅长挖掘明星的星探眼里，这简直就是纳西塞斯级别的人物。

至于后来的事，大家都知道了。哪怕当时有着更好的前程摆在眼前，秦沅也乐于接受邀请，开始了他的偶像生涯。

镜头一转，坐在摄影棚里被采访的秦沅面对记者“为什么会下定决心加入 LY 公司？”的提问时，秦沅坦然地回答道：“因为他们说自己在韩国捧红了 STONE，没办法，我也想红啊。”

第一期节目播出后，影响力可以说是盛况空前。林嘉这个名字在沉寂多年后冲上了十几个搜索平台的头条。随意刷一刷微博，也能看到许多营销号在扒这个曾经的 B 大校草是怎样的优秀。

而比起这个爆炸点，另一个话题自然是秦沅了。

当晚，“秦沅纳西塞斯” “秦沅，STONE”等关键词不停地登上热搜榜。有多少人在惊叹这个少年出众的相貌，就有多少人开始质疑起他是否整过容，还有数量不少的吃瓜群众开始分析起秦沅特立独行的个性，能让他在娱乐圈走多远。

穆沐才刷了几条热门微博，就险些将手机捏爆，脸上咬牙切齿的表情让坐在她对面的萌姐大吃一惊，怯怯地问道：“怎么了，一副苦大仇深的模样。”

“没事。”从喉咙里说出这句话，转而又将手机摆到了萌姐面前，“萌姐，你看这个节目了吗？”

“看了啊。”萌姐不知内情，还以为穆沐想跟自己讨论一下这个选秀节目，随即摆出一副八卦的表情分析道，“林嘉就不说了，他可是B大出来的学霸，又那么低调，现在抓不住黑点。这个秦沅吧，他那副说话的神情，说好听点儿是耿直，说不好听就是不给面子，如果一直这样下去，以后能被水军黑死。”

这是穆沐都无法反驳的污点，甚至暗自庆幸其他人还没看到秦沅更口无遮拦的另一面。

但紧接着，萌姐就对着视频的截图研究起来：“说真的，他如果是整容的，我并不意外，不然对其他人多不公平，为何有些人一出生就站在了终点。”

如果这话是别人说的，穆沐可能早已因为袒护邻家小孩儿而回怼了，但偏偏这个人是她敬爱的萌姐，她想了想，还是选择了一个委婉的说法：“网上也有他以前的照片啊，他的脸明明没有变过，只是长开了……”

“你可不要小看这“长开了”三个字。”萌姐一本正经地指了指屏幕上的照片，“如果不是他亲近的人一直看着他长大，就会发现区别可大着呢。”

“有什么区别？”穆沐听了她说的话有些失笑，拿回手机又在网上搜了一张秦沅五年前的照片。

萌姐只看了一眼那照片上的人，真不敢相信她竟然看不出差距：“你傻呀，十几岁和二十岁可是隔了一个鸿沟呢。”她指了指照片上的少年，说道，“这张照片上的人还是个小孩儿。”然后划到下一张，“这张，已经是男人了。”

他已经不是小孩儿了。

这熟悉的一句话，犹在耳畔。

为了掩饰自己内心的慌乱，穆沐按下锁屏键便拉着萌姐谈起了别的事情，但萌姐却像是被八卦勾起了兴致，继续说道：“甭管他整没整容，别人想整成这样还没有好底子呢。也不知以后会便宜了哪个小丫头。”

穆沐实在是不想讨论这个话题，眼见着无法转移对方的注意力，只能硬着头皮问道：“那林嘉呢？”

“怎么？原来你喜欢林嘉这样的？”萌姐有些惊讶，然后又恍然道，“对了，你原来也是B大的，林嘉是你学长吧？你在读书的时候见过他吗？”

“我……”穆沐在说实话还是保全自己的选择下怂了一回，“没见过。”

萌姐倒也不意外：“也是，他那样出众的人物，上学时身边估计围了不少女孩儿。”

穆沐只能装作自己什么都没听见。

没一会儿，两个人一直等候的总编终于赶回公司，三个人连同另外几个企划组的员工一起去会议室开会，主要商议的是，除了这次签售会，还有关于IP改编的事情。

会议上大家畅所欲言，一个刚入职不久的女孩儿兴奋地说道：“如果能拍成电视剧，我推荐由纪南来演。”

“纪南从来不演这种类型的片子吧，你不如想想肖羽。”很快就有人反驳。

“我看你们都是在做梦，肖羽和纪南是什么身价，你们以为说请就能请吗？”

她们讨论得热火朝天，也不理会自己的设想有没有实现的可能，整个会议室里唯有穆沐一个人心情复杂地听着这些话，第一次失去了与大家一起“做梦”的兴致。

萌姐注意到了她的反常，问道：“穆沐，你觉得由谁来做主角更合适？开玩笑归开玩笑，如果真的能通过审核，要请肖羽和纪南来做男主角也不是不可能。”

“我觉得……”穆沐从未觉得这个问题有多难回答。这本书是她在澳洲上学时抽时间写的，男主的模样她既没有代入纪南，也不可能是肖羽，而是现在并不适合提起的林嘉。

虽然林嘉目前是娱乐新闻关注的焦点，谁也不会怀疑她的私心，可是挡不住她自己的心虚。

最后，她还是将纪南推了出来，说道：“我觉得纪南比较合适。”穆沐不由得在心底对这个曾经喜欢过的男神说了声抱歉。

这句话很快就得到了喜欢纪南的那个女孩儿的附和，主编听着她们的讨论，只觉得一个头几个大，一边摇着头一边说道：“你们年轻人啊……”

这场毫不严肃的会议，在几个女孩儿将话题转入选秀节目时结束。

那个喜欢纪南的女孩儿同样也喜欢着秦沅，一边刷着昨晚的高清截图，一边还在感叹着：“这简直是高颜值的盛宴啊。”

穆沐也在刷微博，看着铺天盖地的消息，敏锐得揪出了黑秦沅最严重的那一条。

那也算是个知名大V，特意写了一篇长长的文章来分析秦沅这个一夜爆红的选手，到底是怎样一个人。其中还针对了对方的整容疑云进行了专业的解析，在文章里信誓旦旦地写到：自己是咨询了很多整容医生，对那张脸进行了全方面的研究，最终得出了秦沅脸部进行过微调的结论。

通篇看下来，穆沐好气又好笑，连嘴角都要跟着抽搐了，深刻地体会到了那些知名明星在看到自己不实黑料时的心情。

说的跟实情似的，竟然也还有人相信……

想着，她拉住了正要回办公室的那个女孩儿：“可以借用一下你的电脑吗？”

手机打字虽然很方便，但到底还是不如电脑顺手。

穆沐撸起袖子坐在电脑前面，登录了自己的微博账号，手指在键盘上翻飞，快得几乎带出了残影，不到半个小时，就写出了一篇长得超出了博文最高字数限制的文章，然后将其编辑成了图文并茂的头条文章点击了发送。

自从换了笔名开始写“正经文章”之后，她的粉丝数在微博上也是很可观的。文章发布出去后，评论转发点赞的提醒就几乎挤爆了手机。不少粉丝留言甚至私信问她怎么火气这么大，还有人指责她也跟着蹭热度，不过更多的人是在为她的言论叫好。

这是一篇用来攻击那些“秦沅黑”的文章，将那些大V对秦沅的质疑通通怼了回去，言辞之犀利，简直是用尽了毕生所学的语言，凶猛程度堪比当年辩论赛决赛的发挥。

这也是她被转发最多的一条微博，无论是哪个圈子的人似乎都觉得这个爆点节目很有趣，纷纷上来转发，评论。看得办公室那几个女孩儿目瞪口呆：“穆沐，你这么喜欢秦沅吗？”

“我……我不是喜欢……”刚刚才以出众的逻辑和文采赢来一片叫好声的穆沐忽然发现自己有些语塞。

而这时，还在另一边看热闹的萌姐忽然叫了一声：“欸，林嘉点赞了！”

穆沐的心“怦怦”跳了两下，连忙点开微博查看，却发现那条属于林嘉的点赞早就被压了下去。她慌慌张张地翻了又翻，才在萌姐的提醒下干脆搜索了林嘉这个名字，加了对方关注。

林嘉的微博也是最近才申请的，主要是为了宣传这个节目，主页只有寥寥几条微博，由此也显得“他赞过的微博”这几个字格外显眼。

而这简简单单的一个赞，很快便掀起了预想中的腥风血雨。转发和评论里开始齐齐震惊那与世无争的林大神竟然也要下场站队了，不久，便有粉丝们自发地开始解释，说那一定是手滑。

可是紧接着，林嘉转发这条微博的举动，击碎了所有人对于“手滑”这个词的坚信。

穆沐简直不敢去看林嘉微博底下的各种评论，在众目睽睽之下，她也不能就此发个微信去问对方何必“蹚这趟浑水”。

她维护秦沅，是因为无法容忍像自己亲弟弟一般的他被人黑，在家人面前，是不存在理智和冷静的，就算掀起骂战，也不存在任何利益瓜葛。

但林嘉不一样，他身处这个节目的中心，正站在风口浪尖上，稍有不慎就会被有心人抓住“大批特批”，是最该对这些话题避之不及的人……

这么一番“神操作”下来，多少媒体已经闻风而动。穆沐两眼无神地看着自己手机屏幕上已经无法显示具体数字的转评提示，旁边的人见了她还以为是被事态的不受控制吓着了，很快就有人安慰她说道：“没事，现在大家注意力都在林嘉身上了。”

比起她这个拥有几十万粉丝的小作家，林嘉甚至不用说任何话，单单转发了一条微博就能吸引全部火力。

半小时不到，便有几个手快的博主发布了微博，头头是道地分析林嘉这样做究竟是出自对秦沅的欣赏还是公司的利益。而穆沐失魂落魄的坐车回家时，已有本次节目的承办媒体对这次热点事件进行了采访。

在那极短的采访视频里，坐在车里的林嘉好脾气地回答了记者提出的每一个问题，但却完美地避过了那些尖锐的质问，只说：“导师没有任何干涉比赛的权力，最终秦沅能不能胜利出道，这离不开他自己的努力和观众对他的支持。所以我个人的所有言论和广大观众朋友一样，只是出于单纯的喜欢他而已。之前很多媒体也问过我更欣赏哪个选手，我现在就可以告诉大家，我个人的倾向是秦沅。对一些针对他的不实信息也感到很气愤，所有人都有言论自由，我不指望一些人能停止这些伤害别人的言论，但我作为他的导师也肩负保护他的权利。”

这个报道一经发布，原本就是节目爆点的两个人在瞬间共同上了娱乐版的头条。

在热搜的微博里，理智地看待这件事的人不少，黑也仍然存在，但更多的是刷屏式的狼号。

“你们看到没！他说他有肩负保护他的权利！啊啊啊，我快要疯了！”

“肖羽和纪南算什么颜值组啊，林嘉和秦沅才是盛世美颜颜值组！”

“楼上的请不要踩一捧一好吗，虽然我也不喜欢肖羽、纪南，但是公平地说，这四个人明明都是不同类型的颜值担当。”

众多看热闹不嫌事大的吃瓜群众七嘴八舌地刷着屏，没一会儿，穆沐看到那两个人的 CP 文都要写出来了。

以前，她也是只要看到美颜 CP 就能美滋滋过一天的女孩儿。可惜这次的当事人都与她的关系不一般，一个是她的男朋友，一个是她的弟弟，换做谁，都会有瞬间如鲠在喉的感觉，无力吐槽。

对于这样的结果，远在 S 市的夏一月向她发来了“贺电”，用一连串不厚道的“哈哈哈……”来表达内心的想法。而且，更像是嫌弃她的文字表达得不够准确似的，时隔一分钟，又发来了长达十几秒的语音，笑声可绕梁三日。

穆沐第一次没有心情跟她唠嗑，趴在床上漫不经心地刷着微博，试图找出让这条热点降下去的办法。

事实上，每个艺人的微博都多多少少的会受公司控制，他们发布了什么，评论了什么，往往不是由自己决定的。所以即便很多人也对这次的事情很感兴趣，除了林嘉之外，也没有任何一个真正意义上的明星对此发表言论。

直到另一个关注人转发的提示跃然于屏幕上。

有些魂不守舍的穆沐扫了一眼，随即瞪大了眼睛，只因那上面分明显示着肖羽转发了林嘉的那条微博。

两个“转发微博”并列在一起，和出现在左边的两个名字一样闪闪发亮。

过了几分钟，又是“叮”的一声，推送显示，纪南也转发了肖羽的这条微博。

这会儿三个“转发微博”并列在一起，几乎要晃瞎了所有看到这条消息的眼。

短短五分钟之内，微博彻底“瘫痪”。

微信里，萌姐发来了几个大大的感叹号。

“！！！！我服了，这是什么感天动地的兄弟情啊。”

可惜穆沐却没有她这样开玩笑的心情，手按在和夏一月的对话框上，她很想问一问这到底是怎么回事。冲动难道还能是接二连三的吗？

但还没等她说话，那边夏一月又发来了一条信息。

“你就当这是感天动地的兄弟情吧。”

他们的路始终是要自己去走的，没有那么多人会为他们保驾护航。肖羽他们支持的，不过是林嘉这个人罢了。

而在这场热闹事件里，最安静的是当事人秦沅。在社交网络终于恢复正常之后，他好像根本不知道自己掀起了一场腥风血雨似的，默默发布了一条新微博，内容是分享歌曲的链接。

那首歌叫《墨尔本，晴》，穆沐几乎没有迟疑地点开了链接，然后听着那悠扬的旋律慢慢流淌出来。

十七号的早上

墨尔本上方，天空很晴朗

……

无论你身在何方

流浪还是寻找希望

我想你也会渴望回到最初的方向

没人想得通他为什么要发这样一条意味不明的微博。虽然有一部分粉丝拼命地在向围观群众证明，自己的偶像其实根本不想理会这场闹剧，但更多的人只想借着他发微博的契机，在这首歌曲下疯狂地留言，自顾自地宣泄着愤怒或是喜爱。

真正是一场闹剧。

穆沐无力地放下了手机，想到：如果自己没有发那条维护秦沉的微博，就不会引发后面的这一连串的事情。但她既然已经这样做了，就要承担一切后果。

萌姐似乎是想安慰她，特意发来了一条信息。

“别想太多，你发的那条微博没有任何问题。大家这么亢奋，完全是因为林嘉竟然站队了。”

那样与世无争的一个人，他竟然站你这边了……

穆沐不自觉地抚了一下胸口，不知该为这个事实高兴还是忧虑，正想起身去给自己倒杯水，身体却因为太过激动而有些不受控制。

“啪！”

“咔！”

水杯掉落在地上的声响和打开门锁的声音同时响了起来。

她一愣，目光从地上摔得四分五裂的杯子慢慢移向了房门口。刚刚打开门的林嘉惊讶地看着地上的玻璃碎片：“发生什么事了？”

第九章

“同居”生活

发生什么事了？

穆沐也想问一问：发生什么事了。只不过林嘉问的是她的状况，她想问的却是转发微博的事情。

“你……你怎么来了？”若不是讲话有些结巴，她简直怀疑还在神游天外的自己会说出什么奇怪的话来。

可林嘉觉得这个问题有些莫名，他看了看穆沐，又四下打量了一下房间内的布置：“我，回家……”

哦，这是他的家，他回家是理所当然的。

可是穆沐想问的却不是这个。她怔怔地看着他，不明白这个才掀起舆论风波，刚刚又接受了采访的人怎么就突然出现在了这里：“你不是在S市……”

林嘉这才放心一笑，说道：“那边的工作暂时告一段落了，下个月再过去。”

说着话，人已经走到餐桌前，俯身去捡地上的玻璃碎片：“你别碰这个，小心刮到手。”

穆沐呆呆地看着他收拾好，又进房间去换了身干净的家居服。他驾轻就熟地从冰箱里拿出两罐可乐放在桌子上，然后做了一个“请不要客气”的手势。

她条件反射地走到窗外，往外瞧。林嘉却笑着对她说道：“放心，不会有记者追到这里来。”

当初选择购买这个小区的原因，不仅是这里的环境好，更重要的是这里的安保工作做得非常棒。而事实也证明，这里是一个能让他安心休息的地方。

只是穆沐看上去仍然有些不安。

他沉默了一会儿，开了一罐可乐，那糅杂着甜和苦两种味道的饮料喝到了嘴里时，却不像往常那样能使人振奋精神。

这个时候更应该喝点儿酒，在这样单独相处的夜晚，更应该用酒来庆祝他们的久别重逢。

只是，酒的目的性会变得有些模糊。

哪怕两个人还是亲密无间的关系，他也不希望她有丝毫的误会。

片刻之后，穆沐开口说道：“谢谢。”

谢谢两个字，在某些时候并不是一个会让人感到高兴或欣慰的词。林嘉握着可乐罐的手倏地收紧了一下，捏得可乐罐子发出一声突兀的声响。

“唯一不用对我说谢谢的人，只有你。”他放下手里的可乐罐，认真地注视着她，“同样的，也不要说对不起。”

无论是眼下这件事，还是这五年来的所有。

“如果非要有人来说，那也该是我。”

揭开这尘封了五年的记忆并不是一件容易的事情，但他很清楚，有些话是有必要讲出来的，不然无从消除这些岁月带来的隔阂。

就在他想要再次开口时，穆沐忽然越过桌子，将自己的掌心覆在了他的手上：“林嘉，你说过的，谁也没有错。”

到底是从什么时候开始不再联系了？就连他们自己都有些记

不清了。只是某一日惊讶地发现自己已经很久没有和那个最亲密的人说过话了，再次想要去联络的时候，新换的手机里已经找不到彼此的联络方式。

难道是因为异国的距离有了隔阂吗？不，不是。

只是那时的他们都忙于自己执着的一切，渐渐地，甚至没有发生一件惊天动地的大事，就和同样快步前行的那个人渐行渐远。

穆沐也是在自己出国后，深刻体会到了异国恋的艰辛。她终于明白，那些因为留学而分手的情侣不是不够坚定，而是距离和时间真的会改变一切。就算有人能够坚持下来，也绝不会是建立在五年间未见一面的基础上。

虽然嘴上说着谁也没有错，但是穆沐还是执拗地认为：当年的自己不该一心只扑在学业上，一次都没有回过国。而她能够不间断地联系着夏一月，反倒放弃了联系自己的男朋友，其实也是有些埋怨林嘉，这些年竟然没有去看过她一次。

爱情总是让人变得苛刻。

如果只是简单的朋友，她可以为对方找出一百个宽容的理由。但是男朋友，不可以。就像那些她曾鄙视过的女孩儿一样，变得不再理智，不再聪明。哪怕知道对方是有苦衷的，出国前也没有追问，但在这遥远的距离影响下，失落也随之放大了数倍。

直到五年后，他们已经能够平心静气地坐在这里谈起这五年间的变化。

林嘉从手机上找出了一张照片，那是她曾经去过的四合院，门前站着一对气质出众的中年男女，他们都拎着大大的行李箱，看起来像是要远行。

“当时，家里惹上了一些麻烦。虽然算不上什么大事，可是，身为家庭的一员，我没办法去太远的地方，那样会给爸妈带来很多困扰。我不是故意不告诉你，只是因为事情很麻烦，我为此请过两个月的事假，还放弃了去参加辩论赛复赛，也尽量不再去引起别人的注意，生怕为家里再招来不必要的非议。”

他慢慢垂下眼眸，语气里带着些许愧疚：“我曾经以为自己是一个懂事的儿子，为了家庭而妥协，不抛头露面，不争强好胜，甚至放弃了自己的梦想。可是后来才发现，事实并不是如此。我一直没办法真正放下心里想要的东西，又因为被困在爸妈身边控制不住自己的怨气，你以为我是个很理智的人，我却不敢让你知道，在你走之后，我做了多少幼稚的事情。”

他没有将自己的郁郁不欢归咎于家庭，却无法控制自己外露的情绪，即便是在面对家人时，也很难露出轻松的表情。而在家里的麻烦事终于解决之后，爸妈也决定改行换业。

那一晚，他们和他彻夜长谈。

他们指责了他这几年对家庭无言的抗争，最后，还是决定放他去过自己想要的人生。

“说是对我妥协，还不如说是彻底放弃了我。总之，我爸妈已经不再对我有事业上的期待，他们唯一的愿望就只剩让我好好成个家。而我，现在正在努力达成这件事。”他的眼瞳里有灯光映出的光亮，温柔又炽烈："把最爱的那个人娶回家，这也是我的愿望，如果你还能给我这个机会。"

这一次，穆沐已经没有了羞赧，她看着两个人紧握着的手，心底的惊涛骇浪在掀起万丈波澜后终于趋于平静，她注视着他的双眼说道："我或许还会回墨尔本。"

此时的林嘉，不假思索地回答道："那我也只好追随你而去。"

五年来，穆沐第一次在睡梦中梦到了大学时期的自己。

梦中的她是一个新入学的大一新生，在烈日炎炎下的军训里，即使汗流浃背也不觉得有丝毫的辛苦。休息时，顶着大大的太阳坐在操场上和同学们聊一些有趣的事情。

而这些刚刚踏入大学校园的女孩儿眼中，最有趣的事，就是同校那些优秀的学长。

B大学霸云集，有才华的人数不胜数，甚至已经不能被当作是一项优点来看待。那么会被女孩子们关注的人，自然就成了那些既有才华又有颜值的天之骄子。

他们人文学科部，刚好就有一个。

梦里的穆沐坐在一群穿着迷彩服的同学中间，一边用手遮挡着毒辣的阳光，一边听着女孩子们窃窃私语的声音突然变大。

她迎着光亮看去，能够远远地看到一群高年级的学长学姐说笑着从他们身边走过，他们的脸上带着大一新生最羡慕的意气风发，连举手投足间的动作都变得洒脱又自信。而在那些人群中间，一个年轻人正静静地望着操场上的她们。

穆沐不由自主地喊道："学长。"

那人立时将目光投向了她，然后似是无奈又有些气愤地质问道："你还当我只是学长？"

"林嘉！"穆沐终于喊出了这个名字，然后在梦中悠悠转醒。

现在已经是艳阳高照的中午，她看了看时间，从床上坐了起来，挠着头回想这个既真实又荒唐的梦，林嘉已经出现在门口似笑非笑地看着她，说道："叫我干什么？"

仿佛做了错事被抓到现行一样，穆沐露出了一个尴尬的笑，连忙跳下床绕过他冲进了洗手间，试图通过洗脸这个方式让自己清醒一点儿。

再出来时，餐桌上已经摆好了午饭。

穆沐自认不是一个贤妻良母，但对林嘉的厨艺却非常自信，心安理得地拿起刀叉，然后将目光投向那切好的牛排上，动作一滞，忽然又想起了前日与程想的偶遇。

她犹豫了片刻，不知道该不该把这事儿告诉林嘉，而林嘉却在坐下之后，好似不经意地说道："秦沅，又在闹别扭了。"

穆沐一听到秦沅这个名字，就有些头痛。

两个人"重归于好"的第一天，她本以为可以平静又安逸地度过，谁承想秦沅偏偏就不让她如愿。

"他又怎么了？"穆沐觉得自己的语气有些哀怨。

"他问我，敢不敢不要这份工作，选择和你公开。"林嘉不愿让自己像一个在背后告状的人，"他说我可以告诉你。"

秦沅无非就是想用这种向他示威的方式，让她知道自己的决心。

但穆沐却不为所动：“他想让你公开，我还不想呢。”

将这段关系公之于众，她能得来什么好处？那些流言蜚语不仅会打扰他们两个人安静的生活，还会让她心爱的人前程受阻。

得不偿失啊。

想着，她就要给秦沅发一条叫他不要惹麻烦的信息，可这个念头却被林嘉适时地阻止了：“你不能永远把他当个孩子对待。”

“他在我眼里，永远都只是个孩子。”无论是面对他，还是秦沅，穆沐的立场都很坚定。

饶是像林嘉这样不想让秦沅如愿的人，也不得不在心底为他默默悲哀了一会儿。

此时，穆沐的手机铃声响起，是萌姐打来的电话，跟她说了一下签售会可能会改场地的事情。

“都是因为微博那事儿闹的，预约来参加签售会的人实在是太多了，原来的场地容不下这么多人。”萌姐在电话里感叹了一声，接着说道：“穆沐你别管这么多，别人愿意说蹭热度就让他们说去，反正对我们来说是好事。”

穆沐本就没太在意那些言论，笑着附和。但看到萌姐发来新的方案后，却有些惊讶地说道：“这人也太多了吧……”

说罢，又安慰自己说道：“不怕，不怕，你可是被纪南转过微博的人。”

这话把林嘉噎得够呛，喝水的时候一连咳了好几声：“你……你怎么还喜欢他呢？”

“因为我不是个容易移情别恋的人啊。”穆沐摸着自己的胸口真诚地说道，“虽然现在更喜欢贤宇了，可是纪南也不能忘了啊。”

所以，说什么纪南是过去，现在喜欢的是贤宇……全都是随口哄他的咯？

女人啊，真是不能轻易相信。

颇有些无奈地吃完了这顿饭，穆沐非得一个人收拾碗筷。林嘉打了几个电话给助理和周笛，商量好了接下来几天的行程。宗旨是：能推就推，他想在家好好歇几天。

“怎么？以前更忙的时候也没见你嚷着要休息啊。”周笛在电话里打趣地问道。

林嘉也没隐瞒周笛，直白地说道：“我女朋友回国了，我想陪陪她。”

电话里的声音瞬间沉寂了下去。

半晌，周笛的声音又传了过来：“你想清楚就好。毕竟，我从来都没有成功左右过你的选择。”

林嘉笑着应了一声，然后听着那边挂断了电话。

这时穆沐从厨房里走出来，见他拿着电话若有所思，隐约猜到了一些事情，关切地问道：“你是不是还有事情要忙？”

“现在，你就是我要忙的事情。”他回答得很快，然后在她半信半疑的眼神里，又笑着说道，“要不要看点儿有趣的东西？”

穆沐相信自己心中“有趣的东西”所在的地方一定与他心中所想的不同。

当她换上了出门的衣服时，他还是一身家居服，然后打开房门，拉着她径直朝着对面那户走过去，拿出钥匙开了门。

这个小区是一层两户的配置，可这两天在此进进出出，穆沐却从未见过对面的邻居，直到林嘉像回自己家一样开门进去，她才终于回过神来。

根本就没有什么邻居，这一层的两套公寓，都是他的。

进到里面，穆沐发现这套公寓更像是一个工作室，最大的那个卧室被改成了一个小型的录音棚。

“我有很长一段时间，都没有去公司办公，这才是我的办公室。”面对她困惑的眼神，他坦然地指了指房间的布置，“偶尔公司的人也会过来。”

只是近两年他开始频繁地在公众面前出现，再没有以前的顾忌，这个临时的办公场所也渐渐被闲置了下来。

而在那几间卧室里，有一间的装修风格实在是很熟悉，与自己在老家的房间布局一模一样，不同的是，这个房间里的书更多一些，还有几本是她在四合院时曾经看过的绝版珍品。

“如果你不喜欢，可以改变它的风格。”他看了一眼这房间的布置，再看看她。

穆沐却是满脸的欣喜，说道：“不用了，这样就很好。”

说罢，又觉得有些不对：“这儿是给我准备的？”

林嘉似乎是担心她会为此有负担，连忙解释道：“我不是非要你接受，只是装修的时候，总想着有一天你会来……”

话音刚落，穆沐笑得连眉眼都弯了起来：“我很喜欢，这里所有的东西我都很喜欢。”

他松了一口气。

“因为我喜欢你。”她狡黠地眨眨眼，“所有的事情里，最喜欢的，是你。”

从小到大，林嘉听过数不清的喜欢。

无论是认识的老师、同学，还是并不熟悉的邻居，他们都很喜欢他。做了艺人之后，那些疯狂迷恋着的他的粉丝更是张口闭口将“喜欢”这两个字堆砌到他面前。

可是自始至终，只有一个女孩儿的“喜欢”，能轻而易举地刻在他的心上。

明明是他处心积虑地接近她，她却从始至终都能这样坦诚，堂堂正正地告诉他，“我喜欢你，我最喜欢的，是你。”

从未改变。

看着穆沐在公寓里转了一圈，然后站在落地窗前，午后的暖阳透过窗帘的间隙给她洒下一身斑驳，不知怎的，林嘉的心里也忽然涌起了一股本不该有的冲动。

他想让她留下来，永远地留在自己身边，再没有遥远的距离来阻隔他们，也不会再有五年的空白时光给他们留下遗憾。

年少时身在校园，他心中虽然不舍，却从未有过这样自私的念头。可是这短暂又漫长的五年，到底是改变了一切。

他发现自己已经找不回当年不舍却能放手的决心了，五年的沉默，孤寂与落寞仿佛在她回国的一瞬间通通涌上了他的心头，像是被强行压抑许久之后的反抗，暴戾而激烈。

别走了。

他心里有个声音疯狂地怂恿着他将这三个字说出口，可是最后一丝理智却在提醒着他，别做一个左右她人生的人。

客厅里挂着的时钟滴答滴答地走着，每一声都那么沉闷又厚重，好像已经流转了一个世纪。不知过了多久，穆沐笑着回过头看他，他慢慢抬头看去，才发现时间只过了几分钟而已。

或许只有在煎熬、纠结的时候，时间才显得格外漫长。

他觉得自己的声音有些失真，戚戚地问道："这一次你会留多久？"

穆沐像是被人轻轻敲了一棍子似的，恍然一拍手，叫道："对啊，光顾着说以前那些不开心的事了，我还没告诉你我为什么回来呢！"说完，翻开手机找出了自己的毕业证书，有些难为情地笑笑，说道："昆士兰大学，Tesol 硕士学位。没换专业之前，我还没发现学习竟然也是件难事。这不，去年才硕士毕业，现在还是个无业游民，正在找工作呢。"

昆士兰大学，澳洲常青藤联盟之一啊……可这与两个人之前费了一番心力才定好的学校并不一样。

林嘉有些好奇地看向穆沐，穆沐虽然知道他想问什么，却意外地露出了一点儿心虚的表情，讪讪地说道："秦沅念这所大学，我那时就想，两个人在一起互相有个帮衬。"

当时的她无意离开澳洲，摆在她面前的Offer有两个，权衡之下，还是在爸妈的建议下选择了秦沅念得这所大学。当时想，在异国他乡跟秦沅彼此有个照应，谁能想到同在一所大学的秦沅却抱着这样的心思。

直到在节目录制现场听到那个告白，她仍是缓不过神来。

事情不该是这样发展才对。

"他刚出生的时候，我就认识他了，一转眼二十年了。这么多年的情谊，他怎么会萌生这样的想法……"从前说这样的话，穆沐总是忍不住想笑，但今时今日说出来，却只剩下了茫然，"为什么会变成今天这样呢？"

成长过程中，她因为年长几岁的缘故，总是充当着照顾他的角色，从秦沅懂事起，一直到他长大成人，她都在尽力照顾着他。哪怕他年少时就远渡重洋，她仍是用各种办法将自己的关心传递到他身边。

她本以为，他们两个人是胜似亲人的姐弟，是她忽略了秦沅的感受。

"这不是你的错。"林嘉淡淡的一句话打断了她的思绪，即便知道自己这样说会有些残忍，可是却没有留什么余地，"是他年少分不清什么是爱情与亲情。你尽力照顾他，他却将你摆在了爱人的位置上。不是你没有跟他讲清楚，是他自己偏执罢了。"

林嘉这样说，有点儿出乎穆沐的意料。在她的印象中，林嘉一直是一个温柔沉稳的人，哪怕是面对学妹们难缠又疯狂的追求，也能好脾气地拒绝。甚至会因为太绅士了一些而显得不那么直截了当。可是……这几句话说得着实不委婉啊。

一提起秦沅就这么生气吗？

想到这儿，穆沐反而觉得有趣了，打趣道：“你吃醋了？”

林嘉颇有些无奈，讪讪地说道：“算是吧。真要说吃醋，公演那天我去要你的联系方式时，秦沅可是强灌了我一吨的醋。”

他清楚地记得，就在自己与秦沅僵持的时候，气得想动手的秦沅眼都不眨地说自己与穆沐在墨尔本“同居”的事情。是因为两家关系太好，在国外孤苦无依的秦沅自然要投奔亲近的人，可是穆沐一家去了墨尔本多少年，秦沅就在穆沐家住了多少年也是事实。

没想到的是，到最后竟然连学校都上了同一所，这不得不令人遐想。

林嘉也是个会胡思乱想的人。同为凡夫俗子，在那些孤寂的夜晚，辗转难眠时，就会想远在万里之外的心上人。两个人相隔天涯海角，在那个陌生国度的她过着怎样的生活，他其实并不清楚。

如果她……如果她真的在那个陌生的国度，迷恋上了别人给予的温情。他又该如何自处？

偌大的世界，优秀的人数不胜数，并非只有他一个。他想过在穆沐回国时会挽着一个成熟稳重，事业有成的男人……但在这千万种猜测中，唯独没想过的便是眼下这一种。

她回来时，却坐在秦沅的家属席上。

那一晚，信誓旦旦说出“女朋友”三个字的秦沅，抛弃了眼前的前程与今后的荣华，而毫无顾忌地将秦沅堵在后台的他，何尝不是赌上了自己的所有？

可也正是这一晚，他忽然明白：自己担忧的并不是来自情敌的威胁，更不是这青梅竹马的情谊会是他们感情的羁绊。

自始至终，他介意的唯有她的心意。

挂在嘴边的那句不畏惧，不过是将不舍的真心剖开，分裂出故作坚强的面具。

这五年的时光，让他明白了患得患失的痛苦，也不会，更不想再放手了。

“他信誓旦旦地说，总有一天会把你带回墨尔本。那真是一个好梦想。可惜，他无法实现了。”他逼近一步，阳光投下的阴影和窗帘的倒影交织在一起，将面前的女孩儿笼罩在其中，“我不想左右你的人生，但是，现在你已经可以左右我的人生了。如果你终将回到那个地方，这一次，我一定会毫不犹豫地追随你而去，我会牵着你的手与你并肩同行，再也不会等你先回头。”

这番话的情意太重，穆沐反复揣摩了很久，才从中听出最重要的那句话——我会与你并肩同行。

五年的时间，足以改变一个人。她有些惊讶，脸上却看不出任何波澜。如果，五年前的林嘉也是这样的想法，或许他们各自都不会有今天的成绩。

但这五年来的情感空白，已经消磨了林嘉大半的沉稳内敛，撕破云淡风轻的伪装，唯有一颗真心赤裸裸地摊在了她的面前。

五年时光，什么都可能会改变，唯一没变的只有当年最纯粹的那份情意。

这时，穆沐举起了自己的右手，在他眼前晃了晃，说道："你看，这是什么？"

是当年他送给她的那枚戒指，在他的手指上也有一个一模一样的。看到它的第一眼，林嘉闪过的第一个念头是：当年该买个经典款，毕竟五年前的款式如今看来已经赶不上时代的变化了。但紧接着，他就明白了她此举的深意。

那是一种无言的承诺。

她或许不会像年少时那样，轻而易举地说出"不会走""会回来"这样的话，但这对于感情的承诺却打上了永恒的标记。

两个人默默地注视着彼此，最后很有默契地相视一笑。

低头看了一眼手指上的戒指，林嘉说道："等有时间，去换一对新的吧。"

"那这一次我要和你一起挑。"穆沐分外仔细地打量着自己的手，已经盘算起了要买什么样的款式，"毕竟以后要一直戴着。"

她说这话时，还没意识到自己这句话承诺了什么，站在一旁的林嘉却在片刻的怔愣后露出了一个欣喜的微笑："那我们一言为定。"

前路不可测，两个人却已经约定好了未来。拉起林嘉的手，萦绕在穆沐心头多日的阴郁才终于散去，她依偎在他的胸前，好像过去那几年的落寞与不安都通通远离了自己，从未如此平静。

相拥了许久，林嘉想要开口说话时，穆沐的手机响了起来，又是萌姐打来的。

难得她这个小作家堪比当红的艺人还要忙碌，穆沐无奈地摊了摊手，接起了电话，却听到电话里尖锐的叫声："穆沐！"

瞬间，穆沐还以为自己和林嘉的恋情曝光了，心高高地提了起来。但紧接着，就听到萌姐认真地说道："你那本小说的影视版权，卖出去了！"

其实这不算什么惊天动地的消息，在出版这本书的时候，公司已经决定将这本小说往影视方面经营。但卖得这样快还是有些出乎意料。穆沐高兴之余不免皱了下眉头："不会又是因为微博那事儿吧？"

能赚钱确实是件好事，但在这个节骨眼儿上出名赚钱，难免会落人口舌，被人追着骂"蹭热度"。

萌姐也不是不懂这个道理，但对于公司来说，这可是别人想买也买不来的热度，不好好利用的人才是傻子："你别想太多了，开好签售会，剩下的事都交给我。往好了想，就冲着现在这个热度，纪南来演男主角也不是难事啊。"

穆沐生硬地扯了扯嘴角，只能应了一声。

除了最开始萌姐的尖叫，她们两个人的声音都没有刻意地抬高，林嘉隐约只听到了纪南这个名字，本已走远的脚步顿了顿，转身看过来。

穆沐尴尬地笑了笑，说道：“我那本书其实是个玄幻故事，纪南很少演古装，他不会喜欢的。”

“那你喜欢吗？”林嘉低着头没看她，拿着手机不知在编辑着什么。

穆沐不知道自己该怎么说才好，最后干脆实说实话：“我倒觉得纪南那个长相很适合演古装，虽然……”

后半句话还没说出口，便见林嘉已经拨通了电话，并且开了免提。

在几声冗长的“嘟……嘟”之后，那边很快就接听了。等不及对方说话，林嘉便已经先开了口：“玄幻剧，想演吗？”

电话那边沉默了一会儿，纳闷儿地问道：“你又在寻我开心？”

好歹曾经也是个真爱粉，穆沐在瞬间便迅速分辨出了那个声音的主人。

“纪南？”她用口形无声地问林嘉，然后激动地捂住了嘴，简直不敢相信自己听到的是真的。

眼见着穆沐如此开心，林嘉有些哭笑不得。而电话那边的纪南久久没有听到林嘉说话，不由得笑了几声，毫不见外地抱怨说：“林嘉，你是玩大冒险输了还是发烧了？莫名其妙的。”

林嘉听了只是无言地一笑，然后对着穆沐挑了挑眉，做了一个要将手机递给她的动作，穆沐瞬间怂了起来，连忙摆手。

电话那边的纪南始终没有等到林嘉的回话，有些无奈地继续说道：“你再不说话，我可要挂断了。”

林嘉这才关了免提，拿起手机放在耳边，笑着说道：“没什么，就是随口问问。嗯，是我不正常，等你回来请你吃饭。知道了，嗯，去忙吧……”

说完，才挂断了电话。这时的穆沐飞扑着过去，颇为豪放地挑着他的下巴：“坦白从宽。”

林嘉配合地举起了双手，做出一个投降的动作，知道她想问什么，直白道：“虽然说这话有点儿对不起他，可我一开始真的没打算认识他的。”

不同于同为音乐人的贤宇，纪南这样单靠一张脸就撩得穆沐心花怒放的人，实在是很难让林嘉产生什么好感。可是世事难料，天底下明明有那么多人，圈子却只有那么一丁点儿大，在去肖羽家吃饭的那一天，他撞见了为自己开门的纪南。

“然后，就变成今天这个样子。”说起这段“化敌为友”的故事，林嘉也颇为无奈。

穆沐从一开始的惊讶变成了听得津津有味。看她一边点头一边思考的模样，林嘉以为她已经为自己和纪南编好了故事，不由得抬手捏了捏穆沐的脸蛋儿：“你可别乱想。”

“嘿嘿。”穆沐笑而不语。

其实想来也颇有些沧海桑田的感慨。

她记得大一那年的期末，不想复习功课的自己拉着林嘉再一次逃了寝，然后在电影院看了一场庸俗的爱情影片。影片中唯一的亮点是那个时尚的纪南，当他穿着西装向女主角深情告白的时候，荧幕外的两个人也拥有了那个冬天最甜蜜的初吻。

以至于穆沐有很长一段时间，不敢用正眼去看广告里穿着西装的纪南。

穆沐忍不住看向眼前的林嘉："你还记得我们一起看过的纪南出演的一部爱情电影吗？他在向女主角求婚的时候，穿了一套黑西装……"

"自从我认识他以来，他穿西装的次数数不胜数，我没觉得有什么不对的地方。"他似乎明白了她想说什么，说话时稍稍低下头，靠在她耳畔，轻轻地说道："不是记不起那时的电影了，只是，当时我只顾着看你，哪有半点儿心思去看他。"

穆沐的脸，又不争气地红了起来，她稍稍偏过头，想避开他的目光，却被俯下身的他笑着迎了上去，在她唇上落下一个延绵温暖的吻。

被一个吻亲得七荤八素的穆沐，一整个下午都是迷迷糊糊的。她只记得自己靠在林嘉身上，在工作室里看了一部纪录片，接着就像当年在四合院里一样睡得不省人事。醒来时，发现自己已经躺在了对面公寓的卧室里。或许是昨夜的百感交集太过劳累，她这一觉醒来，已是午夜时分。

一转身，另一侧的林嘉也睡得香沉，看上去像是多日劳累过后的放松。几乎从未仔细看过他睡颜的穆沐忍不住俯下身去，借着卧室里昏暗的灯光，打量着这副熟悉又陌生的面孔。

他的眉眼仍如当年那般惊艳，只是整个人比起五年前更加消瘦，又不比练舞的肖羽，浑身上下带着一股张力，他的消瘦令穆沐心疼不已。

是因为工作的劳累，还是回国的她扰乱了他太多的心绪。重逢后每一次打量他，她都惊异于他的疲惫和消瘦，真恨不能把他圈养在自己的小天地里，再也不让他面对烦心的事情。

“如果能养胖一点儿就好了。”穆沐若有所思地伸出一根手指轻轻地在林嘉那尖削的下巴上点了点，正在难过他怎会如此消瘦时，她的手倏地被林嘉握住。

他睁开眼，笑盈盈地看向震惊的她，眼中一片清明：“人赃并获。”

穆沐咬了咬嘴唇，也没试图挣脱，只是好奇地问道：“你怎么就醒了？”

“睡了一会儿。”他松开手，然后将被子往她的身上挪了挪，“只是你醒来的时候我也醒了。”

他的睡眠比她想象的还要浅，穆沐更是心疼，干脆直接上手捏住了他尖尖的下巴，“你看你，这么瘦。”

林嘉被这突然的关心感动不已，他握着她的手放回到两个人中间，然后正儿八经地说道：“这些年辛苦工作，作息有些不规律，现在有你陪着，慢慢就会变好了。”

理智让他没在穆沐面前说出，自己这些年对她的思念有多难熬。

穆沐还在对比着两个人的手腕粗细，她捏了捏自己肚子上的肉，叹了一口气，说道：“我一定要努力赚钱养你。”

林嘉打趣着说道：“那我可等着你养了。”

身为无业游民的穆沐一点儿也不心虚：“放心，当红作家的未来在等着我呢。”

说她蹭热度又怎样？还是萌姐说得对，作品畅销才是硬道理。穆沐毅然决然地给自己背上了养家糊口的重任。

林嘉在一旁看着她笑，绝口不说打击她积极性的话，在她晃着他的胳膊问他时，也毫不敷衍。

可穆沐就从他眼底闪过的光芒里看出一丝好笑来，不禁伸出手捏了捏他的脸：“还笑。”

林嘉憋着笑，认真地答道：“不敢，我还等着你来养我呢。”

穆沐轻哼了一声，不再跟他闹着玩了，反倒是催他快点儿睡觉：“在我把你养胖之前，不能再瘦下去了。”

林嘉一边称是，一边拉着她的胳膊不放手。她抬眼看他，却换来他满眼的庆幸：“一醒来就能看见你，我好幸福。”

她心中一动，也反握住了他的手，悠悠地说道：“现实有时候比梦还美好。”

林嘉微敛了眼眸没有说话，却将她的手握得更紧。半晌，在穆沐的睡意再次慢慢袭来时，他才轻声开口说道：“我一定会努力，让你幸福。”

半闭着眼睛的穆沐迷迷糊糊地应了一声，明明这几日比刚回国时要劳累许多，却比过去五年睡得更安稳。

安逸的日子总是过得很快。

两个人刚刚体会到宅在家里的快乐，签售会和林嘉出发去S市录制节目的日子同时到来。

两个人各自嘱咐了对方几句之后，穆沐拒绝了林嘉要送自己去公司的提议："万一被娱记看到，又要上头条了！"

她如此谨慎，林嘉也无可奈何，只能点头答应。但对于林嘉对她过分地紧张，穆沐却没有多少实感。

一场签售会罢了，她既不是不出名的作家也不是明星，热度"蹭"的再多，也不至于引起暴动。

想着，穆沐给那几个编辑都发了一个加油的表情，满脑子想着，这场签售会结束后的光明前程。

直到那清脆"啪"的一声在签售会上响起。

坐在桌子旁的穆沐只觉得额头前有一瞬尖锐的疼痛，然后眼前的景象开始变得有些模糊，天地间顿时变得安静了下来。

她摸了摸疼痛的地方，却只摸到了满手的黏腻。紧接着，签售会上的尖叫声铺天盖地充斥着她的耳膜。

萌姐一边喊着："快叫120。"一边向穆沐冲了过来，处在模糊之中的穆沐还在努力回想着前一瞬到底发生了什么。

她只记得这场签售会的前半段进展得非常顺利，到场的人大多是她的粉丝，就算有几个反对的声音也被淹没在了人群里。

而主持人是出版社请来的专业人士，很会抛梗打开话题。从作品本身聊到微博上的那个爆点事件，并没有回避这个人尽皆知的热度。但却通过这个话题，很好地将问题从林嘉、肖羽，纪南的转发引回到小说将要进行影视拍摄的消息上，谈起了出版方对于男主角人选的期待。

穆沐有着多年纵横于辩论台上的经验，应付这种采访可谓是得心应手，整场签售会都洋溢着和谐热烈的气氛。

直到签售开始，一个神色看不出有任何异常的男人走上台，他像其他的粉丝一样排在队伍中，双手紧紧地抱着手中的书，一双眼睛不停地环顾着四周，看上去像是有些害羞。

但他拿着书走到穆沐面前时，穆沐才打开书的扉页，准备签下自己的名字时，他伸入口袋的手迅速地掏出一个小巧的玻璃瓶。

那个男人突然将瓶子砸在签售桌上，瓶子发出一声脆响便四分五裂，玻璃碎片瞬间飞向正埋头签字的穆沐。虽然这个行凶的男人很快被现场的保安制住，但那飞溅的玻璃碎片将穆沐的额头划得血肉模糊。

这一切来得太突然，当把穆沐送进医院，护士小心翼翼地给她清理伤口时，穆沐还有些回不过神来，脱口而出的竟然是：“我都这么出名了，第一个来打我的竟然不是女的？”

萌姐又气又好笑，恨不得伸手去戳她几下：“男女有什么区别？你都这副模样了，还有心思说笑呢。”

“我就是想不通啊……呲，真疼。”先是为了脑门儿上的伤口瑟缩了一下，穆沐才摊了摊手，语气里充满了不解，“我很少有男粉丝的，更何况是黑粉。如果是哪个女孩儿喜欢秦沅、肖羽，纪南一时气不过砸我一下，我还能理解。可那个男的能和我有什么仇啊？”

“这你就要去问警察了。”萌姐虽然也觉得这事儿很不合理，但事出紧急，哪有心思去管罪犯的心路历程，只想着穆沐平安无事就好，“你别看你现在还好端端地坐在这里接受治疗，我告诉你，那玻璃碎片再划深一点点，你能不能醒着和我说话都很难说。”

伤口不算太深真是万幸，穆沐张开嘴，想着还要说些什么，却被额上的疼痛吸引了大半的注意力，只能小声地叫着萌姐把她的手机拿过来，却被萌姐一把拍下了她胡乱挥舞的手，戚戚地说道：“看什么手机，一会儿还要缝合呢。”

本想转移一下注意力的穆沐撇了撇嘴，想问签售会搞砸了会不会影响接下来的计划，话还没说出口，却被诊室外的一阵喧闹声打断了。

那动静实在是有点儿大，听出这是自家出版社的人的声音时，萌姐有些不耐烦地皱起了眉头，一把掀开帘子，到出外看看到底在闹什么：“吵什么呢？这里是医院，一会儿把你们都丢出……”

萌姐话还没说完，她看见了那个连气还没喘匀就出现在诊室外的人。

那是一个年轻人，头上戴着的棒帽子遮挡住了大半张脸，但当他抬起头去看诊室的名字时，所有人都清楚地看到了那张只在电视屏幕上见过的脸。

“林……林嘉？”

有人怔怔地叫出了这个名字，但又很快捂住了自己的嘴，好像自己喊出这个名字后，眼前的景象就会像梦境一般消失的无影无踪。

但林嘉却对这一切充耳不闻，他甚至无暇去关心自己是不是会暴露行踪，确信了眼前的诊室是自己要找的，便不顾一切地走了进去。

穆沐还在床上等着护士给自己进行下一步的伤口处理，余光瞥见有人进来，一抬头看见的是林嘉。她愣了愣，震惊地问道：“你怎么到这儿来了？”

林嘉看见她额头上的伤口，心痛极了，扑过去拉起穆沐的手，关切地问道：“怎么样，还有没有伤到哪里？”

他在机场刷到“新晋作家签售会遇袭”这条微博消息时，便飞奔着赶到了医院。信息时代的传播力度真是迅雷不及掩耳，签售会现场的玻璃碎片才扎进穆沐的额头，五分钟后，将要登机的他便看到了这条消息。

经纪人、助理、工作团队，谁也拦不住这个快被这条消息吓到崩溃的人。从机场到医院的这段路，林嘉只有自己亲自开车，才能稍稍缓解脑子里那根紧绷的神经。坐在副驾驶的助理也被他的速度吓得脸上刷白，哆哆嗦嗦地联系到出版社，确定了穆沐具体的医院和诊室。

旁人相劝的言语他充耳不闻，林嘉只有在自己亲眼看到穆沐的伤势时，才能放下那颗“怦怦”乱跳的心。

他跟震惊得说不出话的护士，确认了三遍伤口的深浅，林嘉脸上的神情才慢慢放松下来。

穆沐躺在床上看着林嘉的表情，就不难猜出他自从得知这个消息，再赶到医院时究竟经历了什么。她忽然有些难过，但这一次不是因为额头上的伤。

“林嘉。”穆沐眨眨眼，小心翼翼地朝着林嘉伸出了一只手。

林嘉俯着身去查看穆沐的伤势，满脸关切之情溢于言表。

穆沐尝试着靠近一点儿林嘉，伸出的手轻轻触碰了一下他的脸颊，正要慢慢地向上移动，却在下一瞬被他捉住。

林嘉从帽檐下抬眼看向她，双眸中是她从未在他脸上看到过的慌乱：“你如果出了什么事，我该怎么办？”

本还想说“我没事”的穆沐张了张口，没有发出声音来，半晌后，身子微微一倾抱住了他。

两个人就这样维持着这有些别扭的姿势，谁也没有再说话。而目睹了这一切的萌姐，在心中已经惊叫了无数遍，脸上却仍然保持着镇定，先叫同事都进来再将门关上，然后才拉上了帘子，确保外面的路人都无法看到屋子里的场景。

保密工作做好之后，她再次将目光投向那两个已经分开的人，尽量让自己的声音，听起来没那么大惊小怪：“穆沐，你可以开始解释了。”

或许是那刻意压制兴奋得语气听起来太过严肃，穆沐一时还以为这个被蒙在鼓里的姐姐真的生气了，连忙解释道："萌姐我不是故意要隐瞒的！"

"所以？"萌姐的语调微微上扬。

"所以……"穆沐看了一眼林嘉，见他脸上没有什么表情，穆沐抿了抿嘴唇，准备说出实情，"其实他是我男……"

"我是穆沐的未婚夫。"在旁边沉默不语的林嘉忽然开口说道，恢复了平静的他又像往日一样游刃有余，可说出的话却让诊室的人无比震惊。

萌姐的心漏跳了一拍，待回过神时，扭头便警告了身后的所有人："今天的事谁也不能说出去。"

"没事。"

"没事。"

穆沐和林嘉异口同声地说道。但是两个人想说的下半句话却有些不同。

与林嘉对视了一个眼神，穆沐有些不确定地先把话说完："周笛姐公司的应急公关是最好的……"

在娱乐圈多年，周笛深知好的公关团队能维持一个艺人的人气，也能在各种危急时刻力挽狂澜拯救艺人的前途，所以公司培养了数一数二的公关精英，专门处理这些紧急情况。如果公司想让今天发生的事成为秘密，那么除了今日在场的这些人之外，这件事一定不会再影响到任何人。

稍微了解一点儿娱乐圈的人都知道，这是事实。

然而，最清楚这些的林嘉想说的却不是这个。他平静地看了一眼神色各异的众人，坦然地说道：“我不在乎公开我们的关系。”

压抑了许久的萌姐终于忍不住“哇”了一声，恨不得拍掌叫好。

她从未像此时一样相信过爱情。在这样的真心面前，当日转发微博引发热议的举动简直就是理所当然，而且颇有些小儿科了。

而此时，闻讯赶来的出版社领导也来到了诊室外，本来还因为这乱哄哄的场面有些不悦，当看清站在穆沐病床前的林嘉后，惊讶地说道：“这……这是怎么回事？”

看到喜闻乐见的场面发生在自己身边，一旁的萌姐几乎要笑出声来。可惜穆沐却没有这样的心情，她颇为无奈地看了一眼自己名义上的领导，不免得叹了一声气，正想开口解释，林嘉却挡在了她面前。

偏着头看去，穆沐看到林嘉客气地跟出版社的领导握了手，然后三言两语就将不相干的人都请出了诊室。

眨眼间，诊室里又只剩下了他们几个人人。

穆沐轻轻扯了一下护士的衣袖，示意她可以继续处理伤口了，这才再次看向一脸揶揄的萌姐：“别笑话我了。”

“傻瓜，你哪只眼睛看出我在笑你了？”萌姐露出了一副惊讶的表情，极尽夸张地继续说道，“我这可是真心实意地在羡慕你啊。”

不为人知的明星男友……这是什么设定！真是太让人羡慕嫉

妒了。

同为女人，萌姐也小小的嫉妒了一会儿，才平静地正视起这段关系："不过，也不算太出乎意料。你们毕竟是同一所大学的学长学妹嘛。"

在学霸云集的B大，优秀的人总会与优秀的人在一起。

"回去我得告诉那些女孩子们一声，让她们不要胡思乱想。"轻叹了一声，萌姐倒颇有些感悟，"这可不是什么灰姑娘与王子的故事，而是正经八百的公主的爱情故事啊。"

寻常人被她这样夸上几句，估计当真会以为这就是真理了。但穆沐仍是一脸平静，她虽然没有说出口，心里却很清楚，B大是学霸云集的地方，身处其中的自己其实也不过是一个普通学生罢了。没什么天之骄子，众星捧月的神话，她不过是在最美好的年纪遇上了一个最合适的人，两个人的真心相聚在一起，才得来了今日的一切。

最重要的是遇上了对的那个人。

回想起林嘉冲进诊室看向自己时的眼神，穆沐仍心有余悸，但在心疼之余，嘴角也忍不住轻轻扬起："那故事的结尾，公主和王子应该幸福快乐地生活在一起了。"

第十章

意外

额头的伤口最终被缝了整整十八针。

坚持不肯留在医院的穆沐，在接受完治疗后选择了回家休养，当得知林嘉也要留在 B 市时，她还是愣了愣，说道：“你不是还要录节目？”

“我不放心你。”林嘉在与出版社领导沟通后，心里对穆沐的担忧更多了几分，“现在的媒体最擅长捕风捉影，何况今天这事儿很多人都亲眼看见了。再加上之前微博上闹出的风波，足够让娱记写一篇大文章了。现在就有很多媒体在医院门外，那副架势拦都拦不住。”

“那你还到这儿来？”穆沐不在乎自己又成为万众的焦点，却对林嘉的前程分外紧张，“万一被娱记看到了该怎么办？”

“别担心我。”他想摸摸她的头，却顾忌着她的伤口又没去触碰她，“我有别的办法。”

说完，便走出诊室跟萌姐说了几句话。没一会儿，萌姐进到诊室，帮着躺在床上的穆沐收拾好东西，说道：“送你回家。”

“现在就走？”穆沐左右看了看，不觉得现在是可以大摇大摆走出医院的时候，“不怕有记者吗？”

“没事，有你老公挡着呢。”萌姐已经自动把林嘉当成是穆沐的老公了。

穆沐也没反驳，掀起连帽衫的帽子挡住额头上的纱布，便跟着她走了出去。医院对病人的隐私，保护得还算不错，暂时还没有媒体找到这里来。但保护工作做得再好，也不至于这样风平浪静。

直到走出医院的大门，两个人都没有撞见一个在此守候的记者。穆沐心里更加困惑，正要问萌姐时，便听见擦肩而过的路人强抑着兴奋低声地打着电话："喂，你猜我刚刚在医院看到谁了？纪南啊！我从来没这么近距离地看见过哪个明星！不知道他来医院干什么……"

后面的话两个人都没听清楚，但从这只言片语中，穆沐也不难拼凑出整件事情的来龙去脉。

原来不是各路媒体已经离开了，而是出现了更有话题性，更值得去关注的人。

纪南这么巧来医院？傻瓜才会信呢。

仔细想想这事儿的可能性，穆沐也不再左顾右盼了，抓起萌姐的手快步走了起来："快点儿走吧。"

"也不用这么急。"萌姐被她弄得有些茫然。

"不是你说的吗，我男朋友还帮我挡着呢，咱们得快点儿走才成。"说着，穆沐已经三步并作两步地上了早已等在医院门口的车。

出版社的人体贴地将她送回了林嘉的公寓，萌姐提着大包小包的药和补品跟着她上了楼，刚想感叹这套公寓，就猛然意识到了一个问题，便神秘兮兮地问道："你和林嘉住一起？"

事实就摆在眼前，穆沐也没有什么可隐瞒的，坦然地点了点头，说道："这是他的公寓，我只是暂时住在这里而已。"

不是她想着尽快回墨尔本，而是如果她留在国内工作，就势必要给自己置办一个栖身之处，没结婚之前，这公寓再好也不是属于自己的啊。

“你这样想，不会受欢迎的。”萌姐听得连连摇头。

若是别人能有林嘉这样的男朋友，恐怕做梦都能笑醒，偏偏面前这位大小姐满脑子想着的是要发展自己的事业，买一套属于自己的公寓，结婚这样的大事反倒还没被列入她的人生规划里。

对此，穆沐解释道：“就是因为有这样的男朋友，才要更加努力，让那些嫉妒的人都找不出黑我的理由啊。”说完，她恍然间又问道，“那个伤我的人跟警察怎么说的？”

笔录是在医院做的，她现在都还没从警察那里得知事情的真相。而萌姐对罪犯的心路历程毫无兴趣，只是听说那男人已经被拘留了。现在被她这么一问，无奈之下才打了个电话给派出所。

“嘟……嘟……”

电话接通之后，双方简单地交流了几句。穆沐从厨房端了一盘水果出来，眼看着萌姐的脸色越来越难看，等到挂断电话，已经快憋不住那股怒火了。

“怎么了？”她好奇地问道。

“派出所的民警说，那人很快就认罪了，就是理由荒唐了一点儿。”

萌姐气都有点儿不顺，抓起桌上的水猛喝一口，才继续说道，“他也是看了这几天微博上的热点话题才动了今天这个心思。对你没有任何仇怨，只是看一个年纪轻轻的女孩儿就有这样的知名度，长得漂亮学历又高，动辄就和那些光鲜亮丽的男明星并列在一起，还要开什么签售会，一看就……一看就是一个爱慕虚荣的人，一定要好好给你一点儿教训。”

若在多年前，这样的犯罪理由说出去，群众的唾沫星子都能淹死他几个来回。但在当今的社会里，实在是不算罕见。

穆沐轻叹了一声，对这件事情的结果，既是意料之外，也是情理之中。

萌姐看起来比穆沐还要气愤，刚坐下就开始骂那个变态，一连念叨了好几遍，才端起杯子喝了一口水。不久，便听到开门的声音响起。

两个人同时抬头看去，只见林嘉手里拎着两个大袋子走了进来，先是礼貌地跟客人打了个招呼，然后打开冰箱整理好买来的食材。

“看见电视屏幕上的人出现在生活里，而且没有一点儿大明星的架子，真是太奇妙了。”萌姐托着腮看向那个背影，一连赞叹了好几声。

穆沐跑到林嘉的身后，给了他一个大大的拥抱，然后邀请萌姐留下来吃晚饭。

萌姐客气地摆摆手，表示自己还有事情要去做，说话时，很有眼力见儿地站起身准备离开。

穆沐和林嘉一直将她送到了单元门口，两个人才手牵着手回到了楼上。

刚进门，穆沐就拉着林嘉的手晃了晃，说道：“我听人说，今天纪南刚巧去了我清理伤口的那家医院，记者们全去堵他了，都没人关注我。”

“嗯，这么巧吗？”林嘉笑着走向厨房。

“巧什么巧？是不是巧合你还不知道吗？”她用力地捏了一下他的胳膊，“你怎么找他来的？”

见她猜到了，他也没想要刻意隐瞒：“其实也算是巧合。刚开始我想着自己出去引开那些记者的，但又担心他们会对此大做文章，刚巧纪南打电话过来要我请他吃饭，”他看似无奈地摊了摊手，笑着说，“那我也只能叫他来医院找我啰。”

至于如何应对那些记者？纪南有出道十五年的经验，根本不用他来担心。

“所以……”林嘉指了指被塞满的冰箱，“我只能请他到家里来，亲自做饭给他吃。”

穆沐用了几秒钟的时间来消化这件事，最终得出了一个让她瞬间窒息的结论——纪南要来？

“啊！”她猛地蹦了起来，像一只被踩到尾巴的小猫，然后飞快地跑进洗手间，“你怎么不早点儿告诉我？”

她一边说着，一边把平时不怎么用的化妆品堆满了整个洗手台。

虽然早就预料到她的反应不会小，但亲眼见到自己的女朋友在为另一个男人悉心打扮，任谁心里都不好受。

“你额头上还有伤呢。”林嘉努力地想让自己的语气听起来平静些。

“这不重要！”穆沐试图想向他解释一下追星女孩儿在即将

见到少女时期男神的心情，但张了张嘴，又扭过头继续对着镜子打扮起来。

林嘉怔怔地看了她半晌，最后拿出手机看了一眼纪南发过来的信息，那个满心只想着吃饭的家伙，给他发来了定位。看位置已经到小区门口了，若是现在要他回去的话，显然就有些不厚道了。

他看着兴奋不已的穆沐，发现她已经无暇关注自己了，默默地叹了一口气。

纪南是个不挑食且喜欢吃的人，以至于为了保持良好身材一度成为他最大的难题。请这样的客人吃饭不用花费太多的心思，林嘉做了几样穆沐爱吃的菜，在摆盘时就听到了门铃响起的声音。

听到屋子里有人走过来开门的脚步声，纪南想给开门的人一个久违的拥抱，可来给他开门的是一个女孩儿，额头上还绑着纱布。

纪南张开的双臂就这样尴尬地停滞在了半空中，而那女孩儿看见他似乎也有些手足无措，犹豫了好一会儿才开口说道：“你好……”

“你好……”纪南也懵懵懂懂地跟着她说，心里疯狂地叫着快来人缓解一下这尴尬的气氛。

关键时刻，救世主出现了。

“你们怎么在这儿傻站着？”林嘉本以为看到的会是让自己无法心平气和的场面，走过去时却有些傻了眼，笑道，“快进来啊。”

与心目中的偶像零距离接触，并不像想象中那样让人激动。打完招呼，她甚至忘记了做自我介绍，就赶紧躲进了卧室里。还是林嘉把她从卧室里拉了出来，向纪南介绍道："这是我未婚妻，穆沐。"

"啊！"纪南惊叹道，"就是微博上的那个！亏我猜了这么久你和她之间的关系。"

林嘉只是笑了笑，没理会他的絮叨，招呼他们坐下，准备开饭。

纪南是个自来熟的人，在任何情况下都不会觉得太拘谨，但穆沐就不一样了。纵然她可以在辩论场上舌战群儒，但零距离跟自己的偶像接触，她紧张的一句话也说不出来。

在餐桌边坐下的时候，穆沐觉得自己的四肢都是僵硬的，偶尔抬起头看一眼纪南，脸都会涨得通红。

林嘉解下围裙坐在她身边，看着她这副害羞的模样，忍不住伸手摸了摸她的头，调侃道："要是你不想见到他，我现在就赶他走。"

"为什么啊？"刚拿起筷子的纪南一脸的难以置信。

林嘉却不理他，在餐桌下拉着穆沐的手晃了晃，再次问道："嗯？"

穆沐知道林嘉一定是在憋着笑，可无奈见到自己喜欢的偶像时就是这样没出息，只能咬着嘴唇，声若蚊蝇地说道："不用了。"

纪南坐在餐桌旁不明就里，只能在心底纳闷儿：我做错什么了？

一顿饭下来，吃得津津有味的只有林嘉一个人，而且不等收拾桌上的残局，就起身想把纪南送走。

纪南看着他满脸意味不明的笑，正想着好好跟林嘉理论几句，就听见穆沐问道："纪南，你能给我签个名吗？"

"啊？"出道十五年来，这样的话纪南听过无数次，但在这种场合听到却是第一次。

穆沐生怕他不答应，飞快地跑进卧室，拿出了一本似乎是专门用来收藏签名的笔记本，小心翼翼地递到了他面前，讪讪地说道："我喜欢你很久了。啊，不是，不是那种喜欢，就是粉丝对偶像崇拜的那种喜欢。"

酝酿了一整顿饭的工夫，穆沐终于找回了追星时的欢喜和坦然，不再扭捏地说出了自己曾视他为偶像的事实，并表示自己一定会继续喜欢他下去。当然，不忘再次强调是作为粉丝的喜欢。

纪南原本还有些惊讶，听她说完后也放松了下来，热情地拿起笔在穆沐那本笔记本上签下了自己的名字。写完后，还有些纳闷儿地问道："就签个名吗？"

"嗯。"穆沐郑重地点了点头，"对我来说，偶像远远看着就好。"

但是纪南却不死心，回想起自己多次被林嘉"欺压"的过往，玩心顿起，忽然开口道："偶像怎么了？偶像不是人吗？如果我和林嘉同时追你，你选我还是他？"

这个问话让穆沐有点儿蒙，她看了看林嘉，又看了看一脸意味不明的纪南，最终对着林嘉说道："你还是把他赶走吧。"

离开时，纪南思考了一下林嘉请自己吃饭的意味，难道就是为了在自己面前秀一次恩爱？

完全不掩饰笑意的林嘉送纪南到门口，然后郑重地拍了一下他的肩膀，说道：“下次别乱撩了，一来你撩不动，二来我可能会揍你。”一边说着还做了一个抡拳的动作。

纪南毫不客气地对他翻了个白眼：“有女朋友了不起啊？”

想了想孤寂的这几年，林嘉由衷地笑着说道：“确实挺了不起的。”

真是无论多聪明的人谈恋爱后都会变傻。纪南一边想，一边摇着头说道：“你小心一点儿，被娱记拍到是要上头条的。”

“拍到就拍到。”林嘉不假思索地回答道，“我不在乎这些。”

“可……”

“我说了，那是我未婚妻。”他收敛了笑容，目光若有所思地落在了自己戴着的戒指上，“如果她愿意的话，我会很快就结婚，换一种方式生活。”

哪种方式？纪南差点儿就问出了口，但最终还是选择了闭口不说。

同在娱乐圈，他当然明白结婚对一个艺人的影响，无论选择哪一种方式生活，只要自己开心就好。

“到时候，别忘了叫我参加婚礼。”最终，纪南也只能这样说。

送走了纪南的林嘉回到家时脸上还带着笑，见穆沐坐在沙发上摆弄着她那本签名本，默默地走过去坐在她旁边，静静地看着她。

穆沐被林嘉的目光注视着，不由得抬起头，讪讪地说道：“我只是出于粉丝对偶像的心态，你别多心哦。”

“我不是在想这个。”他摇了摇头，思索了片刻接着说道，“我是在想一件更重要的事。”

刚刚跟纪南说了自己对未来的打算，什么事业前程他都可以不在乎，但他在乎她的安危。在这个社会里，人心叵测，那些心理阴暗的人既可以躲在屏幕后用文字伤人，也会因为无比荒唐的理由在现实中对一个无辜的女孩儿下手。

他不想去揣测别人，但这次发生的事情实在是让人后怕，他不能再让这样的事情发生第二次。

“穆沐。”他轻唤了她一声，然后在她抬起头看过来时，认真地说道，“录完这个节目后，我不想再继续这样的生活了。”

这突然的决定听得穆沐一愣，她仔细想了想，很快猜出了一些端倪：“是因为这次的事吗？”

“是。”他并不想掩饰自己的担忧，“这次发生的事情有惊无险，但以后呢？这世上还有很多不能理智看待公众人物的人。我不想再隐瞒我们的关系，到那时，我怕你会因此过得很不开心。”

虽然穆沐说要做一个令人羡慕的女人，自己过得开心就好。但是当那些不理智的言论纷至沓来，没有人还会保持着淡定的心态。

他不想让她过那样的生活。

两个人相识的时间也有七八年了，穆沐早已不是当年那个天真的小女孩，她虽然自认坚强，却也不得不承认林嘉的担忧是正确的。

“从认识你那天起，直到现在，我一直都希望你能做自己最喜欢的事。虽然现在这条路不是我陪着你走的，但我希望你能继续下去，不要因为任何人而放弃，包括我。”

多年过去，她仍记得林嘉在看向音乐学院那块牌匾时脸上露出的神情。他是真心热爱他现在的事业，也为此付出了许多努力。而她比任何人都希望他能一直做自己喜欢的事情，怎么忍心看着他为她而放弃？

面对她的坚持，林嘉扬了扬嘴角："为了你，我也不会放弃的。只是，坚持自己喜爱的事情不一定要选择这种万众瞩目的方式。从前在幕后时，我也很开心。现在站在台前也不过是……"

他的话说到一半，就戛然而止，不再继续。

穆沐不禁有些困惑，不解地看着他，却换来了林嘉的神秘一笑："过些日子再告诉你。"

神秘兮兮的，一点儿也不像他了。

穆沐一向是个好奇心很重的人，还想要问下去，却被他转移了话题："要不要退居幕后以后再说，现在当务之急是保护好你。"

在经历了微博"瘫痪"，签售会现场遇袭这一系列的事情之后，穆沐这个小作家就算是不想出名也难了，媒体没采访到她，自然会挖空了心思去调查她的私生活。

不说别的，单说几年前的"全国英语辩论赛"，她代表B大出战的视频还在网上挂着呢，随便搜索一下就能找得到。再稍微用心一点儿，一定会从当年那届的B大学生口中得知她与林嘉的关系。

这已经不是他们想不想公开的事情了。

好在林嘉签约的公司是周笛的，那个曾经在艺术节上帮着他当众表白的前辈，即使不赞成他的做法，也不会忍心让这些舆论发酵。

“自从我走上这条路开始，周笛姐就一直在努力抹除，我和你在网络上曾留下的痕迹，你回国之后，更是如此。虽然不见得能堵住别人的嘴，但只要我不开口，你……你就只是我在大学时期的前女友而已。”林嘉说出这句话并不是一件简单的事情，虽然他只是在讲述一个简单的事实，但林嘉的神色却有些黯淡。毕竟，这不是出自他的本意。

相较之下，穆沐却松了一口气。自从回国以来，她只想着如何面对这段差点儿离散的感情，却未在这些事情上想过太多，如今听他说了这些可能性和补救的措施，才总算将一颗悬着的心放下。

“前女友怎么了，前女友也是女友啊，我不会在意的。”危机感是有的，但她还是个乐观的人。

“何况……”她顿了顿，说道“我已经听到你的真心话了。”

她永远都不会忘记，几年前自己半真半假地问他，“如果你以后出名了，有很多粉丝喜欢你，我却和你在一起了，你的粉丝敌视我，可怎么办啊？”

那时的她更像是在给自己加戏，但如今戏言成了真，她也会一直记着他当年的回答，“如果真有那一天。无论我的事业多么成功，我也会退出那个圈子。”

第十一章

完满谢幕

穆沐也有私心，但她的私心一直是希望彼此能成为更好的人，无论是事业还是生活。

在商量了未来无果后，她也只能加倍地努力，只求在不得不公开的那一天，可以骄傲地面对，所有喜欢自己男朋友的人。

“想继续读书？”在接到她的电话之后，饶是脑子里还在想着工作的夏一月，抽空表达了一下自己的惊讶。

但穆沐的态度却很是坚定：“不是突发奇想，是认真的。”

早在墨尔本的时候，她就想过要不要继续自己的学业，硕士毕业时，有很多个选择摆在她面前，她也一一考虑过可行性，但最终还是敌不过对故土和故人的思念，毅然选择了回国。

而如今，她心心念念的那个人重新站在了她的身边，一切也都朝着好的方向发展，原本就盘桓在脑海里的念头便又冒了出来。

夏一月在念书时也算是个学霸，但只占了脑子聪明这个优势。眼下听了她的想法，别的不提，也得先说一声，“佩服，亏你还学得进去。”

“我也只剩这点儿特长了。”穆沐戴着耳机和她打这个电话，手上还在翻看着自己的书，“毕竟不想当一个真正的作家。”

她很清楚自己对未来的期待，虽然心里也希望写更多的故事出来，但却没打算将这件事发展成唯一的事业。非要说的话，读书和写作同样是心头所爱。

“不如你问问林嘉，看他愿不愿意和你一起去读？”身为好闺密，夏一月贴心地给出了一个可行的建议。

从学历上来说，当初林嘉也是读到硕士毕业，和现在的穆沐正是同等的水平，完全可以一起继续学业。

可是一直读书这件事也是因人而异的，穆沐想了想，只说自己再考虑考虑。

她对继续读书这件事唯一的顾虑，只有两人的再次分离。明明已经许诺了未来，她不想这么快就做破坏感情的事情。

“STONE的票弄到了吗？”现在最重要的事，还是和男朋友甜甜蜜蜜地在一起好好生活才对。穆沐又想到了之前提起过的那个STONE的演唱会。

而她的好闺密也没有辜负她的期待，“放心，第一排。”

自从当了经纪人之后，夏一月的办事效率就越来越高，穆沐隔着电话给她点了个赞。

喜欢了多年的偶像团体其实很少会来国内开演唱会，每一次内场的票都会被疯抢一空，炒到天价。不过现在夏一月也算是“圈子”里的人，弄两张位置好一点儿的票，早已不像当年那样要历尽千辛。

“就当是给你的生日礼物。”电话那边的女孩儿向穆沐飞吻了一下。

仔细算算，自己的生日确实快要到了，穆沐在通话结束之后翻了翻日历，开始计划那天要怎样庆祝。

在国外的这五年，每逢生日，远在昆士兰州的秦沅都会想尽办法逃学回墨尔本祝她生日快乐。在尚且不知道他的心思时，穆沐满心都是喜悦和欣慰。但在对方已经间接表明了心意之后，她只求对方今年不会做出什么冲动的事情来。

这样的祈祷被她毫无保留地说给了林嘉听，换来林嘉若有所思的表情，“10 月 20 号那天，刚好是第二次公演播出的日子。”

是公演播出的日子，却不是公演录制的日子。他有一个月没回 S 市参与录制节目，其实不是很清楚第二次公演的时候秦沅的表现如何。秦沅一直都是不可控的，如果不是有个强大的公司做后盾，再加上自身条件过硬，节目组恐怕早就想办法让他淘汰了。

在应下这个工作时，林嘉也不是没有听制作组说起过节目的走向，对这里面的资本博弈还是比较清楚。他本不打算参与过多，也没有在比赛中表现出过多的个人倾向，唯独秦沅是个例外。

不仅是个例外，他还是个定时炸弹。

而眼下，他只能将自己知道的内幕，说给穆沐听：“节目组已经和 LY 公司签约了，无论他做出什么事，表现得如何，到最后出道的也只有他一个人。”

这在内部人员间已经不是什么秘密，而且很少会有人会对节目组这个决定提出质疑。毕竟在所有人眼中，秦沅都是个极具话题性的艺人。

节目组曾有一个工作人员在微博小号上吐槽过：上天给了他一张祸乱众生的脸，也给了他一张祸乱我们的嘴。

秦沅真要作起死来，可不是常人能招架的。

对此，林嘉和穆沐都深有感触。

“唉。”一连叹了好几声气后，穆沐一头栽到了男朋友怀里，“该拿这个熊孩子怎么办啊？”

对此，林嘉只是无意识地摩挲了几下手上的戒指，没有给出答案。

一晃到了演唱会那天。

微博上的热点事件已经换了几轮，穆沐也终于可以大摇大摆地走出门。但此时不同彼时，她出国后便很少与曾经一起追星的同伴联系，这次看演唱会，也不需要提前出发去和同道中人聚会，最后老老实实在家等到了合适的时间，才与林嘉相隔了半小时先后出门。

没有同行并不是一件值得在意的事情，到达会场的时候，穆沐还在想着多年前的那场初见，自己也是在入场后见到了邻座的他。而今时今日，整个场馆挤满了兴奋的观众，她仍坐在了第一排的位置，隔着几米远的地方还能看到几个眼熟的明星，唯独她旁边的座位一直是空着的。

为了不被有心之人捕捉到什么蛛丝马迹，从入场开始她便老老实实地戴着口罩坐在那里，连微博和朋友圈都忍住了没发，直到灯光都暗了下来，偌大的场馆里响起了尖叫声。

万众瞩目之下，她曾经为其疯狂过的那个组合缓缓地在音乐的伴奏下走了出来，撕心裂肺的欢呼声从四面八方响起。

穆沐也跟着攥紧了拳，激动地挥舞着手中的荧光棒，但在第一首歌的前奏已经响起时，她身边那个空着的座位上，仍然不见那个熟悉的身影。

激动之余，她拿出手机发了一条微信，想知道男朋友到底去了哪里。十分钟后，这条信息一直没有得到回应，但身边的座位上多了一个身影。

“有些事耽搁了。”不同于全副武装的她，林嘉竟然没有任何伪装就坐在了她旁边。

穆沐被他吓了一跳，连忙鬼鬼祟祟地往四周看了一眼，幸好没看到把目光投过来的观众。

“放心。”林嘉告诉了她一个让人安心的事实，“这次能买到这个位置票的人，差不多都是圈子里的，没人会大惊小怪。”

这就是有门路的好处啊。

穆沐的心放下了一大半，这才把全部精力都投入到了演唱会上。

STONE 身为一个出道多年仍然站在巅峰的组合，实力之强是有目共睹的。场馆里的尖叫声一阵高过一阵，所有观众的情绪几乎都被那极富感染力的音乐带动了起来。

穆沐也在最激动的时候跟着喊了一声，只觉得心里痛快了许多。但在一首最新的单曲唱完之后，台上的几个人都停下来准备下一首曲子的动作。

其中中文最好的敏赫上前一步，简单介绍了接下来的环节：“很高兴来到这里和大家见面，也很高兴这次的演出能给我们提供这样好的一个机会，让我们 STONE 能与贵国的优秀歌手合作。没错，这次的演唱会，我们邀请了一位嘉宾……”

后面的话还没说完，就已经被淹没在震耳欲聋的惊呼声中。到场的观众大多都不知道这一次的演唱会还邀请了嘉宾助阵，一时间都在对嘉宾的出现感到惊讶与好奇。

等到议论声渐渐低下去的时候，灯光适时地向观众席打出了一束追光。

穆沐还在座位上兴奋地猜想着这位神秘嘉宾会是谁，下一秒，那有些刺眼的追光就打在了自己身边的位置上。

曾经，穆沐第一次去看偶像的演唱会，却为了坐在身侧的那个人怦然心动。

而多年之后，他们两个人坐在相似的位置，做着同样的事情，她再一次的怦然心动，也仍然是为了同样的一个人。

不同的是，他已经站在了当年的那个耀眼的舞台上，与她的偶像并肩而立。

在大屏幕上，出现了林嘉的身影，铺天盖地的尖叫声几乎要掀翻整座体育馆。在万众瞩目之下，他走上了对于观众来说最遥不可及的舞台。聚光灯汇集在他身上，将周围的一切都映衬得暗淡无光。

没有过多的言语，只有几句短短的自我介绍和寒暄，身为唯一一个受邀嘉宾，林嘉选择与 STONE 合作的歌曲还是那首贤宇作曲的成名作《初恋》。

而他也确实不需要说太多。站在座位上愣神的穆沐，在听到前奏的一瞬间就浑身一凛，拿着荧光棒的双手竟微微颤抖了起来。

在这偌大的场馆中，爱慕着台上那个男人的人有很多，但只有她才明白他选择这首歌的用意。

几年前，他们在同样的场合里相识，他说他最喜欢的歌曲就是这首《初恋》，但那时的她却不明白这句话的深意。一晃这么多年过去，她看着他站在万丈光芒的舞台上，却比任何人都要清楚他那一字一句间流露出的深情。

好的歌曲是能感染人的，甚至不需要用语言去诠释。这已经不是贤宇第一次唱这首成名作，但在合唱的时候，与往日心境并没有什么不同的他，却惊讶地看向了身边的人，然后了然一笑，几乎倾尽了这一夜全部的情感去演绎这首歌曲。

曲尽之时，不同于之前的疯狂气氛，穆沐清楚地听到了几声抽泣，似乎是几个女孩儿情之所至没有控制住自己的情绪。

在短暂的寂静之后，不知谁先鼓了一下掌，紧接着，台下的掌声便将整个演唱会的气氛推向了今晚的最高潮。

这一晚的疯狂与喜悦，将会永远留在每一个认真倾听了歌曲的人心底。

直到演出散场时，穆沐一个人慢慢地走在微凉的夜色里，也仍旧能感受到那久久未能散去的狂热。

在体育馆外接她的人，仍是周笛公司的那个女助理，对方似乎也看了这场演出，见她坐上车，不由得一笑："那首歌是唱给你听的吧。"

穆沐弯了弯嘴角，身心上的震撼已经让她无力开口。

对方是个体贴的女孩儿，见她一副失魂落魄的模样，也没有继续问下去，只是尽职尽责地开车把她送回了家。

当穆沐打开家门，发现林嘉还没有回来。她猛灌了一瓶水，平缓了些许心情，然后拿出手机准备给林嘉发信息。

只是这一次才打开对话界面，还没等她编辑好文字，手机便收到了一个定位，那是离两人所住的这套公寓很近的一个酒吧。

比起往年的演唱会，这一次演出结束得还算早，正是夜生活刚开始的时候。但自律的林嘉一向没有混迹于夜场的习惯，邀请她在这样的时间去酒吧，简直是破了天荒。

回想了一下演唱会的场景，穆沐深吸一口气，发现他这个决定或许是对的。

这样的心情，真的有必要去喝点酒庆祝一下。

重新换了身衣服下楼，只用了十五分钟，她就到了林嘉发给她的位置上。令穆沐惊讶的是，这间酒吧也叫“18号”。推门进去，不难发现出入这里的客人都西装革履，不像寻常酒吧那样嘈杂混乱，反倒是一个谈事情或者放松自己的好地方。

穆沐在服务生的指引下上了三楼的露台，在这里只有寥寥几张桌子，而在靠近玻璃墙的那张桌子，林嘉正与另一个人坐在那里，他手里拿着一杯酒，似乎是在听那个人讲什么故事，脸上一直带着笑。

还有外人在场，实在是一件出乎意料之外的事情，穆沐整理了一下头发才走了过去，轻轻叫了一声男友的名字，然后等着林嘉给自己做介绍。

只是这一次还不等林嘉开口，坐在他旁边的那个人便放下了酒杯，帽檐之下是一副年轻又英俊的面孔。他的中文不太好，说得最好的也就只有这句：“你好，我叫李贤宇。”

那是穆沐在各个节目中听过了少于百遍的声音，哪怕是闭上眼睛，她都能准确无误地认出这是李贤宇的声音。

她怔怔地看着面前的李贤宇，顿时全身的血液都仿佛停止了流动，却又在瞬间向四肢涌动，直冲上了脑际。

穆沐不是没有做过相似的梦。

但极尽了她想象力的梦境，却无一能有眼前的现实更像一个不愿醒来的美梦。

贤宇的中文不好，英文却因为自小在欧洲生活的原因十分流利。在被林嘉告知可以在这个女孩儿面前继续说英语时，他更加礼貌地重新介绍了一遍自己，并请她落座。

但这自认为没有什么不对劲的举动换来了穆沐久久的怔愣。半晌，她的眼泪顺着脸颊滑了下来。

瞬间惊慌的年轻人有些手足无措地站起身，林嘉却安慰了他一句“没事”，然后笑着将穆沐搂在了自己的怀里，极尽温柔。

被她这么一抱，穆沐的眼泪更是潄潄地往下流：“我就知道，夏一月每次辛辛苦苦弄到票都不是为了让我去看演唱会的。”

一边哭，一边还不忘担心他：“会不会有人拍啊。”

林嘉看着穆沐有些哭笑不得，只小声告诉了她一个秘密：“放心，这里是我开的。”

“啊？”穆沐在百感交集之余露出了一个惊讶的表情，“那S市那个“18号”西餐厅……”

原来一切都是早有预谋啊。

至于为什么偏偏叫“18号”，很多人都对此有过猜测，但却无人知道，那并不是一个有意义的地名或是序号，而是一个日期。

当年林嘉在10月19号那天，认识了自己心仪的女孩儿，而18号，就是两人“素不相识”的最后一天。

自从她出国后，盼望着重逢的每一天对于林嘉来说，都像极了当年那个普普通通的18号。而这几年找他谈生意的人数不胜数，他在权衡了许久后，拒绝了所有的合作，最终选择自己做老板开了几间店，这些店最后都无一例外的叫作了“18号”。

时至今日，他不会刻意将这些小事提起，而穆沐也没有想太多，只将注意力更多地放在了那个只在梦中出现过的身影身上。

比起自来熟的纪南，贤宇无疑是个很懂礼貌的人，客气地用英语与身为林嘉女友的她寒暄着，在听说她是自己的粉丝时，贤宇表达了自己的受宠若惊。

“每天面对着这样优秀的林嘉，还能继续喜欢我的歌，很谢谢你。”他用了很不流利的中文说出了自己的喜悦。

“公正地说，你一直是我最喜欢的歌手，毕竟我无法不带私心的去评价他。因为……”穆沐笑了笑，毫不羞赧地说道，“他是我，最爱的男人。”

这句话是用韩语说出来的，那是她痴迷于追星的年代学得最用心的一句话，希望能有机会说给她心仪的偶像听。但曾经的她又怎会想到，多年后的今天，她终于在自己喜欢了多年的偶像面前说出了一句话，而这句话的心意是为了另一个人。

说出这句话的时候，她惊讶地发现，自己终于找出了情不自禁落泪的原因。

不是因为见到了多年的偶像太过激动，也不是因为被这意外之喜感动得不能自已。而是在那个瞬间，她终于意识到了自己对林嘉的感情已经到了怎样不可自拔的地步。

她爱他，比对任何人，任何事的爱意还要浓烈。在这份爱意面前，这世间所有的俗事都是过眼云烟，哪怕前方有万千艰险，她也能自信跨过。

这一晚，聊到热络时，稍稍有些喝醉的贤宇，托着下巴跟穆沐讲了自己与林嘉相识的经过。

“你知道吗？那时好多好多人想找他合作，可……可他却主动找到了我，托了公司和好多好多关系。”喝得脸颊微红的贤宇拿两只手在半空中比画着，“好多好多关系……总之，找到了我。我们是两个国家的人，公司……咳，公司也没有合作，可是他却想以个人的身份和我合作。我当然很高兴，但也想问他理由，为什么一定是我？非要是我才行？”

穆沐也趴在桌子上，认真地听他讲着，目光却投向了身边的林嘉。

林嘉比他们两个人都清醒，一直不声不响地坐在那里，听到贤宇快要讲到关键的那段往事时，才半真半假地想要阻止对方继续说下去。

可惜喝醉了的人是不讲道理的，贤宇拨开了他的手，对着穆沐眨了眨眼睛，说道：“他说，他其实不是很喜欢做一个艺人。但是他要为一个人从幕后走到台前，因为只要站在那个舞台上，那个人才能看到他。无论对方在哪个地方，都能看到他。”

今天的演唱会，已经不是STONE与林嘉的第一次合作。他一直在寻找与他们同台演出的机会，因为心里很清楚那个女孩儿会关注偶像的每一次演出。

她总有一天会看到他的光芒。

“敏赫之前和我一起猜测过，能做到这个地步的原因，只能是爱人了。”贤宇因为太过开心，而破天荒地喝了很多酒，已经喝得有些稀里糊涂，口齿不清了，他用三种语言混在一起一通乱说，也只有穆沐能依稀听出其中的意思。

穆沐沉默地看向林嘉，那灼灼的目光终于换来了他开口说话。

“很多人都质疑过，如果真的这么喜欢，为什么不追过去死缠着你不放？”他坦然地说出了很多人的不解，眼神中少见地露出了一丝犹豫，“其实我也不是没有这样想过，但最终还是选择留在了原地。因为我确实迟疑过，不知道到底该如何选择未来，也不知道时间和距离到底能改变多少事情。所以我做了最不该做的事情，一直站在原地，选择等你先回头。”

过去五年，他的犹豫和茫然连同着她的忙碌和忽视，给两个人留下了无比悔恨自责的时光。

他们都曾觉得错在自己，但彼此心里都清楚，一段感情的渐渐消沉，绝不仅仅是一个人造成的。

在他犹豫迟疑的日子里，她为了更好的前程没有及时给他以信心，在她快步前行的时候，他则选择了一直站在原地，没有去拽住那个渐行渐远的人。

做出了错误的选择是他们的不幸，但能及时回头，也是他们的万幸。

最终不过是相视一笑，不再耽于过去，而是放眼未来。

在送贤宇回酒店的路上，穆沐坐在车上毫不见外地对着林嘉伸了伸手："我的生日礼物呢？"

林嘉一愣，刚要说话，穆沐又自顾自地把手缩了回去："总是收你的礼物，我也有些过意不去。这样吧，我先送一件礼物给你。"

说着，她像变魔术似的掏出了一个小盒子："喏。"

林嘉在开车，一只手放在方向盘上，另一只手摸了摸被她强塞在衣服口袋里的小盒子，感受到那不寻常的形状和大小时，心里一惊，隐约有了些猜测，却还是问道："这是什么？"

"一会儿你就知道了。"穆沐打开了车窗，让微凉的夜风稍稍吹进来一些，抬眸去看夜空，此时的夜空也如她的心境般璀璨。

睡在后座的贤宇，隐隐约约感到车速加快了一些，在梦中呢喃道："开慢些，慢些"。

没过多久，车稳稳停在了 STONE 所入住的酒店，早已等在那里的工作人员对着林嘉道了声"谢"，然后将喝醉酒的贤宇搀扶着进了酒店。

目送他们消失在酒店门口，林嘉才重新回到车上，打开那个揣了一路的盒子。而里面放着的东西也正应了他心中的那个猜测。

那是一枚戒指，婚戒。

坐在副驾驶的穆沐看到他一脸复杂的表情，嘿嘿地笑了几声，说道：“其实本来想选一个好日子送给你的，可是我今天很开心，择日不如撞日。”

说着，她不由分说地拽过他的手，为他换上了这枚新的戒指，“先戴上。”然后重重地咳嗽了一声，清了清嗓子，“你……”

“我不听。”林嘉及时制止了她将要讲出的话。

穆沐的话被噎了回去，无辜地眨了眨眼，说道：“那我岂不是很尴尬？”

可惜这一次林嘉的态度很是强硬，无论怎样都不肯听她把那句话说完，直到两个人回到家，她在门口将人一堵，死活不肯让他进门，“必须听我说完。”

“我不会听你说的。”

从相识开始，林嘉还从未用这样坚决的态度否决过她。从前穆沐习惯了他的妥协，眼下面对这样的形势，也有些手足无措：“为……为什么呀？”

“因为那些话不该由你老说。”她不让他进门，他便也不进了，好脾气地站在门外，打算用自己的好脾气来说服她。

可是穆沐却不理会：“谁说不是一样？”

“其他事可以，这件不行，这是我的底线。”林嘉摆出了一副油盐不进的态度。

女孩儿的神情瞬间就塌了下来：“真不讲道理。”

“我就是太讲道理了，从前才会被你处处占了先机。”往日都会因为她的“可怜”而心软，但这一次，林嘉是铁了心不让步，揽着她的肩把她从门前拎到一边，然后开了门锁。

看着他向屋子里走去，穆沐在门口别扭了一会儿，用自己才能听到的声音嘟囔着说道：“那你怎么不说……，自己不说还不让别人说，真是不讲道理。”

偏偏林嘉像是看不出她心思似的，回家后洗了个澡就坐在电脑前不知道忙些什么。穆沐借着去倒水的工夫远远地瞄了一眼，只看到了那是全英文的邮件页面，至于具体内容是什么，实在是看不清。

她不是那种喜欢窥探别人隐私的人，好奇地看了两眼之后，便抱着手机回了卧室，像模像样地开始了她的工作，当然，她的工作主要是刷微博。

现在这个社会，热点事件最多维持三天就会渐渐失去关注，她的微博转评又恢复了往日的安宁，顶多会有一些女孩儿来感谢她对秦沅的支持。

噫，比赛的视频只不过播出了几集，秦沅粉丝都暴涨到十几万了。

微博刷得津津有味的时候，一只骨节分明的手突然覆住了她的手机屏幕。

她抬头看去，便见林嘉不知何时进了房间，站在床边认真地注视着她。

林嘉的目光看得她有些发慌：“怎……怎么了？”

“第二次公演，节目组给我发来了一个未剪辑的视频。”

林嘉也只是一个普通的导师，未剪辑的片子无论怎样也不会发给他来审阅。

可既然事情已经发生了，那就一定有它的理由。

穆沐收敛神情，连忙站起身跟他到电脑前看那场预演。这一次预演的观众大多是各个选手的粉丝，其中以喜欢秦沅的粉丝居多，当秦沅站在台上的时候，台下的尖叫声好似要将屋顶掀翻。

秦沅接过话筒，淡定地看了一眼对着自己的摄像机，说道：“我知道，这次公演播出的日子是10月20号，那一天于我来说是个很特殊的日子，因为那天是我一个很重要的人的生日……”

接下来的话，谁也没有听清，话筒好像出了故障，将他的声音淹没在了台下的喧闹声中。没多久，主持人便带着歉意走上台，以设备故障为由安抚了台下的各位观众，又客气地请这一组的选手暂时去休息室等候。

看起来就是一件很普通的事情，再加上这是录播现场，连舞台事故都称不上，粉丝们也没有起疑。

但林嘉却很肯定地告诉她：“话筒是被后台关掉的，节目组知道他想说什么，所以没让他将这话说完。但后来LY公司找他谈过几次，他还是把那些话说给了公司的高层听。领导动了怒，却又没办法改变什么，最终，这片子就到了我手上。”

至于秦沅接下来要说的话，他们两个人都心知肚明。

如果说穆沐一开始的心情是气愤的，那到了这时候，就变成沉重了。她想了想，抬起头问道：“我怎样做才能见到他？”

想见处在封闭训练中的秦沅，这事儿说难也不难，但也不是那么简单。第二天，林嘉帮她联系到了在S市录制节目的肖羽，然后为她订好了去S市的机票，临行前，嘱咐她的话也只有：“别忘了生日之前回来。”

穆沐认真地点了点头，也没想要在那里耽搁多久。

到达S市机场时，夏一月已经贴心地派了车来接她。她上车后，再次将属于助理的工作牌挂到了她的脖子上，然后感叹道：“虽然总说你们之间缺点儿刺激和坎坷，可这刺激也有点儿太过了。”

“秦沅那孩子，不行动则矣，只要动了心思，简直是要人命啊。”

穆沐满脸的凝重，根本没心思听她讲话，一路沉默着到了那个熟悉的拍摄场地。

肖羽上次做嘉宾，反响很不错，这才有了第二次的合作。她俩赶到那儿的时候，肖羽和秦沅在休息室里不知谈论些什么。刚一开门，穆沐与秦沅四目相视，秦沅虽然对此早有猜测，但还是不由自主地站起了身。

“已经见面了，你们聊。”说完，夏一月拉着肖羽离开了。

“嘭！”门锁轻轻落下，屋子里只剩他们两个人。

不同于自小就受异性欢迎的林嘉，穆沐这二十多年的时光里，从学生时代到步入社会，满打满算，也只有三个男人对她表示过好感。说给那些感情丰富的人听，怕也会被调侃为小学生水平，但她真心不想拥有那么多人的爱慕。

“秦沅，我爱的人是林嘉，你知道的。”她正视着秦沅，说出了自己的心里话，“无论过了多久，我爱的人，始终是他。”

“如果我……”

“不会的。”她没有给他说完那句话的机会，“我和你认识了二十年，我一直把你当弟弟来爱护，我跟你之间有的也只是姐弟情，无论我认不认识林嘉，都是如此。”

她对待感情从来是坦荡又直白的，面对林嘉是这样，面对秦沅也是这样。

看到秦沅受伤的眼神，她狠了狠心，又接着说道：“秦沅，无论今后你怎么看待我，我都希望未来的你过得更好。林嘉并不是为了我才热爱他的事业，我希望你也能找到自己真正喜欢的事情去做。无论你从事什么职业，只要是你真心喜爱的，我都会为你开心。”

说罢，顿了顿又接着说道：“听说10月20号那天是第二次公演播出的日子，我会在家里看你的演出，就当是你今年送我的生日礼物。”

自始至终，她没有给秦沅说出心意的机会，便以最直白的方式表明了他们之间仅有的关系。

在她转身离开的时候，秦沅突然开口说道：“你还会回墨尔本吗？”

“会。”她毫不犹豫地回答道，“为了学业，我必须回去。但为了他，我还会回来。”

在秦沅提出这个问题之前，虽然她也犹豫过自己努力的方向，但她早已决定好了自己对未来的期待。林嘉说过：“他不想左右她的人生。”

不记得谁曾经说过：感情与事业是不能并存的呢？

跟秦沅告别后，穆沐就回到了B市，一来是为了即将到来的生日，二来是为了自己将要面对的难题。

刚一到家，她发了几封邮件给澳洲学校的导师，信中表明了自己对未来学业的思考和选择，希望老师能继续帮助辅导她。

邮件很快得到了回应，热情的导师在信中肯定了她对未来的选择，然后邀请她回澳洲详细谈一谈有关于学术上的问题。

穆沐推算了一下时间，准备回复导师自己回澳洲的日子，邮件才写到一半，手机就传来了接受信息的提示音。

她点开查看信息，是林嘉邀请她在过生日那天回B大参加艺术节。

遥想几年前的那场艺术节，学校也是用了林嘉的名字做宣传，可惜当日两个人双双逃离，谁也没有看到那个节日的盛况。

穆沐想：林嘉可能是想回学校追忆青春，抑或是被邀请当了什么嘉宾。她没有犹豫就发过去一个OK的表情，然后继续写自己的邮件。

没一会儿，“叮”的一声，电脑提示，收到一封新邮件。

她想也没想就点开了，然后看着那全英文的页面发呆。

那一封并不是发给她的邮件。

由于家里只有一台大显示屏的电脑，两个人自从住在一起后，便共用着同一台。但穆沐显然忘了，自己和男朋友用的电子邮箱品牌是不同的。她在用自己的邮箱接收邮件时，另一个邮箱里，同样也能收到发给林嘉的邮件。

而现在，这封邮件就这样清清楚楚地摆在她的面前，她一眼看过去，便能将里面的内容一览无余。

那是一封来自澳洲的邮件，发信人详细解答了林嘉对于申请昆士兰大学的诸多疑问。然后在信的结尾祝他感情顺利，婚姻美满，也希望早日能在澳大利亚见到他。

这封邮件的意义，已经不言而喻。

看完邮件后的一整天，穆沐都坐在客厅里呆呆地望着外面的天。可是直到夜深，林嘉也没有回来。

将近晚上十点，萌姐兴奋地给她发来了信息。

“你知道吗！出品方竟然想要林嘉来演男主角！”

“也不知道是哪个金主大爷，非说自己从男主角身上看到了林嘉的影子！”

“可惜啊可惜，被你男朋友拒绝了，说自己可能会淡出演艺圈，专心做音乐。”

“你知道什么内情吗？劝劝他呀！”

信息一连发过来好几条，足见萌姐的兴奋。穆沐却没有回复她的兴致，默默地缩在沙发上。

这事儿是萌姐告诉她的，想来林嘉根本就没打算让她知道。

毕竟知道了也只是徒增困扰而已。

对于未来，他早已经做好了选择。

只是……

穆沐拿起手机又放下，最终还是决定当面去告诉林嘉，自己心中的想法。

但这时的她没想到，自己再次见到林嘉时，已经是10月20号了。

这期间的日子，林嘉忙得脚不沾地，每天连睡觉的时间都没有，更别提回家了。只在她生日的时候强行腾出了一天时间，与她相约在两个人曾经双双错过的那个艺术节见面。

10月20号，一大早穆沐就精心化了妆，然后像当年一样选择了坐公交汽车出行，一路上看着B市那些熟悉的街景，穆沐感慨万千。

这一天是周六，B大的校门口不时有游客拍照留念。走进校园内，那独属于校园的青春气息便向穆沐袭来，惹得离开多年的她差点儿流下泪来。最后干脆在林荫道上停下脚步，拿起手机拍了张自拍，作为对逝去青春的追忆。

五分钟后，收到这张自拍照的林嘉便传来了自己的照片。

同样的一条路，相似的背景。

穆沐惊得身子一抖，连忙扭头看过去，便见几步远的地方，林嘉正冲着她招手。

他好歹也算个正处于事业上升期的公众人物，在这偌大的校园里行走却只戴了一个口罩。穆沐扑过去将他抱了个满怀，故意大声说：“学长，你怎么才来啊？”

这样高调的情侣在校园里实属罕见，来往的路人都忍不住多看了他们几眼，感叹道：大学校园的爱情真美好。

林嘉拿她毫无办法，只能笑了笑，说道："学长邀请你去看演出，去不去？"

她点点头，但在他迈开脚步时拉住他："从这条路走吧。"

去往体育馆的路有很多条，这条林荫道并不是捷径。但对于他们两个人来说，这条路几乎承载了他们学生时代的所有回忆，从前看着是永远走不到尽头的一条漫漫长路，如今看来，也不过是短暂得仿佛一眨眼就能走到尽头的路。

就像他们的青春。

在拉着林嘉的手走到路的尽头时，穆沐再一次顿住了脚步，认真地说道："我不久后，会回澳大利亚。"

林嘉像是早已知道了这件事，只是"嗯"了一声，没有多言。

穆沐抿了抿唇，接着说道："回去探望爸妈，顺便拿证书，最后和老师谈谈我怎样才能在 B 大攻读博士，继续完成我的学业。

这一次，林嘉震惊得说不出来。

而穆沐还在认真地跟他说着自己的打算："Tesol 是授课型的硕士，实用性更强，再继续钻研下去意义不大。我已经拿到了证书，从事这方面的工作绰绰有余，没必要再申请更高的学位。不过你猜得对，我确实打算继续学业。只不过，更想学的还是我原来的专业。中国语言文化博大精深，这么多年了我还念念不忘，趁着还年轻，当然要多学一点儿。"

“可……”他想提出疑问，却又发现她说得很有道理句，无从反驳。

反倒是穆沐故作严肃“哼”了一声：“虽然你那封邮件算是我偷看的，但我还是知道了你的秘密，你打算和我一起回澳洲是不是？”

林嘉从未想过自己有这样无力开口的时刻，偏偏穆沐说的全都是事实。

而穆沐还在一本正经地教育他说：“好啦，好啦，我知道比起学习你更爱我。可是你有没有想过，我也一样啊。事业和爱情又不是不能并存，亏你这么聪明，怎么就猜不到我已经想出了一个两全的办法？”

她调皮地笑了笑，不由分说地拉着他向体育馆走去：“这么喜欢我的话，把我的生日礼物给我吧。”

一提起这个，被她震惊许久的林嘉才慢慢回过神来。他脸上的神色颇有些无奈，却也清楚她已经做好了决定。

在千百种可能性里，她选择的这条路可能并不是最好的，但却是离他最近的一条，只为了长长久久与心爱的人相伴。

来到体育馆欣赏艺术节的节目时，穆沐一扫这些日子以来的茫然和纠结，挂在脸上的笑容溢于言表。穆沐抱着他的手臂，说道：“早知道当年就不逃那个艺术节了，反正演出结束后我也能认识你，还不如老老实实留在这儿看你的演出。”

上学那几年，林嘉太过低调，很少会登台演出，就连身为女朋友的她也只看过一场，现在想来实在遗憾。

穆沐一连叹了好几声气，才将目光移向了舞台上的学弟、学妹们。看着舞台上精心编排的节目，她鼓掌也鼓得特起劲。

这时，突然听见一直沉默的林嘉说道："现在看也来得及。"

她不由得一愣，还没等她反应过来，便见林嘉忽然摘下口罩，然后从在过道上维持秩序的老师手中接过话筒。

霎时间，整个体育馆都沸腾了。

不明就里的学生尖叫着，看着曾经的 B 大男神走上舞台，有人疯狂地喊道："学长，我爱你！"

而林嘉拿着话筒站在舞台上，闻言只是一笑，说道："学长爱的是你们穆沐学姐。"

一瞬间，场馆里的气氛更是疯狂了几分，在场的所有学弟学妹都开始议论起这位穆沐学姐到底是何方神圣，而坐在穆沐身边的几个学妹更是难掩眼中的惊讶和羡慕，扭过头开始和同学说起关于这位学姐的传闻。

直到台上的林嘉再次开口，场馆里才安静下来，所有人屏息凝神地听他说出了不知酝酿了多久的话语。

"在几年前的艺术节那天，我以同校学长的身份认识了一个学妹，从那之后的每一天，我都在想着自己会以怎样的方式，说出今天想说的这一切。当年我们错过了学校的艺术节，之后的几年也错过了很多相伴不离的美好时光。但在今天，我希望能补上的不仅是我们曾经错过的那个节日，也有这些年我一直想对她说的话。"

他站在万众瞩目的舞台上，周身被灼目的光芒笼罩着，而他的目光却直直地看向那个坐在台下的女孩儿：“今天是我们穆沐同学的生日，但我最想跟她说的不是生日快乐，而是想请她给我一个机会，让我在余生的日子里，能以爱人的身份来关心她、爱护她。今后，无论她选择怎样的生活，我都会陪伴在她左右。哪怕前路有很多坎坷，我也会永远记得自己最重要、最珍惜的是什么。唯有她，才是我一生的欢喜。”

“穆沐，嫁给我好吗？”

这句话说出口的时候，天地间的嘈杂似乎都变得模糊起来。穆沐坐在这熟悉的校园里，目光中倒映出那个让她拥有了全世界的人的身影，自两人相识以来所有发生过的事情都从她的脑中闪过，一点一滴的情意汇聚在一起，只让她说出了早已想好的那个答案。

穆沐一如当年，对着心上人弯了弯嘴角，笑道：“好。”

（正文完）